人民共和國文化與文學叢書

五 編

李 怡 主編

第 16 冊

當代文藝學的規範性基礎
——合法性反思及其批評實踐

傅其林 著

花木蘭文化事業有限公司

國家圖書館出版品預行編目資料

當代文藝學的規範性基礎——合法性反思及其批評實踐
／傅其林 著 — 初版 — 新北市：花木蘭文化事業有限公司，
2017〔民 106〕
目 2+210 面；19×26 公分
（人民共和國文化與文學叢書 五編；第 16 冊）
ISBN 978-986-485-087-7（精裝）
1. 中國當代文學 2. 文藝評論
820.8 106013288

ISBN-978-986-485-087-7

9 789864 850877

人民共和國文化與文學叢書
五 編 第十六冊 ISBN：978-986-485-087-7

當代文藝學的規範性基礎
——合法性反思及其批評實踐

作 者 傅其林
主 編 李 怡
企 劃 北京師範大學民國歷史文化與文學研究中心
四川大學現代中國文化與文學研究中心
總 編 輯 杜潔祥
副總編輯 楊嘉樂
編 輯 許郁翎、王 筑 美術編輯 陳逸婷
印 刷 普羅文化出版廣告事業
出 版 花木蘭文化事業有限公司
社 長 高小娟
聯絡地址 235 新北市中和區中安街七二號十三樓
電話：02-2923-1455 ／傳真：02-2923-1452
網 址 http://www.huamulan.tw 信箱 hml810518@gmail.com
初 版 2017 年 9 月
全書字數 211853 字
定 價 五編 30 冊（精裝）台幣 56,000 元

當代文藝學的規範性基礎
——合法性反思及其批評實踐

傅其林　著

作者簡介

傅其林，1973 年生，四川大學教授、博士生導師，文學與新聞學院副院長，教育部青年長江學者，國家社科基金重大項目「東歐馬克思主義美學文獻整理與研究」首席專家，第十二屆教育部霍英東青年基金獲得者，教育部新世紀優秀人才。擔任全國馬列文藝論著研究會常務理事、中華美學會馬克思主義美學專委會、審美文化專委會副主任、中國中外文藝理論學會理事、中國文藝評論家協會理論委員會委員，主持國家社科基金項目 4 項，獲得國家教學成果獎二等獎、四川省人民政府教學成果獎一等獎、四川省人民政府第十四屆哲學社會科學成果獎二等獎、四川省人民政府第十五屆哲學社會科學成果獎二等獎。出版《東歐新馬克思主義美學研究》、《宏大敘事批判與多元美學建構——布達佩斯學派重構美學思想研究》、《審美意識形態的人類學闡釋——二十世紀國外馬克思主義審美人類學文論》、《阿格妮絲‧赫勒審美現代性思想研究》等學術著作；在 Comparative Literature and Culture（美國 A&HCI）、Thesis Eleven（澳大利亞著名批判理論雜誌）、《文學評論》、《文藝研究》、《外國文學研究》、《文藝理論研究》、《文藝爭鳴》、《文藝理論與批評》、《現代哲學》、《思想戰線》、《社會科學研究》等學術刊物發表論文 90 餘篇。

提　　要

　　本書主要試圖從合法性危機與合法性建構的角度思考文學理論的規範性基礎問題，在理論反思中展開文學批評實踐。理論思考主要基於三個維度，一是反思社會理論視野下的文藝領域的規範性基礎與合法性問題，認為審美領域既有規範又超越規範，既有鐐銬又超越其束縛；二是探討文學審美意識形態論的合法性危機，試圖從形式的意識形態論加以重建；三是闡發文藝符號學的合法性命題。三者都存在著合法性危機與理論的悖論，但是文學藝術是存在的，又是必然的，當代歷史語境中的合法性重建必須在意識形態、審美文本與歷史語境的複雜糾葛的結構元素中艱難地展開，理論之後不是理論的死亡而是理論的創新開始，理論合法性與歷史描述性進程在張力中展開，在激盪中產生思想的火花，雖然隨時可能熄滅，但是只要思考仍然在切入現實，穿透現實，合法性仍然有著可能性。文學批評實踐也主要從理論合法性危機與重建中展開文本與文學現象的細讀，涉及傳統文化與意識形態，現代性與文學形式，後現代欲望與審美問題。

當代的意識與現代的質地——
《人民共和國文化與文學叢書》第五編引言

李　怡

　　我們對當代批評有一個理所當然的期待：當代意識。甚至這個需要已經流行開來，成為其他時期文學研究的一個追求目標：民國時期的文學乃至古代文學都不斷聲稱要體現「當代意識」。

　　這沒有問題。但是當代意識究竟是什麼？有時候卻含混不清。比如，當代意識是對當代特徵的維護和強調嗎？是不是應該體現出對當代歷史與當代生存方式本身的反省和批判？前些年德國漢學家顧彬對中國當代文學的批評引發了中國批評家的不滿——中國當代文學怎麼能夠被稱作「垃圾」呢？怎麼能夠用作家是否熟悉外語作為文學才能的衡量標準呢？

　　顧彬的論證似乎有它不夠周全之處，尤其經過媒體的渲染與刻意擴大之後，本來的意義不大能夠看清楚了。但是，批評家們的自我辯護卻有更多值得懷疑之處——顧彬說現代文學是五糧液，當代文學是二鍋頭，我們的當代學者不以為然，竭力證明當代文學已經發酵成為五糧液了！其實，引起顧彬批評的重要緣由他說得很清楚：一大批當代作家「為錢寫作」，利欲薰心。有時候，爭奪名分比創作更重要，有時候，在沒有任何作品的時候已經構思如何進入文學史了！我們不妨想一想，顧彬所論是不是大家心知肚明的事實呢？

　　不僅當代創作界存在嚴重的問題，我們當代評論界的「紅包批評」也已然是公開的事實。當代文學創作已經被各級組織納入到行政目標之中，以雄厚的資本保駕護航，向魯迅文學獎、茅盾文學獎發起一輪又一輪的衝鋒，各

級組織攜帶大筆資金到北京、上海，與中國作協、中國文聯合辦「作品研討會」，批評家魚貫入場，首先簽到，領取數量可觀的車馬費，忙碌不堪的批評家甚至已經來不及看完作品，聲稱太忙，在出租車上翻了翻書，然後盛讚封面設計就很好，作品的取名也相當棒！

當代造成這樣的局面都與我們的怯弱和欲望有關，有很多的禁忌我們不敢觸碰，我們是一個意識形態規則嚴厲的社會，也是一個人情網絡嚴密的社會，我們都在為此設立充足的理由：我本人無所謂，但是我還有老婆孩子呀！此理開路，還有什麼是不可以理解的呢！一切的讓步、妥協，一切的怯弱和圓滑，都有了「正常展開」的程序，最後，種種原本用來批評他人的墮落故事其實每個人都有份了。當然，我這裡並不是批評他人，同樣是在反省自己，更重要的是提醒一個不能忽略的事實：

> 中國當代文學技巧上的發達了，成熟了，據說現代漢語到這個時代已經前所未有的成型，但這樣的「發達」也伴隨著作家精神世界的模糊與自我偽飾。而且這種模糊、虛偽不是個別的、少數的，而是有相當面積的。所謂「當代意識」的批評不能不正視這一點，甚至我覺得承認這個基本現實應當是當代文學批評的首要前提。

因為當代文學藝術的這種「成熟」，我們往往會看輕民國時期現代作家的粗糙和蹣跚，其實要從當代詩歌語言藝術的角度取笑胡適的放腳詩是容易的，批評現代小說的文白夾雜也不難，甚至發現魯迅式的外文翻譯完全已經被今天的翻譯文學界所超越也有充足的理由。但是，平心而論，所有現代作家的這些缺陷和遺憾都不能掩飾他們精神世界的光彩——他們遠比當代作家更尊重自己的精神理想，也更敢於維護自己的信仰，體驗穿梭於人情世故之間，他們更習慣於堅守自己倔強的個性，總之，現代是質樸的，有時候也是簡單的，但是質樸與簡單的背後卻有著某種可以更多信賴的精神，這才是中國知識分子進入現代世界之後的更為健康的精神形式，我將之稱作「現代質地」，當代生活在現代漢語「前所未有」的成熟之外，更有「前所未有」的歷史境遇——包括思想改造、文攻武衛、市場經濟，我們似乎已經承受不起如此駁雜的歷史變遷，猶如賈平凹《廢都》中的莊之蝶，早已經離棄了「知識分子」的靈魂，換上了遊刃有餘的「文人」的外套，顧炎武引前人語：「一為文人，便不足觀」，林語堂也說：「做文可，做人亦可，做文人不可。」但問題是，我們都不得不身陷這麼一個「莊之蝶時代」，在這裡，從「知識分子」

演變為「文人」恰恰是可能順理成章的。

在這個意義上，今天談論所謂「當代性」，這不能不引起更深一層的複雜思考，特別是反省；同樣，以逝去了的民國為典型的「現代」，也並非離我們「當代」如此遙遠，與大家無關，至少還能夠提供某種自我精神的借鏡。在今天，所謂的批評的「當代意識」，就是應該理直氣壯地增加對當代的反思和批判，同時，也需要認同、銜接、和再造「現代的質地」。回到「現代」，才可能有真正健康的「當代」。

人民共和國文學研究，我以為這應當是一個思想的基礎。

目

次

前　言

　　合法性危機是現代性的關鍵命題之一，波及政治、經濟、文化、社會生活、日常生活、個體身份等廣泛的領域，從根本上說這是合法性的規範性基礎遭受到瓦解或被轉變。

　　盧卡奇與哈貝馬斯關於合法性危機的研究對文藝領域的合法性探討是有重要啓示的。1923 年盧卡奇出版的《歷史和階級意識》一書中專門有一篇文章《合法性和非合法性》，這篇文章探討無產階級革命在現代資產階級社會的合法性與非合法性辯證關係問題，也就是如何從非合法性的革命過程中獲得主體權力與文化意識的合法性命題，這同時也是思考資產階級合法性如何演變爲非合法性問題，「在無產階級專政下，合法性和非合法性的關係在職能上發生了變化。因爲原先的合法性變成了非合法性，反之亦然」。〔註 1〕哈貝馬斯在 1973 年的著作《合法性危機》中，集中探討了合法性危機的理論問題，也主要集中於現代性問題，尤其關注的是晚期資本主義或者發達資本主義的合法性危機。他認爲，危機最初是一個醫學概念，是指身體疾病達到了自身難以痊癒的階段，偏離了正常的、健康狀態。在哈貝馬斯看來危機概念成爲戲劇學意義概念後更爲清晰，指人的命運的轉折點，悲劇衝突的白熱化階段。在 19 世紀危機概念演變爲社會歷史意義上的概念，馬克思第一次提出了資本主義體系的危機，經濟危機最爲典型。哈貝馬斯則是深刻地看到了發達資本主義社會的危機趨勢，他區分爲四種主要危機類型：經濟系統的經濟危機趨勢、政治系統的合理性危機趨勢和合法性危機趨勢以及社會文化系統的動機

〔註 1〕　（匈）喬治‧盧卡奇：《歷史和階級意識》，張西平譯，重慶出版社 1989 年版，
　　　　　第 288 頁。

—1—

性危機。〔註2〕因此哈貝馬斯主要在政治系統領域使用合法性危機概念。我們認爲，文化領域以及審美領域仍然存在合法性危機的問題，哈貝馬斯的合法性危機概念可以促進文藝領域合法性命題的思考，而且文藝合法性危機不僅是文藝本身的合法性危機，也是經濟危機、政治危機、社會危機、日常生活危機、文化危機的一種鏡像。

　　文藝領域以及對文藝領域進行意義闡釋的文藝學在現代社會危機不斷，「文學之死」、「藝術之死」、「意識形態終結」不絕於耳，每一次先鋒派運動都宣佈了終結與死亡。我們認爲，文藝合法性危機僅僅是現代性總體合法性危機的一個部分。中國傳統文藝觀念在幾千年的文學藝術創作實踐和批評闡釋中延續著，其合法性話語與其規範性基礎雖然有所嬗變，但是沒有遇到顛覆性的危機，「詩言志」「詩緣情」的文學觀念以及「寫意」傳統的藝術定位，與中國抒情的文藝傳統，息息相關，共同維護著中國傳統文藝合法性。隨著現代性的進程，中國傳統文藝合法性面臨重重問題，文藝觀念被質疑，話語範疇被邊緣，文學審美經驗被貶低，語言媒介書寫方式也被成爲革命的對象。可以說晚清到五四時期，中國文學合法性危機一浪高過一浪，重建文藝合法性與規範性基礎就成爲主導話語。「人的文學」得以建構，而革命文學所倡導的「人民的文學」又把「人的文學」推向危機，文學社會意識形態論把自由主義文學觀念推向危機，而文學審美意識形態論又把文學從屬於政治之設想推向危機，文化研究甚至把文學研究本身的合法性解構了。因此，中國現代性進程就是文學合法性不斷危機與合法性不斷重建的進程，合法性問題內在於現代性之動態的追求之中。

　　本書主要試圖從合法性危機與合法性建構的角度思考文學理論問題，並通過文學批評實踐具體地觸及理論問題。理論思考主要基於三個維度，一是反思社會理論視野下的文藝領域的規範性基礎與合法性問題，認爲審美領域既有規範又超越規範，既有鐐銬又超越其束縛，或者說是戴著鐐銬跳舞；二是探討文學審美意識形態論的合法性危機，試圖從形式的意識形態論加以重建；三是闡發文藝符號學的合法性命題。三者都存在著合法性危機與理論的悖論，但是文學藝術是存在的，又是必然的，當代歷史語境中的合法性重建必須在意識形態、審美文本與歷史語境的複雜糾葛的結構元素中艱難地展

〔註 2〕Jürgen Habermas, *Legitimation Crisis*. translated by Thomas McCarth. Polity Press, 1988. P.45.

開，理論之後不是理論的死亡而是理論的創新開始，理論合法性與歷史描述性進程在張力中展開，在激蕩中產生思想的火花，雖然隨時可能熄滅，但是只要思考仍然在切入現實，穿透現實，合法性仍然有著可能性。文學批評實踐也主要從理論合法性危機與重建中展開文本與文學現象的細讀，涉及傳統文化與意識形態，現代性與文學形式，後現代欲望與審美問題。

　　此書是筆者近十餘年反思文藝學合法性與規範性基礎方面的一部分，其中一些內容以論文的形式在《文藝研究》、《外國文學研究》、《現代哲學》、《思想戰線》、《社會科學研究》、《四川大學學報》等刊物發表，在此表示感謝。

上　篇
文藝學合法性的理論反思

第一章　審美領域的規範性基礎

第一節　審美公共領域的合法性

如果說規範性基礎（normative foundation）是指哈貝馬斯而言的公共性語言交往的規範─規則之奠基，那麼文藝學是否具有規範性基礎呢？我們通過檢視哈貝馬斯關於審美領域的規範性建構來反思文藝學學科基礎這一知識學問題得以展開的可能性。審美領域在現代擁有自身的規範性基礎，這一基礎可以回溯到資產階級啟蒙運動所提出的自然法權，從而與現代社會公共領域的規範性基礎構成內在的聯繫，這亦是審美現代性的合法性基礎。在此意義上，審美領域可以用哈貝馬斯的形式語用學加以闡釋。但是，它本身所具有的複雜性、模糊性和悖論性，使得其內在地違背普通語言的慣例，逃脫日常言語行為的以言行事力量之掌控。審美領域既被納入社會現代性的合理性規劃之中，成為公共領域的重要元素之一，又適應了現代人最迷醉和嚮往的隱私性、神秘性訴求。因而立足於現代審美領域的文藝學既有自身的規範性基礎又超越了規範限制，既拘宥於話語的價值合理性又呈現出「無言之美」的微妙靈韻，文藝學規範性基礎的思考理應聚焦於這兩者之間的連接點。

一、審美領域的合理規範性

審美領域在哈貝馬斯的交往行動理論中佔據著不可或缺的維度，成為從康德到韋伯所設想的文化價值領域的重要部分之一，與科學、道德形成三種不同的合理性，即認識工具合理性、道德實踐合理性、審美實踐合理性。這

三種文化價值的合理性觀念通過相應的行動體系在生活世界中體現出來，並進行生活世界的文化再生產，從而控制社會部分體系以及生活世界的劃分。哈貝馬斯明確地分析了從文化價值到生活世界的邏輯結構：「如果我們的出發點是，把現代意識結構壓縮爲三種理性複合體，那麼我們就可以把結構上可能的社會合理化視爲相應的觀點（從科學和技術，法律和道德，藝術和『戀愛學』各個領域中提出的觀念）與在相應的不同生活秩序中的利益和表現的聯合。這種（極爲冒險的）模式能夠使我們陳述一種合理化的非精選模型的必要條件：三種文化價值領域必須聯繫著行動體系，以至於根據有效性主張而形成的專業知識的生產與傳遞得到安全地保障；專業文化所形成的認識潛力必須被傳遞給日常生活的交往實踐，必須豐富社會行動體系；最後，文化價值領域必須以均衡的方式被制度化，以至於與文化價值領域相應的生活秩序保持充分的自律，避免這些生活秩序被屈從於其他異質的生活秩序的內在法則。」〔註1〕這表述了現代分散的意識結構——三種文化價值合理性（觀念）——文化行動體系——日常交往實踐的內在演化邏輯。文化行動體系形成了價值合理性的專業知識，構成了相應知識的制度，「在文化行動體系中，相應的『話語』和活動是職業上被賦予的和制度上被組織起來的形式。」〔註2〕這樣，文化價值合理性的內在邏輯與社會生活中的相應制度爲文化領域獨立或者自律奠定了基礎。審美自律領域呈現爲審美價值觀念與藝術活動的行動體系制度，其核心規則就是美學實踐的合理性的內在邏輯的擴展。爲了深入理解審美實踐合理性及其獨特的規律，哈貝馬斯從形式語用學或普通語用學出發論述了美學批評或者藝術批評和藝術作品或者藝術生產本身的語言形式特徵及其相關的學習過程，彰顯了美學批評的知識價值與藝術審美經驗擴展的累積性特徵。

首先分析審美批評或藝術批評。審美實踐合理性對哈貝馬斯來說在於語言論斷本身之中，審美領域的規則與規範來自於語言的規則或者規範。審美批評體現出特殊類型的語言論斷或言語行為。對現代歐洲的科學、道德和藝

〔註1〕哈貝馬斯：《交往行動理論》第一卷，洪佩郁、藺青譯，重慶出版社1994年版，第307頁。譯文根據英文版進行了修改。C.F.Thomas McCarthy. "Reflections on Rationalization in *The Theory of Communicative Action*", in Richard J. Bernstein ed. *Habermas and Modernity*, Cambridge: The MIT Press, 1985. pp.177～178.

〔註2〕Jürgen Habermas. "Questions and Counterquestions", in Richard J. Bernstein ed. *Habermas and Modernity*, Cambridge: The MIT Press, 1985. P.206.

術的價值領域而言，不同的論證形式根據普遍的有效性主張加以特殊化，這
就形成了經驗—理論的話語、道德話語和審美批評話語。審美批評實質上操
縱著一種特殊的以價值為標準的論斷語言，其特殊職能是「鮮明地展現一部
作品或一篇描述，使人們可以感知到這些作品是一種規範經驗的真實表達，
是一般真實性要求的體現。這樣，一部作品由於具有論證的美學知覺，就成
為有效的作品。」〔註3〕所以，在審美批評涉及的趣味性問題的論斷中，人們
仍然依賴於充分論證的合理力量，借助具體藝術作品作出價值的適用性的論
斷。哈貝馬斯根據有效性與知識的聯繫闡釋了審美批評或藝術批評和藝術作
品的合理性：某種「知識」在藝術作品中被對象化，儘管其方式與理論話語
或者法律的或道德的表現方式不同。而知識對象化也是可以加以批判的，所
以藝術批評與自律的藝術作品是同時出現的：「藝術批評已經形成了與理論和
道德—實踐話語相區別的論證形式。由於不同於純粹主觀的偏愛，我們把趣
味判斷和一種可以加以批評的主張聯繫起來，這種事實為藝術的判斷預設了
非武斷的標準。正如對『藝術真理』的哲學討論所揭示的，藝術作品提出了
關於作品的統一性、本真性以及表達成功的主張，作品可以通過這些主張加
以衡量，並且作品根據這些主張可能被認為是失敗的。正是由於此，我認為，
論證的語用學邏輯是最合適的引導線，借助於它『審美—實踐』合理性能夠
區別於其他類型的合理性。」〔註4〕內在於藝術作品的有效性主張開啟了看似
熟悉之物的視野，重新揭示看似熟悉的現實的「唯一的啟示的力量」。藝術按
照一種抽象的價值尺度、一種普遍的有效性主張，可以辨別其自身的美好性，
藝術的進步、完美、價值提高亦是可能的。審美有效性知識的累積奠定了審
美實踐話語的合理性，這既是藝術作品的存在條件也是藝術批評得以可能的
合法性基礎。

　　就皮亞傑的學習過程理論而言，藝術作品本身的審美經驗同樣具備累積
性以及相應的合理性。哈貝馬斯指出，如果談及「學習過程」，那麼，正是藝
術作品自身而不是關於作品的話語是具有方向性、累積性的轉型。累積的東
西在此不是認知意義上的內容，而是特殊經驗的內在邏輯分化的效果，即分
散的、無限制的主體性的審美經驗擴展的結果。本真的審美經驗只有在有組

〔註3〕哈貝馬斯：《交往行動理論》第一卷，洪佩郁、藺青譯，重慶出版社 1994 年
　　　　版，第37～38頁。
〔註4〕Jürgen Habermas. "Questions and Counterquestions", in Richard J. Bernstein ed.
　　　　Habermas and Modernity, Cambridge: The MIT Press, 1985.P.200.

織的日常經驗的模式化期待的範疇崩潰時，在日常行為的常規與普遍生活的管理被打破時，在可計算的準確性被懸置時，才得以可能。審美經驗激進地脫離認知、道德，體現於浪漫主義、象徵主義之中，凸顯在超現實主義、達達主義、先鋒派藝術之中。這些藝術運動所洞察的正是「審美經驗的形式的轉型」。先鋒派藝術本身被「主體性的分散化和無限制化的方向」所引導，這種分散化顯示出對非實用的、非認知的、非道德之物的高度敏感，進而為無意識、迷幻、瘋狂、物質與身體打開了大門，「因而也打開了我們與現實無言聯繫中如此飛逝的、偶然的、直接的、個體化的，同時如此遠如此近以至於逃避了我們規範的範疇所抓取的一切東西。」〔註5〕因此，這種被本雅明稱為「集中的干擾」的經驗不再披著靈韻之面紗，而是一種震驚，它持續不斷地搗毀有機統一的藝術作品及其虛假的意義總體性。通過反思地處置材料、方式和技巧，藝術家為實驗與遊戲打開了空間，把天才的創造轉變為「自由的建構」，藝術的發展成為學習過程的媒介。儘管哈貝馬斯對皮亞傑的學習過程理論應用於審美領域持有懷疑，但是認為這一理論有助於理解藝術作品本身的累積與方向，「科學、道德實踐和法律理論及藝術的內部歷史——肯定沒有直線的發展，但是有學習過程」。〔註6〕「由於學習過程，文化價值能夠發生嬗變。」〔註7〕而頗感悖論的是，在《現代性哲學話語》中，哈貝馬斯沒有把文學藝術與藝術批評理解為學習過程，而是認為「涉及真理和正義的專業性的解決問題之話語是以物質世界的學習過程為軸心」。〔註8〕

總之，哈貝馬斯認為，現代性審美經驗的這種合理性擁有特殊的語言形式結構與修辭規範，蘊含著文學藝術的話語規則，形成了獨特的規律性，「美學價值領域可以自由地設置獨特的規律性，這種美學價值領域的獨特規律性才可以使藝術的合理化，從而在與內部自然交往中的經驗文化化。」〔註9〕這樣，文化現代性的分化就是特殊話語涉及趣味、真理、正義的「知識增長」

〔註5〕Jürgen Habermas. "Questions and Counterquestions", in Richard J. Bernstein ed. *Habermas and Modernity*. ambridge: The MIT Press, 1985.P.201.

〔註6〕哈貝馬斯：《交往行動理論》第二卷，洪佩郁、藺青譯，重慶出版社 1994 年版，第 422 頁。

〔註7〕Jürgen Habermas. *Communication and the Evolution of Society*, trans. Thomas McCarthy, Boston: Beacon Press, 1979. P.172.

〔註8〕Jürgen Habermas. *The Philosophical Discourse of Modernity*, trans. Frederick Lawrence, Cambridge: Polity Press, 1987. P.339.

〔註9〕哈貝馬斯：《交往行動理論》第一卷，洪佩郁、藺青譯，重慶出版社 1994 年版，第 214 頁。

〔註 10〕，審美實踐合理性在於通過特殊的論斷和話語形成了規範性主張，其在文藝批評、生產與接受活動中，在文本的話語形式中得到具體彰顯。哈貝馬斯從語言哲學角度奠定了文學藝術領域的自律性基礎，用赫勒（Agnes Heller）的話說，他闡釋了審美領域的同質性的「規範與規則」：「審美的、科學的和宗教的意象在現代性中分道揚鑣了，並且在『審美地做某事』、『科學地做某事』、『宗教地做某事』方面，人們遵循著完全不同類型的規範與規則。」〔註 11〕文藝學作為制度性的學科也因此形成了自身的合理性或者合法性，而德里達關於文學邊界的無限擴張與蔓延的「普遍文本」概念和美國文學批評家所提出的「普遍文學」概念〔註 12〕，消解了建立在自律的語言藝術作品和獨立的審美幻象基礎上的文藝學學科觀念，這是哈貝馬斯難以認同的。

二、審美公共領域

哈貝馬斯把文學藝術領域與公共領域緊密結合了起來，把文學藝術視為公共交往的重要維度，甚至可以說他關於日常交往的言語行為的闡釋都建立在審美交往的基礎上，導致「交往的審美化」。伊格爾頓認為，「哈貝馬斯理想的說話共同體中，可以看到康德的審美判斷共同體的現代翻版。」〔註 13〕羅伯茨（Roberts）認為，哈貝馬斯的公共領域的審美基礎即為「自由言語的自由主義美學」。〔註 14〕羅蒂（Richard Rorty）也指出，差異的普遍共識的交往體現了「美的理念」，哈貝馬斯企圖「尋找和諧利益的美的方式」，「欲求交往、和諧、交流、對話、社會團結和『純粹的』美」。〔註 15〕

事實上，審美實踐合理性與文學藝術的言語行為話語為主體彼此理解的公共領域奠定了基礎。審美領域的合理性在於審美領域的特殊語言類型，從價值有效性角度說就是言語行為的主觀的真誠性，這可以說就是審美領域的規範

〔註 10〕 Jürgen Habermas. *The Philosophical Discourse of Modernity*, trans. Frederick Lawrence, Cambridge: Polity Press, 1987. pp.339～340.

〔註 11〕 Agnes Heller. *General Ethics*, Oxford: Basil Blackwell, 1989. P.152.

〔註 12〕 Jürgen Habermas. *The Philosophical Discourse of Modernity*, trans. Frederick Lawrence, Cambridge: Polity Press, 1987. p.193.

〔註 13〕 特里・伊格爾頓：《美學意識形態》，王杰等譯，廣西師範大學出版社 1997 年版，第 402 頁。

〔註 14〕 Mark Neocleous. "John Michael Roberts: The aesthetics of free speech: rethinking the public sphere", *Capital & Class*, Spring 2006.

〔註 15〕 Richard Rorty. "Habermas and Lyotard on Postmodernity", in Richard J. Bernstein ed. *Habermas and Modernity*, Cambridge: The MIT Press, 1985. pp.174～175.

（Geltung）。哈貝馬斯有意識地接受了維特根斯坦基於語言哲學的藝術觀。後者明確提出了藝術的語言邏輯規則特性：「藝術等於把握，等於從對象獲得一種規定的表達。」〔註16〕哈貝馬斯借助米德對抒情詩人的創造性的字句的意義協議進行了語言學的闡釋。米德認爲：「藝術家的任務，在於發現這樣的表達方式，就是說，發現在另外的情況下表現出同樣感情的表達方式。抒情詩人具有與一種感情激動聯繫在一起的美的經驗，並且作爲藝術家可以運用詞匯，他存在適合他的激情的詞匯，以及在其他情況下引起自己態度的詞匯……決定性的，是交往的詞匯，就是說，象徵在一種個人那裏，本身是引起與其他個人那裏相同的情況。應該對每一個人來說，都有相同的普遍性，這種普遍性應該在相同的情況下出現。」〔註17〕以哈貝馬斯之見，對一個創造性的詩人而言，意義慣例創造了新的作品，詩人在創作時必須直觀地實現相應的發言者預計的態度，因此文藝創造蘊含著維特根斯坦的規則的概念。如此可以設想，哈貝馬斯以語言規則確定了審美領域的交往共同體，形成了在審美規則下的話語討論或者對審美規則本身的討論，這也就是說，審美領域成爲了話語表達與語言理解並達成共識的空間，這實質上就是審美公共領域。塞爾從虛構話語的共享性方面解釋得很清楚，就本體論的可能性而言，作家可以創作他喜歡的任何人物與事件，就本體論的可接受性而言，連貫性（coherence）是最重要的，關於連貫性的標準在不同文學的類型中是不同的，但是「視爲連貫性的東西，在某種意義上是作者和讀者關於視野的慣例的契約的功能。」〔註18〕曹衛東研究指出，「文學（藝術）實際上發揮的是一種交往理性的作用」，「藝術本質是交往。」〔註19〕可以說，文學藝術在本質上形成了一種基於語言的意義共享的審美公共領域。

哈貝馬斯把公共領域區別爲多種形態，如文學公共領域、科學公共領域、政治公共領域等，而主要有涉及國家權力的政治公共領域和文學公共領域，政治公共領域起初是從文學公共領域中分化出來的。公共領域作爲一個高度複雜的網絡，可以按照交往密度、組織複雜性和所及範圍區分出不同的層次，

〔註16〕 江怡、涂記亮主編：《維特根斯坦全集》第 4 卷，程志民譯，河北教育出版社
2003 年版，第 75 頁。

〔註17〕 見哈貝馬斯：《交往行動理論》第二卷，洪佩郁、藺青譯，重慶出版社 1994
年版，第 20～21 頁。

〔註18〕 John Searle. "The Logic Status of Fiction Discourse", in Peter Lamarque, Stein
Haugom Olsen eds. *Aesthetics and the Philosophy of Art: The Analytic Tradition:
An Anthology*, Blackwell Publishing, 2003. pp.320～327.

〔註19〕 曹衛東：《交往理性與詩性話語》，天津社會科學出版社 2001 年版，第 135 頁。

「從啤酒屋、咖啡館和街頭的插曲性〔episodischen〕公共領域，經過劇場演出、家長晚會、搖滾音樂會、政黨大會或宗教集會之類有部署的〔veranstaltete〕呈示性公共領域，一直到分散的、散佈全球的讀者、聽眾和觀眾所構成的、由大眾傳媒建立起來的抽象的公共領域。」〔註 20〕具體地說，審美領域的創作活動、文本、接受活動都同時構造了不同維度和不同類型的公共領域，創作活動本身涉及到創作者作爲接受者的對話，對話的媒介就是語言文本；現實讀者也以語言爲媒介與文本、作者構成了對話性的理解關係。毋庸置疑，這是一種虛擬的想像性的公共領域或者共同體。審美公共領域也可以借助於實在空間而存在，現實主體直接進入咖啡館、茶館、劇場、音樂廳、博物館、學術會議廳等場所，這就是哈貝馬斯所謂的插曲式公共領域和呈示性公共領域。當文藝活動發展到一定規模時就需要一定媒介和影響的手段，大眾傳媒應運而生，勢不可擋。哈貝馬斯充分肯定了大眾傳媒的交往性：「群眾交往的媒體，卻仍然是表現語言的理解。這些群眾交往媒體，構成了語言交往的技術上的加強，使空間上的距離和時間上的距離聯結起來，成倍地增長了交往的可能性，緊密了交往行動的網絡。」〔註 21〕在現代社會，借助於傳媒技術，語言行動脫離了時空的約束，語言文字的發展形成了作者的作用，「這種作者可以向不規定的，一般公眾進行表達；形成了繼續通過學說和批判構成一種傳統的專家的作用；形成了讀者的作用，這種讀者通過選擇讀物，決定他可以參加什麼樣的交往。」〔註 22〕作者、文藝專家、讀者通過大眾傳媒形成了抽象的自由的審美公共領域。文學的公共領域從宮廷的貴族的文學公共領域向城市的、現代民主自由的公共領域轉換，從而通過討論或者語言理解形成主體間性的共識性經驗。在日益原子化的社會中，現代文學藝術必然需要美學批判、藝術批評等公共領域，分散化主體的審美經驗的擴展亟待批評家、讀者、作者的話語討論，不斷達成主體的差異或者私人性的理解，從而形成對藝術作品的共享，領會現代藝術作品的真理性內容。

　　政治公共領域是通過話語的媒介而構建的空間，成爲鋪設自由民主社會

〔註 20〕哈貝馬斯：《在事實與規範之間》，童世駿譯，生活・讀書・新知三聯書店 2003年版，第 461～462 頁。

〔註 21〕哈貝馬斯：《交往行動理論》第一卷，洪佩郁、藺青譯，重慶出版社 1994 年版，第 470 頁。

〔註 22〕哈貝馬斯：《交往行動理論》第二卷，洪佩郁、藺青譯，重慶出版社 1994 年版，第 243 頁。

的調節性制度，因此民主社會的形成的規範性基礎就是建立自由的公共領域。同樣，自由的審美公共領域是美學、文藝學充分展開的規範性基礎，因爲它促進對趣味、美、眞誠性、審美價值等問題深入而合理的討論，使得文學研究者能夠平等參與審美討論，不斷從他者的理解中深化自身的理解，避免美學領域的精英主義和主觀意識中心主義，同時有利於文學的自由創作與深入理解，從而進行文化的再生產。哈貝馬斯認爲，由文化企業、報刊和大眾媒體所加強的交往網絡構成了文化的公共社會，在這裡「享受藝術的私人所組成的公眾參與文化的再生產」〔註 23〕。自由的審美公共領域的形成，實現了文藝學乃至文學藝術領域從意識哲學向語言哲學的範式轉型。在審美的公共領域中，美學理論、藝術批評、文藝作品獲得承認或者批評，從而獲得價值的合法性或者權威性。並且，只有對審美有效性本身、對審美領域專家化現象加以不斷討論，才能解決現代生活世界由於文化的專業化從而導致與日常生活脫節的文化貧困化現象，使得審美價值合理性成爲日常個體的合理性維度，但這不是「日常生活審美化」〔註 24〕或者哈貝馬斯批判德里達的「語言的審美化」，因爲「只有通過創造認識因素與道德因素和審美表現因素毫無限制地相互作用，才能矯正一種物化的日常實踐」〔註 25〕。哈貝馬斯提出了以下的選擇：「一種審美經驗——它並不是圍繞專家批評的趣味判斷而被設計出來的——能夠使其意蘊加以改變：一旦此經驗被用於闡釋一種生活——歷史的狀況，並與生活問題息息相關，它就進入了一種語言遊戲，那不再是美學批評家的遊戲。」〔註 26〕審美的公共領域的結構性構建成爲審美價值、內在主體意識的充分表達，成爲日常交往的構成性因素之一，成爲生活世界的統一性的重要維度，這事實上確立了文藝學、美學的必要性。

當然，審美領域在現代社會具有自己的規範性基礎，這不僅在於審美話語的規範有效性以及審美公共領域，還意味著它有相應的現代自然法律制度奠基。因爲文學藝術必須在現實社會中對象化，必須在社會生活中有自己的

〔註 23〕哈貝馬斯：《交往行動理論》第二卷，洪佩郁、藺青譯，重慶出版社 1994 年版，第 413 頁。

〔註 24〕Jürger Habermas. *The Philosophical Discourse of Modernity*, trans. Frederick Lawrence, Cambridge: Polity Press, 1987. P.207. P.340.

〔註 25〕Jürgen Habermas. "Modernity versus postmodernity", in Cluvre Cazeaux ed. *The Continental Aesthetics Reader*, London and New York: Routledge, 2000.P.

〔註 26〕（德）尤爾根·哈貝馬斯：《論現代性》，載王岳川、尚水編《後現代主義文化與美學》，北京大學出版社 1992 年版，第 21 頁。

空間，作家的創造空間、媒體形式空間、討論空間、閱讀空間，不僅包括私人空間，也包括公共空間，否則文學藝術純粹是個人的虛無的想像。不論是文學公共領域還是政治公共領域，它們要現實地存在並發揮實際的功能，就必須有法律的保障，保障個體具有自由參與語言交往、話語討論的法律權利：「對於在文學公共領域的交往過程中能夠保障其內在主體性的私人來說，法律規範的普遍性和抽象性標準必須具有一種真正的自明性。」〔註27〕這種法律權力是現代自然法的體現〔註28〕，「現代法律保護法律上在法律認可的界限之內的個人愛好。」〔註29〕自然法在形式上規定了個人意願自由，保障了言論自由、出版自由、結社自由，從而為自由的公共領域提供了法律的依據。這樣，文學公共領域的形成就不僅需要基於語言的主體性經驗的共識，這奠定其內在的規範性，而且要求社會法律的承諾，這是其外在的制度規範性。但是沒有法律意義上的自律主體，就無法言及審美的交往與意義的共享，不是「作為樹的形象和你站在一起」，則難以達至「偉大的愛情」（舒婷《致橡樹》）。因此審美公共領域與自然法的內在邏輯是一致性的，換言之，審美領域的自由主體的共識是一種軟性的法則，而自然法則是把這種軟性的法則規範化、制度化。如果說藝術的本質就是自由，那麼藝術的合法制度化存在就必須有自由民主的法律規範加以保障，同時審美領域的自由性本身象徵了一種理想的自由的政治權力的選擇。只有在一個自由民主的政治體制中，自由的審美公共領域才得以萌生，得到法律的認可，並充分發揮自由言語的交往行動功能，推動審美公共領域的合法性建構，促進審美領域的文化再生產，而這反過來推動民主法律制度的建立與進一步的完善。從這個意義上說，審美就是資產階級意識形態與法律制度的感性形式。

三、哈貝馬斯關於審美領域的規範性建構之限度

問題在於，審美領域只能在資產階級的公共領域中或者只能在特殊形式

〔註27〕哈貝馬斯：《公共領域的結構轉型》，曹衛東等譯，學林出版社1999年版，第58頁。

〔註28〕參見恩斯特・斐迪南德・克萊因：《論思想自由和出版自由：致君主、大臣和作者》，載詹姆斯・施密特編《啓蒙運動與現代性》，徐向東等譯，上海人民出版社2005年版，第88頁。

〔註29〕哈貝馬斯：《交往行動理論》第一卷，洪佩郁、藺青譯，重慶出版社1994年版，第330頁。

的語言規則中奠基嗎？甚至進一步追問，審美領域是否具有規範性基礎或者規則的意識？審美領域頗爲感性、幽微，以至於消解任何形式的規則性與知識的累積性、合理性。麥卡錫對哈貝馬斯提出的質疑具有啓示意義：「在藝術和道德範圍裏，在何種意義上有持續不斷的累積的知識生產呢？」〔註30〕

　　哈貝馬斯把交往理論和美學立足於語言哲學家奧斯汀，特別是塞爾的言語行爲理論之上，他依此可以闡釋審美領域的言語行爲的規則性，認爲寫詩歌和開玩笑的語言基礎即在於言語行爲的「以言行事的使用」〔註31〕，但是這並非不存在問題或者悖論。塞爾的言語行爲理論是建立在文字意義和直接表達形式之上的：「塞爾的理論根據文字的和直接的施爲性來『定義』以言行事的行爲。」〔註32〕他與其他語言分析哲學家一樣，通過語言邏輯的形式分析企圖獲得客觀性與眞理，甚至認爲意義和意向性最終歸結爲神經生理學的問題。他對文學性、修辭性突出的隱喻也展開了語言邏輯的辨識，從表達意義（utterance meaning）和句子意義（sentence meaning）來探討隱喻從「S 是 P」到「S 是 R」的內在邏輯原則，指出：「在隱喻的表達中，沒有一個詞語或句子改變了其意義，然而言說者意指了不同於詞語和句子所表示的東西。」〔註33〕藉此，他批判德里達由於沒有認識到語言哲學的基本歷史，沒有就基本概念進行區別所以導致了語言概念的誤用，從而提出只要遵循語言哲學的基本規則，文學理論看似深奧的問題就變得簡單了。德里達關於所有的理解都是誤解，文本意義的不確定性，書寫先於言語等觀點在塞爾看來難以置信。不過，塞爾領會到隱喻原則的複雜性與多樣性、非規範性，還認爲「隱喻實質上是不可能意譯的」〔註34〕。他在論述虛構話語與非虛構話語的差異中認爲，後者涉及到一系列涉及句子與現實世界的「垂直的規則」，而前者沒有實施以言行事的行爲，只是借助與語言的實際表達或者書寫假裝進行一種以言行事行

〔註30〕 Thomas McCarthy. "Reflections on Rationalization in *The Theory of Communicative Action*", in *Habermas and Modernity*, Cambridge: The MIT Press, 1985. P.179.

〔註31〕 Jürgen Habermas. *Communication and the Evolution of Society*, trans. Thomas McCarthy. Boston: Beacon Press, 1979. P.34.

〔註32〕 Robert M. Harnish. "Speech acts and intentionality", in Armin Burkhardt ed. *Speech Acts, Meaning, and Intentions: critical approaches to philosophy of John. R. Searle*, New York: de Gruyter, 1990. P.177.

〔註33〕 John R.Searle. "Literary Theory and Its Discontent", *New Literary History*, Vol.25, no.3（1994）.

〔註34〕 John R. Searle. *Expression and Meaning*, Cambridge: Cambridge University Press, 1979. P.114.

爲，完全沒有遵循普通話語的規則，懸置了現實的規範要求和許諾。構成虛構話語的不是話語句子本身的特性，因此判斷一個話語是否是虛構的，是根據超語言、非語義的「水平的慣例」，這種慣例突破了句子與世界的聯繫：「構成虛構話語的假裝的以言行事是通過一套慣例的存在得以可能的，這些慣例懸置了聯繫以言行事行爲與世界的規則的規範性運作。在這種意義上，以維特根斯坦的話說，講故事是一種單獨的語言遊戲；爲了遊戲，它就要求一套單獨的慣例，然而這些慣例不是意義規則。」〔註 35〕虛構的文學文本話語所遵循的規則不再是普遍言語行爲的規則，而是依賴於後者的表達形式又超越了後者的規範性基礎。這使得文學領域雖然有共識的達成，有浪漫主義、現實主義的意義共享，但是仍然存在著不可交流性、非確定性和誤解的必然性，或者說可以有交往和理解，卻是僞交往和誤解。青年盧卡奇在《心靈與形式》中指出，「在作者和讀者之間不必然存在著契約」，〔註 36〕文學藝術以語言形式作爲載體即表達了交往的可能性同時也僅僅是一種暗示，所有的理解都是誤解。阿多諾認爲，藝術作品與外在世界交往的方式也是交往的缺失，「這種非交往性指向了藝術的斷裂的本質」。〔註 37〕新批評對文學語言的張力、悖論、反諷的分析，說明了文學語言脫離了日常語言的規則，現代審美經驗正如哈貝馬斯自己所說「逃避了我們規範的範疇所抓取的一切東西」。在某種意義上，哈貝馬斯拒絕把交往合理性與審美合理性範疇等同起來，對語言的交往維度和表現—摹仿的維度進行了區別。在回應德里達、羅蒂、卡勒抹殺文類區分的論述中，他通過俄國形式主義、新批評和奧斯汀、塞爾的言語行爲理論，深入地探究了文學藝術話語的獨特性，認爲文學話語區別於日常實踐規範的普通話語在於其修辭特性、自指性、虛構性、寄生性、以言行事力量的超越性、揭示世界的功能性，它不同於法律、道德話語的規範性、解決問題的功能性。所以，雖然文學話語與哲學話語具有諸多類似，均存在對修辭的看重，但是在不同領域，修辭的工具歸屬於不同的論證形式的學科。這說明，審美領域的規範性不能以交往理性的規範性概念來加以充分闡釋，正如哈貝馬斯所闡述的，「當語言的詩性的揭示世界的功能得到凸顯並獲得構成性

〔註 35〕 John R. Searle. *Expression and Meaning*, Cambridge: Cambridge University Press, 1979. P.67.

〔註 36〕 Georg Lukács. *Soul and Form*, trans. Anna Bostock, Cambridge, Massachusetts: The MIT Press, 1974. P.80.

〔註 37〕 T.W. Adorno. *Aesthetic Theory*, Trans. C. Lenhardt. London: Routledge & Kegan Paul, 1984. P.7.

力量時，語言就擺脫了日常生活的結構性束縛和交往功能」。〔註38〕後來他甚至認為，能夠為理性支撐的有效性主張有兩種類型，即真理的主張和正義化的主張〔註39〕，而不言趣味類型。倘若如此，審美領域的「規範性基礎」本身就不是哈貝馬斯意義上的形式語用學的規範與規則。從這個意義上說，文學藝術領域的「規範性基礎」這一提法是值得懷疑的。

審美領域的神秘性因素、迷狂、狂歡化的混沌狀態導致自由的審美公共領域與合理性交往的消弭；藝術獨特性與創造性的追求，對自我孤獨的內在主體性的挖掘，導致沒有對話的獨白；現代主義藝術表現出來的孤獨與冷酷，超越了可理解性與共享性，崇高的非理性體驗超越了形式的理性把握。即使可以對話與交往，但是所展開的只是表面的淺薄，而無法深入到藝術經驗的實質性層面。審美經驗的無意識因素、偶然性導致語言規則的無限性。無言之美的中國藝術精神的追求往往超越了語言的界限與規則，道心唯微，文心幽緲，諸如葉燮所謂：「詩之至處，妙在含蓄無垠，思致微渺，其寄託在可言不可言之間，其指歸在可解不可解之會；言在此而意在彼，泯端倪而離形象，絕議論而窮思維，引人於冥漠恍惚之境，所以為至也。」〔註40〕維特根斯坦也認為：「音樂中有一些充滿感情的表達——這種表達不是按照規則可以識別的。」〔註41〕堅持對語言的意義進行科學分析的塞爾也認為，虛構的話語雖然具有普通語言的意義，但是並不遵循普通語言的規則，所有的文學作品沒有共同的特徵，也「不可能存有構建為一部文學作品的必要而充分的條件」。〔註42〕余虹教授亦認為，文藝學是一門寄生性的學科。〔註43〕

因此，審美領域是規則與超規則的結合，是審美合理性與非理性體驗的鎔鑄，是審美公共領域的交往的理性、透徹性與不可交往的神秘性、隱私性的交匯，是意義共享與無意識欲望的紐帶。哈貝馬斯也清楚地認識到文學藝

〔註38〕Jürgen Habermas. *The Philosophical Discourse of Modernity*, Trans. Frederick Lawrence, Cambridge: Polity Press, 1987. P.204.

〔註39〕Jürgen Habermas. *Truthandjustification*, ed. and trans. Barbara Fultner, Cambridge, Mass：MIT Press, 2003. P.79.

〔註40〕葉燮：《原詩・內篇下》，見郭紹虞主編《中國歷代文論選》一卷本，上海古籍出版社 1979 年版，第 333 頁。

〔註41〕江怡、涂記亮主編：《維特根斯坦全集》第 11 卷，涂記亮等譯，河北教育出版社 2003 年版，第 157 頁。

〔註42〕John R. Searle. *Expression and Meaning*, Cambridge: Cambridge University Press, 1979. P.59.

〔註43〕余虹：《文學知識學》，北京大學出版社 2009 年版，第 263 頁。

術一方面滿足主體性的私人化的自我陶冶，另一方面成爲公共討論和爭論的焦點。〔註44〕阿倫特曾指出，正是現代人的內在隱私性的發展，藝術領域獲得了重要性：「從 18 世紀中葉直到差不多 19 世紀最後三分之一的年代裏，詩歌和音樂獲得了驚人的發展，與之相伴的是小說的興起。這一繁榮局面與一切更具公共性質的藝術門類——尤其是建築——的同樣驚人的衰落恰巧發生於同時。」〔註45〕這說明，審美領域在現代性的豐富多彩的私人性中獲得了源源不斷的創造力，同時它也滿足了個體的私人的需要，滿足了情感的私人化以及情感的隱蔽處置，內在空間的開拓與釋放。不論是作者的隱蔽的創作活動還是讀者的私人化的閱讀，都在審美領域尋覓到了合法的空間。但是審美領域對阿倫特來說又是一種自由的精神需要，從而從必然性的私人領域進入到自由的公共領域。所以在現代性中，藝術本身又是屬於公共領域的，亞當‧斯密曾說過，公眾的贊賞「對詩人和哲學家來說，幾乎佔了全部。」〔註46〕哈貝馬斯試圖從現代理性的重建中思考審美領域乃至文學藝術的規範性是有意義的，但是這種規範性只是文藝學規範性基礎的一方面，這是其限度。如果把這一方面無限制地擴展，就導致規範性本身的失效。也就是說，「規範性基礎」這個命題與提問方式如果僅僅在哈貝馬斯的意義上進行理解，對審美領域或文藝學學科建構而言不是全部僅是部分有效的。之所以部分有效，是因爲他的建構可以爲文藝領域劃定理性的邊界，但是無法界定審美領域複雜的內涵，只是設置一個形式的框架，但無法規範框架之中的實質內核。而且，哈貝馬斯討論規則或者批判理論的規範性基礎，主要是從社會理論的角度，從現代社會的整體的潛力的把握的視野來審視的，尤其注重從法律的合法性基礎出發來設置社會合理化的可能性，從話語倫理的程序來達到現代國家與世界秩序的自由民主的形成，這是一個涉及民主權力與合法性制度的建設的問題，即「現代社會制度的合法性辯護何以可能」這一問題。〔註47〕也正是從這個角度出發，他充分汲取了從自然語言（日常語言）的研究所提出的言語行爲理論作爲自己的語言哲學基礎，而

〔註44〕 Nick Crossley, John Michael Roberts eds. *After Habermas: New Perspectives on the Public Sphere*, MA: Blackwell Publishing, 2004. P.3.

〔註45〕 漢娜‧阿倫特：《公共領域和私人領域》，載汪暉、陳燕谷主編《文化與公共性》，生活‧讀書‧新知三聯書店 2005 年版，第 71 頁。

〔註46〕 漢娜‧阿倫特：《公共領域和私人領域》，載汪暉、陳燕谷主編《文化與公共性》，生活‧讀書‧新知三聯書店 2005 年版，第 87 頁。

〔註47〕 童世駿：《批判與實踐——論哈貝馬斯的批判理論》，生活‧讀書‧新知三聯書店 2007 年版，第 144 頁。

不是從文學藝術的詩性語言中獲得本體論基礎。因爲自然語言本身存在一個社會文化的規則與慣例，所以批判理論可以在這個基礎上重新挪用現代性的潛力，從現代性的潛力中獲得民主自由的可能性，從而拯救現代性的規範性內容。這個規範性基礎不是經典的西方馬克思主義的批判理論的審美烏托邦訴求，而是一個社會規範倫理建構。如果把哈貝馬斯這種規範性基礎的概念毫無中介地轉移到審美領域和文藝學的規範性基礎的建構，必然導致諸多無法解決的問題。因此文藝學的規範性基礎的建構不能僅僅以哈貝馬斯的普遍主義範式爲依託，不獨是把「藝術作品的實驗性的潛力帶入規範的語言」，而是要居於「虛構話語」與「規範語言」的持續撞擊之中。

第二節　基於差異性交往的文藝理論

目前國內學術界就文藝學的合法性問題的討論愈來愈深入，其中哈貝馬斯的普通語用學的理論範式成爲一個重要的基點，這個基點所引發的問題在很大層面是屬於社會理論的視野。這進一步引出另一問題的反思，社會理論視野下的文藝理論的合法性問題。當代社會理論對文藝理論的建構產生了實質性的影響，但是這種範式的文藝理論存有闡釋的有效性的限度，故下面從盧曼基於社會系統理論的文藝理論的辨析來探詢文藝學的規範基礎問題，僅在於爲近年的規範性討論提供一個參照視角。我們主要集中於藝術交往的命題。

一、盧曼的社會系統理論的基本觀點

要對盧曼的文藝理論有準確地把握首先得分析其社會系統理論，因爲藝術問題是其社會理論的應用。盧曼作爲當代德國最出色的社會理論家之一，在帕森斯的功能社會學基礎上整合了德國傳統社會理論和當代最新的數理形式理論、神經生理學、控制論，發展了一種新型的社會系統理論，開創了闡釋現代社會機制的新的話語模式，促進了社會理論的當代轉型，思考的問題不是康德的問題「主體如何獲得對現實的客觀認識」，而是提出「被組織化的複雜性是如何可能的」問題。

盧曼認爲，系統分化就是在系統與環境之間的差異系統中的重複，整個社會系統藉此把自己視爲環境，形成自己的亞系統。〔註48〕他把現代社會視

〔註48〕Niklas Luhmann. *Social System*, Trans. John Bednarz, Stanford University Press, 1995. P.7.

為功能分化的社會系統，現代社會是一個不斷分化的，不斷區分為相對自律的諸多亞系統，譬如法律系統、經濟系統、政治系統、宗教系統、交往系統、藝術系統等。系統之所以存在，是因為一個系統具有自我內在的空間領域，這個領域與其他領域有一個邊界，這個邊界在盧曼那裏就是來自於布朗的形式原點「¬」。邊界的確立是在康德、韋伯所論及的，他們以主體之能力和價值規範性來進行思考，但是盧曼看重的是邊界的結構上的建構意義，因為邊界確立一個系統內在領域以及其外在的環境，確立一個有與無的形式框架。沒有哪一個系統沒有環境，但是環境也是包括於系統之中的。盧曼還從語言學出發來分析系統，他區分來自我指涉與外在指涉這兩個概念，前者是指一個系統是封閉性的自我運作機制，自己賦予自身的再生產，後者是指系統與其他系統發生著聯繫，但是這種聯繫也是基於自我指涉的。盧曼認為，系統的內在機制的再生產是一種自動創造（autopoiesis）。這種借助於生物學概念的自動創造不斷促進系統的分化，在系統內部形成新的亞系統以及新的環境。這就是說，社會系統是一個不斷分化的亞系統建構起來的。盧曼的觀點看起來沒有多少原創性，可以看作是對韋伯的社會理論的重新闡釋。

　　但是與韋伯不同之處，盧曼並不把社會系統視為行為者的意義價值分析，而且並不把現代社會視為總體性的、統一性的整體，而是認為社會系統內在充滿悖論、差異性、偶然性與風險。如此理解，現代社會不是總體性的而是充滿偶然的選擇的社會形態，在系統內在元素與外在環境中呈現選擇的可能性與多元性。所以，後現代主義所追求的諸多論點，尤其是差異性概念內在於現代性之中。布達佩斯學派社會理論家赫勒也持有類似的觀點，認為現代性本身是異質性的，「現代性不應該被視為一個同質化的或者總體化的整體，而應該被視為具有某些開放性但又不是無限可能性的碎片式的世界。」〔註 49〕不僅偶然性、差異一直在現代社會存在，而且現代性始終是不可克服的悖論，盧曼通過布朗的《形式的規律》的數學運算的悖論理論來闡釋現代社會的系統問題，認為系統分化後又重新進入原來的系統之中，區分本身又「重新進入」區分之中。在盧曼看來，「重新進入是一個隱含性的悖論，因為它處理不同的區分（系統／環境，以及自我指涉／外在指涉），好像這些區分是同樣的，」〔註 50〕所以

〔註 49〕 Agnes Heller. *A Theory of modernity*, London: Blackwell Publishers, 1999. P.65.
〔註 50〕 Niknas Luhmann. *The Reality of the Mass Media: Cultural memory in the present*, Trans. Kathleen Cross, Stanford University Press, 1998. P.11.

「現代社會是一個悖論性的系統」。〔註51〕可以說，盧曼的社會理論具有後現代特徵，這構成其與哈貝馬斯的社會理論的分歧，因爲後者仍然迷醉普遍的交往共同體，而這正是盧曼所批判的。

二、差異性交往的藝術系統

盧曼在發展社會系統理論的過程中也探討了藝術問題，把藝術領域視爲社會系統的亞系統。這樣，藝術問題得到一個獨特的社會理論的闡釋。與一般的社會理論視野下的藝術研究不同的是，盧曼深入地進入到了文學藝術的腹地與核心問題，涉及到豐富而細緻的文學藝術歷史與文學藝術理論的發展軌跡與前沿問題，帶著這樣的視野來運用其社會系統理論，其社會系統理論中的文藝理論是極有闡釋的合法性的，在一定程度上說是有效的，開掘了文藝研究的嶄新的範式。盧曼說：「走向現代性之衝動展現得如此深入，以至於藝術生產和藝術理論的對稱性互惠如果沒有它就不可能進行思考。」〔註52〕

盧曼的藝術理論主要在整個社會系統的框架下進行的，重點探討藝術系統的獨特與藝術的合法性基礎，涉及到藝術的自主性、自我再生產、藝術作品的形式與媒介、藝術系統的功能等。其中一個核心問題就是藝術是一種交往的命題。但是與傳統的交往理論以及哈貝馬斯的交往理論不同，盧曼的交往理論是基於差異的交往理論，消解了最終的共識與理想共同體的形成，彰顯出後現代特徵。

盧曼把人類社會的系統區分爲心理系統、生理系統、社會系統，社會系統再區分爲政治、法律、宗教、藝術、交往等亞系統，而藝術系統的獨特性在於聯繫著心理系統與社會的交往系統。一般來說，心理系統是基於意識與感知的系統，是意識與外在世界的結構系統，這個系統與交往系統不同，後者不涉及到感知的具體性，只涉及到信息的傳播與符號的理解問題，是一種獨立的自我再生產形式。在盧曼看來，藝術系統就連接了這兩個不相關聯的系統，因爲藝術涉及到具體的感知的，尤其是直覺的想像性的幻覺，總是提供一個具體的世界，所以是與意識系統有聯繫的，但是藝術不是意識的封閉性表達，而是聯繫著交往系統。從這個意義上說，藝術就是一種交往，一種具有感知的交往，「藝

〔註51〕 Niklas Luhmann. "The Autopoiesis of Social System", Felix Geyer and Jahannes eds. *Sociocybernetic paradoxes*, Sage Publication Ltd, 1986. pp.172～192.

〔註52〕 Niknas Luhmann. *Observations on modernity*, trans. William Whobrcy, Stanford University Press, 1998. P.4.

術是一種溝通，並以各種尚未釐清的方式來使用感知。畢竟，在有機系統、心理系統、以及社會系統的運作封閉性之間，還是存在一種彼此強化的關係，並且因此讓我們即刻追問：藝術對於這種相互強化的關係做出何種特殊的貢獻。」〔註53〕感知賦予了所有的交往一個感知的框架，沒有眼睛，就無法閱讀，沒有耳朵，就無法傾聽。爲了感知，交往必須在感知的引領中引發高度的注意力。交往必須保持高度的吸引力，或者通過特殊的噪音，或者通過特殊的身體姿態，或者通過慣用的符號，或是通過書寫文字等。在盧曼看來，通過感知與交往的區分賦予了美學研究的新領域，雖然前人已經把藝術作品視爲一種特殊的交往，一種通過更快速且複雜的傳達形式來補充言辭交往的方式，但是這種交往僅僅是理想的交往，目的是更加完善地描繪這個自然世界，涉及的是啓蒙的**變體**，是一種特有的感官認識，也就是鮑姆嘉登確定美學的意圖所在。鮑姆嘉登確立美學史在感性認知與理性認知的區分，將關於美的事物的學說視爲美學，從而阻礙了人們看清感知與交往的區分，溝通是無法進行感知的。鮑姆嘉登開創的方式是人類學的本質主義方式的美學理論，這種理論通過康德延伸到黑格爾，但是盧曼以社會系統理論的藝術理論顛覆了這種認識論美學或者人道主義美學或者說基於意識哲學的美學，雖然在哈貝馬斯看來盧曼的理論仍然是意識哲學的。〔註54〕盧曼比較重視語言交往的分析，雖然有超越語言的交往的間接交往，雖然語言的交往是一種耗費時間的、緩慢的，可以在任何時間點上被中斷，但是藝術仍然發揮了交往的功能，體現了社會系統的社會性。用盧曼的話說，「藝術作品本身借由感知的成效來吸引觀察者的注意力，而且這些感知成效如此難以捉摸，足以避開『是或否』的分歧。我們看見所看見的，聽見所聽見的。而且當他人觀察到我們正在感受某種事物時，我們的確無法否認自己正在感受這件事。透過這樣的方式，就產生來一種無可否認的社會性。儘管是在避開（或者說繞過）語言的情況下，但是藝術還是完成了意識系統和溝通系統的結構耦合。」〔註55〕

〔註53〕尼可拉斯・魯曼：《社會中的藝術》，張錦惠譯，臺北：五南圖書出版股份有限公司 2009 年版，第 49 頁。

〔註54〕Jürgen Habermas. *The Philosophical Discourse of Modernity*, trans. Frederick Lawrence, Cambridge: PolityPress, 1987. 哈貝馬斯把盧曼的系統理論視爲是主體哲學的表現。

〔註55〕尼可拉斯・魯曼：《社會中的藝術》，張錦惠譯，臺北：五南圖書出版股份有限公司 2009 年版，第 57～58 頁。

　　藝術是一種特殊的交往，但是交往的目的卻並不是哈貝馬斯所說的共識，這是盧曼在分析交往問題時所反覆強調的，他不認同唯有在語言存在的情況下藝術才可以存在的論斷，因爲藝術讓人有可能在避開語言的情況下，也就是說在避開和語言相關的規則的情況下，進行嚴格意義上的交往，藝術的形式就是沒有語言也沒有論證的方式來告知信息。藝術作品以交往目的進行生產，但是始終冒著交往的風險，也就是理解的差異性。藝術交往是一種製造差異的差異，「藝術形式的奇特性——就像聽覺性與視覺性語言工具的奇特性也能以其他的方式——產生了一種蠱惑的魅力。這樣的魅力後來成爲一種可以藉以改變系統狀態的訊息，也就是作爲一種製造差異的差異（貝特森）。這就已經是溝通了。」〔註56〕文本藝術如巴特所說不是一個被動的接受的可讀性文本，而是要求讀者重新建構的可寫性文本，它不是一種定理意義的交往，所以18世紀末的作者將自身從文本中撤離，或者至少避免向讀者表明他的告知意圖的緣由，不希望直接給讀者以信息甚至想訓誡他的讀者，讓自己的生活方式能夠迎合道德要求。相反，他選擇文字作爲媒介，形成了異常密集而前後連貫的自我指涉與外在指涉的組合。這樣，文字不僅擁有其規範的意義，代表了其他事物，並且也擁有了自身的文本意義。所以在盧曼看來，藝術系統的獨特性在於跨越法則的有效與無傚之差別，跨越法則之有效乃是跨越法則在藝術作品內部失去效力的前提，因此盧曼明確提出：「我們所關心的也並不是一種尋求共識或者以充分的理解爲目標的目的論式過程。任何一種交往都可以達到或者達不到這樣的目標。這裡具有決定性地位的，反而是在自我生產的不確定性這樣的框架中，處理這些參與者始終渴求的、看見的、感受到的諸多區分這樣一個過程的自我創造的組織」，「藝術交往本來就是含有多重意義的」，「通過藝術的交往內在地是框模棱兩可的」。〔註57〕盧曼通過17世紀和18世紀的情愛文學的研究，提出：「成功的交往日益變得不可能，因爲在交往中個人對世界的視點日益個體化，世界也是匿名地加以建構的。」〔註58〕藝術的交往是基於差異的交往，每一種交往就產生一種分歧。

〔註56〕尼可拉斯・魯曼：《社會中的藝術》，張錦惠譯，臺北：五南圖書出版股份有限公司 2009 年版，第 67 頁。

〔註57〕Niklas Luhmann. *Art as s social system*, trans. Eva Knodt, Stanford University Press, 2000.P.40.

〔註58〕Niklas Luhmann. *Love as Passion: the codification of intimacy*, Cambridge: Polity Press, 1986.P.22.

三、藝術形式與媒介的悖論性差異

　　盧曼還從藝術作品的形式與媒介的思考細緻地論及這一基於差異的藝術交往的命題。

　　藝術交往是借助於形式所進行的交往。形式的概念暗含了一個具有兩面的形式，即一種可以被區別開來的區分。盧曼借助於布朗的《形式的規律》的探討，認爲形式以一個符號劃定邊界，「形式就是反對另一種形式的邊界」，這樣來確定自我指涉與外在指涉，從空白之中形成了一個標識，這個標識區別了標識的與未標識的。因此，形式是被有限的與無限的差異所確定。因此，形式是差異，這種觀點不是去思考形式的本體論，也不是形式的符號學理論，也不是分析形式的辯證法，而分析形式作爲區分的功能意義。這樣，盧曼認爲，世界的統一體是不可能達到的，藝術的統一性也是不可描述的，形式的出現是只是從無限可能性中選擇的一種，通過選擇來束縛作品進一步建構。藝術作品通過一種形式決定限制進一步的可能性來使自己封閉起來。但是任何一種形式卻不能圓滿地理解或表現世界，每一種區分再生產形式標誌的空間與未標誌的空間之間的差異。這裡事實上融合著偶然性與悖論，藝術實踐，不論是生產還是理解，都只能被理解爲這種悖論現象的修正，「作爲創造和刪掉形式的活動，而不是在於應用原則或者規則」。〔註59〕因此，最爲重要的不是去發現形式的本體，找到一件事物本身是什麼，而是在於這種形式或事物使什麼成爲可見的。這樣如此遞推下去，藝術就如德里達所說的延異概念所意味的，不斷走向差異性：「藝術作品讓本身作爲一系列交織在一起的諸區分，而成爲可觀察的；在藝術作品中，每一個區分的另一面都引發進一步的區分。藝術作品讓本身作爲一系列的延遲（德里達意義上的延異）而成爲可觀察的；這一系列的延遲，同時能夠將這一個被不斷延遲的差異『客觀化』爲世界的未標記空間；也就是說，讓它作爲差異而變成不可見的。而且，所有這些都顯示出：唯有尊重世界始終是不可見，藝術作品才會出現」。〔註60〕從這裡盧曼再次看到共識的消解，他聯繫到現代社會對二級觀察而不是一級觀察的重視如此認爲：「事物的同一性取代了意見的一致性。身爲觀賞者，我們毋需中斷與藝術家的形式決定的聯繫，也可以得出完全不同於藝術家本身

〔註59〕Niklas Luhmann. *Art as s social system*, trans. Eva Knodt, Stanford University Press, 2000. P.33.

〔註60〕Niklas Luhmann. *Art as s social system*, trans. Eva Knodt, Stanford University Press, 2000. P.33.

所引介的判斷、評價、和體驗。我們依然保持在藝術家所確定下來的諸形式上，卻能夠以完全不同於他所要表達的方式來觀看這些形式。」〔註 61〕這是以物位取向的原則取代了共識的需求，這不是哈貝馬斯的共識建構，也不是帕森斯的「共享的符號系統」，而是聯繫著英伽登的「空白」與艾柯的「開放的藝術作品」觀念以及克里斯蒂瓦的「互文性」概念。這種形式的悖論所導致的共識的消解也伴隨著本真性、原創性藝術觀念的消解，這是現代社會的內在特質所導致的，也是現代社會基於二級觀察即反思性所導致的，所以能夠進行的是基於形式悖論的差異性、偶然性的建構。雖然藝術系統仍然還有規範性的限制，但是避開了規範性的調節，從而批駁了那些將全社會系統的結構變成規範性事物的理論，變成一種默許而締結的社會契約或者道德共識。法律可以提供社會的保證，沒有法律就沒有社會，但是盧曼認為，全社會的統一和再生產與自動創造，「不能被化約為規範性質」。〔註 62〕所以他認為，「藝術作品必須顯示足夠的歧義性，眾多可能的閱讀方式。」〔註 63〕所以盧曼的區分差異理論的藝術理論，就宣稱了「基於規則的美學的死亡」。〔註 64〕

盧曼還從媒介與形式的區分來審視藝術的悖論問題。形式與媒介的區分取代來傳統的具有本體論的實體與偶然性、事物與特性的區分。在他看來，媒介與形式是由系統所建構的，它們始終預設了一種特有的系統的指涉。它們就自身而言是不存在的，而是系統的產物。無論是媒介或者是形式都無法再現系統的最終物質狀態，所以藝術系統所擬定的形式與媒介的區分只有相對於藝術系統而言才是意義重大的，正如貨幣媒介與價格始終只有對經濟系統而言才是意義重大的一樣。媒介與形式都是元素的結合，媒介是元素的鬆散的結合，意味著元素有多種結合的可能性，具有偶然性，而形式是通過元素之間的依賴關係的集中化而產生的，因此形式被視為心靈的自我指涉的一種建構，可以被感知，但是媒介卻不能被感知。這就構成了形式與媒介的區分，彼此是獨立的。但是二者是聯繫的，不存在沒有媒介的形式，也不存在沒有形式的媒介。盧曼

〔註 61〕 尼可拉斯・魯曼：《社會中的藝術》，張錦惠譯，臺北：五南圖書出版股份有限公司 2009 年版，第 156 頁。

〔註 62〕 尼可拉斯・魯曼：《社會中的藝術》，張錦惠譯，臺北：五南圖書出版股份有限公司 2009 年版，第 185 頁。

〔註 63〕 尼可拉斯・魯曼：《社會中的藝術》，張錦惠譯，臺北：五南圖書出版股份有限公司 2009 年版，第 60 頁。

〔註 64〕 Niklas Luhmann. *Essays on self-reference*, New York: Columbia University Press, 1990. P.206.

認為：「藝術為了生產形式，就顯然要依賴於原初性的媒介，尤其是光學的和聲學的媒介。」關鍵在於，通過賦予媒介以一種藝術形式，藝術形式本身構成了一種媒介，一種高級媒介，把媒介與形式的差異視為交往的媒介，這樣區分又重新進入被區分的過程中。因此，這裡仍然存在著形式的悖論與交往的悖論。形式預示了可能性，也預示了不可能性，既預示了信息的獲得，也預示了其他的可能性。藝術的媒介既使形式創造得以可能，也使之不可能，因為媒介始終包含了其他可能性，從而使每一種決定性的事物呈現為偶然性，正如克里斯蒂瓦所說：「詩就是還沒有變成法則的東西」。〔註65〕

如果說藝術是意義的交往，那麼這種交往不是意義的共享，而是意義的不斷延伸，意義的媒介就在於差異，在於現實性與潛在性的差異，藝術的功能也就在於生產藝術的差異，甚至藝術的未來也在於差異的選擇上。盧曼的藝術理論的思考是宏大而全面的，他的核心是要分析藝術系統的特有功能與特性，這是一種基於差異的交往理論。這個系統是自我生產與自我反思，不斷形成差異的意義，以通過藝術作品及其形式的建構來不斷進化。但是這種具有特殊功能的系統正是在整個現代社會系統中完成的，這就確立了藝術自主性與合法性的社會基礎。

四、盧曼的文藝理論的有效性之反思

應該說，盧曼通過社會系統理論來解釋藝術問題具有很大程度的有效性，「體系理論提供了建立知識事業的可能性」，割裂了與認識論哲學的聯繫，超越了批判理論的主觀印象主義，「它作為一種方法使我們對文學文本和文學傳統的處理髮生了革命性變化」，形成一種新的範式。〔註66〕也正是如此，一些學者在盧曼寫作《作為社會系統的藝術》一書之前就已經把他的社會系統理論用於文學藝術研究，產生了一些文學理論著述，還形成了文學研究的盧曼學派，認為體系理論與文學之間存在著真正的親密性。而且，盧曼有意識地切入現代當代文藝理論的具體理論問題與重要的文學現象，其理論對於文學藝術現象的闡釋是具有合理性的，盧曼對浪漫主義的闡釋可謂細緻綿密，

〔註65〕 Niklas Luhmann. *Art as s social system*, trans. Eva Knodt, Stanford University Press, 2000. P.126.

〔註66〕 Robert Holub. "Luhmann's Progeny: Systems Theory and Literary Studies in the Post-Wall Era", *New German Critique*, No.61, Special Issue on Niklas Luhmann (Winter, 1994), pp.143～159.

當代文藝學的規範性基礎
——合法性反思及其批評實踐

並不亞於文學研究領域的浪漫主義研究。〔註 67〕他既深入地把握了文藝系統的特殊性生成機制與再生產機制以及自主性的維持能力，也清晰地看到藝術系統的社會基礎，這是社會理論與文藝理論深入結合的產物。

盧曼的文藝理論的價值在於：首先是確立了藝術系統在現代社會是一個特殊分化的功能系統，這個系統發揮著意義交往的功能。它作為一個系統，形成了其自身的封閉性運作機制及其環境，有著自己的自我指涉與外在指涉的結構系統，從而進行自我再生產與自動創造的可能性，形成藝術現代演化的特徵，這種演化不是進步與退步的歷史哲學，而是基於一種不斷循環的，藝術的演化乃是藝術本身的，「藝術的演化並不能由外部的干預所引發：既不可能透過天才藝術家的自發性創造力，也不可能如同嚴格意義的達爾文式理論所必然假設的一般，經由一種社會環境的『自然選擇』所引發。……演化論是以一種循環而非線性的方式被建構起來的。」〔註 68〕這是基於系統的差異與自動創造而進行的循環，藝術演化就是如此才呈現出發生機率極低而保存的幾率極高的悖論的循環。這些觀點闡釋了藝術系統的社會性。這是從社會系統理論視野或者從社會學視野對文藝領域的獨特性描述，顯然不同於文藝理論家的描述，從而為文藝研究打開了新的視野。

第二、盧曼把藝術系統的描述定位於社會系統，同時定位於藝術自主性或者自律這個獨特系統，引發了關於藝術領域的合法性與規範性基礎的重新反思。他的反思就是確立藝術自身的合法性的可能性的問題，顯然這個問題進入了當代藝術死亡所帶來的關於藝術如何可能的激烈爭論。可以說，盧曼的藝術系統理論並不是重點分析社會對藝術的影響或者藝術對社會的影響，不是分析阿多諾的藝術與社會的自律與依賴性的雙重性關係，而是基於藝術自律如何可能的問題，藝術自律是如何通過藝術作品本身進行自我再生產。因此，這進入到文藝理論的核心問題。也正是如此，盧曼以藝術系統的「自我描述」概念作為藝術系統的合法性的一個重要基點，因為關於藝術系統的自我描述就是不斷確立藝術的邊界與藝術作為藝術的可能性。關於模仿的理論、美的理論、趣味的理論、虛構的理論、否定性美學、反藝術的理論都是藝術系統的自我描述。這說明，藝術系統關於什麼是藝術的描述也就是藝術合法性奠基的問題。但是

〔註 67〕 Niklas Luhmann. "A Redescription of 'Romantic Art', *MLN*, Vol. 111, No.3, German Issue" (Apr., 1996), pp. 506～522.

〔註 68〕 尼可拉斯·魯曼：《社會中的藝術》，張錦惠譯，臺北：五南圖書出版股份有限公司 2009 年版，第 445 頁。

－28－

在盧曼看來，藝術的自我描述都不可迴避悖論與偶然性問題，甚至回到維特根斯坦的命題上：「維特根斯坦的哲學無可估量的影響之一，在於提出了藝術的概念是否能夠定義的問題。倘若遊戲觀念必然已經保持為無可定義的話，那麼藝術的概念勢必也該是如此。」〔註69〕根據盧曼的社會系統理論，藝術的合法性問題是一個差異的問題也是始終充滿悖論的可能性。如此就與以往的藝術合法性概念截然不同，因為這不是尋求本質性或者形而上學的合法性概念，而是尋求不斷差異的合法性概念，這也是基於他的關於藝術交往的差異性基礎上的，這事實上打開了關於藝術合法性理論的多元性建構，而不是僅僅基於語言維度的交往美學，因為現代社會「不再有一個決定一切的阿基米德點」，不可預測性就是所謂的「規則」。〔註70〕顯然盧曼的文藝理論打開了文藝領域的合法性包括文藝學的規範性討論的嶄新視野。

但是盧曼的文藝理論仍然面臨著其他當代社會理論視野的文藝理論同樣的問題，這也是我們要給予慎重反思的。他的文藝理論具有高度的抽象性，從而忽視了文藝領域的複雜性與豐富性，忽視了對文藝領域最重要的審美經驗的體驗，正如他自己明確認識的，他關於藝術的分析「忽視了個體藝術形式的各種差異」。〔註71〕同時，他對藝術系統的闡釋顯示出藝術交往的差異性與藝術系統的異質性，但是通過審視其整個社會理論著述，他使用的是同一個理論框架，尤其是基於布朗的「形式的規律」、生物學的「自我創造」、語言學的自我所指與外在指涉等概念，由于堅持基於差異的悖論的形式規律，他在經濟系統、情愛系統、法律系統、藝術系統堅持同樣的觀點，這顯示了他的社會理論的高度的抽象性與普遍性，同時也與其堅持的觀點構成了不可克服的悖論，在某種意義上說並沒有深刻揭示出藝術系統的獨特的自主性與合法性問題。或者說，他的文藝理論沒有深入地進入藝術系統的多樣性與幽微。這是當代社會理論視野下的文藝理論的一個共同特點，雖然對文藝現象，尤其是文學藝術作品進行了較為細緻的分析，如拉斯的《後現代主義社會學》的分析，認為現代主義文化以「推論的」方式進行意指，「而後現代主義是以

〔註69〕尼可拉斯·魯曼：《社會中的藝術》，張錦惠譯，臺北：五南圖書出版股份有限公司2009年版，第472頁。

〔註70〕C. F. Niklas Luhmann. *Social System*, trans. John Bednarz, Stanford University Press, 1995. P. XII.

〔註71〕Niklas Luhmann. *Essays on self-reference*, New York: Columbia University Press, 1990. P.191.

『比喻的』方式意指」，前者強調了詞對於圖像的優越性，重視文化對象的形式質性，是自我的感性而不是本我的感性，後者是利奧塔的欲望美學，也就是桑塔格的感性美學。〔註72〕但是社會學視野的總體性與普遍性，使得其文學理論話語具有普遍性的宏大敘事之特徵，只不過盧曼以差異性和悖論作為統一性範疇而已。雖然盧曼在《作為社會系統的藝術》的開篇清晰地認識到：「普遍的社會理論試圖根據規範性、有機性和統一性概念來描述其對象，這本書的項目竭力遠離之。」〔註73〕但是，他最終的分析仍然沒有超越他試圖克服的普遍性框架。再者，他基於形式的差異的理論實現了社會理論的轉向，從行為與動機研究轉向了系統功能的分析，實現了從人道主義美學、意識哲學、主體性美學向建構主義的轉向，體現出鮮明的後人道主義美學特質。儘管這種轉向帶來的意義是巨大的，但是忽略了文藝領域的豐富的審美經驗的存在性思考，也忽略了對審美價值的反思，結果他的文藝理論是基於意義的結構主義與後結構主義理解，意義成為差異或者區分的形成，從而喪失了藝術領域的高度的人文屬性與心靈安撫的功能，喪失了文藝對人類存在的價值思考，而走向了基於數理形式邏輯的演算，這就冒著把藝術視為一種自然科學的危險。所以有學者質疑：由於盧曼局限於藝術的文化維度，「他把藝術作品本身要傳達的信息或意義視為是完全剩餘的。沒有意義，藝術是什麼？這不僅僅是藝術的問題，也是盧曼理論的問題。」〔註74〕

第三節　藝術制度理論反思

藝術制度〔註75〕理論（Institution Theory of Art）隨著社會現代性與文化現代性的深入研究愈益受到學界重視，國內一些學者開始思考中國現代文學制度的形成、發展、特徵。〔註76〕勿庸置疑，這會拓展現代文學研究的視野，

〔註72〕 Scott Lash. *Sociology of Postmodernism*, Routledge, 1990. P.174.

〔註73〕 Niklas Luhmann. *Art as s social system*, trans. Eva Knodt.Stanford University Press, 2000. P.1.

〔註74〕 Steven Sherwood. *"Art as a Social System* by Niklas Luhmann"*, The American Journal of Sociology*, Vol. 108, No.1 (Jul., 2002). pp.263～265.

〔註75〕 制度即是英文「institution」，它又譯為「體制」、「建制」。臺灣學者單德興翻譯了柯里格（Murray Krieger）的論文《美國文學理論的建制化》，見《中外文學》1992 年第 21 卷，第 1 期。

〔註76〕 見王本朝的《中國現代文學制度研究》（西南師範大學出版社 2002 年版），張頤武的《現代性」文學制度」的反思》（《文學自由談》2003 年第 4 期），王本

爲現代文學研究提供新的理論範式，可以深化中國文化現代性的研究，同時有助於推進藝術社會學的建構。但是，在引介或者建構藝術制度理論之同時，應對之進行多維度地深入辨析，對其合法性基礎進行充分論證，甚至質疑，這是理論研究者不容忽視的工作。布達佩斯學派（Budapest School）對藝術制度理論的批判可以爲此提供一種參照。這個學派的主要哲學家阿格妮絲・赫勒（Agnes Heller）及其丈夫費倫次・費赫爾（Ferenc Fehér）通過嚴格意義的社會理論的哲學思考，揭櫫了現代性中藝術與制度領域的複雜關係。通過探討藝術在創作、接受、傳播等方面制度化（institutionalization）的可能性條件，他們認爲，藝術從根本上說不能被制度化。

一、藝術制度理論趨勢

藝術制度理論是 20 世紀後期西方美學與社會學提出的一種重要理論，它涉及到藝術的重新界定、審美現代性、意識形態等多種複雜的意指，涉及到哲學、美學、社會學、人類學等跨學科的知識整合。

丹圖（Arthur C. Danto）、迪基（George Dickie）等人面對藝術的危機與藝術界定的危機試圖對藝術進行重新定義。丹圖在 1964 年的《哲學雜誌》（*Journal of Philosophy*）上提出了「藝術界」（artworld）概念。十年後，迪基在《藝術與審美》一書中對藝術制度理論進行了系統地闡發。他認爲，一部藝術作品就是一件人工製品，它由藝術界決定。博物館、畫廊、發表評論和批評的雜誌、報紙等制度，以及這些制度中工作的個體，諸如館長、主人、商人、表演家、批評家，通過接受討論與展出的對象或者事件，來決定什麼是藝術，什麼不是藝術。〔註77〕這種藝術的定義強調程序，而不關注功能與價值，〔註78〕突破了以往藝術是情感與自由的表現、是審美經驗的對象等觀念。布爾迪厄（Pierre

---

朝的《中國現代文學的生產體制問題》（《文學評論》2004 年第 2 期）、《文學制度：現代文學的一種闡釋方式》（《文藝研究》2003 年第 4 期）、《湖北大學學報》2003 年第 6 期發表的關於「文學制度」筆談的四篇文章（如王本朝的《文學制度與文學的現代性》，曠新年的《文學存在的權力與制度》等）。日本學者藤井省三的《魯迅〈故鄉〉閱讀史：近代中國的文學空間》（新世界出版社，2002 年版）也是在文學制度的意識下展開研究的。

〔註77〕 Cf. Susan L. Feagin. "Institution Theory of Art", in Robert Andi eds. *The Cambridge Dictionary of Philosophy*, Cambridge: Cambridge University Press, 1995. P.379.

〔註78〕 Cf. Stephen Davies. "Definition of Art", in Edward Craig eds. *Routledge Encyclopedia of Philosophy*, Vol. 1, London and New York: Routledge, 1998. pp.465～466.

Bourdieu）是從社會學角度來研究藝術制度的。他認爲，藝術作品要作爲有價值的象徵物存在，只有被人熟悉或者得到承認，也就是在社會意義上被有審美素養和能力的公眾作爲藝術作品加以制度化的條件下才可能。藝術是制度構建的結果：「作爲直接帶有意義和價值的藝術品的經驗，是與一種歷史制度的兩方面協調的結果，這兩方面是文化習性和藝術場。」〔註79〕布爾迪厄試圖探尋文學價值與意義得以形成的社會機制，釐清文學場與權力場、經濟場等社會結構的同源性問題，從而推進了藝術制度理論。他認爲，丹圖的藝術界概念僅僅指「藝術品制度（從積極的意義來看）的事實。他省去了制度（藝術場）發生和結構的歷史的和社會學的分析，藝術場能夠完成這樣一種制度行爲。」〔註80〕與丹圖、迪基不同，布爾迪厄不僅認識到藝術制度的外部與內部結構，而且展示了藝術制度的特權地位與權力意識形態。通過文學場的自主建構，他試圖爲邊緣化的知識分子重新確立自己的身份意識。顯然，他肯定這種藝術制度的合法性。

福柯（Micheal Foucault）、比格爾（Peter Bürger）從審美現代性、意識形態層面闡發藝術制度，形成了另一種形態的藝術制度理論。福柯認爲，現代性被理性話語的權力支配著，理性話語不僅僅形成外在的制度如監獄、精神病院，而且形成了現代學術制度以及人文學科的基礎，文學無疑也是制度性的：「文學是通過篩選、聖化和體制性的合法化這三者的相互作用才成其爲文學的，而大學既是這三者的操作者又是其結果的接受者。」〔註81〕因此，文學制度是現代性的產物。比格爾也是從現代性的視角思考藝術制度的。在70年代的《先鋒派理論》（Theory of theAvant-Garde）中，他認爲：「『藝術制度』的概念既指生產和分配機制，也指流行於一個特定時期、決定作品接受的藝術觀念。」〔註82〕在1992年的《現代性的衰落》（The Decline of Modernity）中，他表述得更爲清楚：「文學體制這個概念並不意指特定時期的文學實踐的總體性，它不過是指顯現出以下特徵的實踐活動：文學體制在一個完整的社

〔註79〕 （法）皮埃爾・布迪厄：《藝術的法則：文學場的生成和結構》，劉暉譯，中央編譯出版社2001年版，第347頁。

〔註80〕 （法）皮埃爾・布迪厄：《藝術的法則：文學場的生成和結構》，劉暉譯，中央編譯出版社2001年版，第345～346頁。

〔註81〕 （法）米歇爾・福柯：《文學的功能》，載楊雁斌、薛曉源編選《重寫現代性——當代西方學術話語》，社會科學文獻出版社2001年版，第121頁。

〔註82〕 Peter Bürger. *Theory of the Avant-Garde*, trans. Jochen Schulte-Sasse, Minneapolis: University of Minnesota press, 1984. P.22.

會系統中具有一些特殊的目標；它發展形成了一種審美的符號，起到反對其他文學實踐的邊界功能；它宣稱某種無限的有效性（這就是一種體制，它決定了在特定時期什麼才被視爲文學）。這種規範的水平正是這裡所限定的體制概念的核心，因爲它既決定了生產者的行爲模式，又規定了接受者行爲模式。」〔註83〕制度理論的認識對傳統的哲學美學構成了挑戰。在《先鋒派理論》《德文第二版後記》中，比格爾認爲：「像中小學、大學、研究院、博物館等一些有形的制度對藝術的功能的重要性被低估了。」美學作爲哲學獨佔的領域的觀點是不正確的，因爲「它們所闡述的思想通過各種各樣的中介手段（例如，中小學，大學，文學批評，以及文學史等）進入了藝術生產者以及它們的公眾的頭腦之中，因而決定了對待單個藝術作品的態度。」〔註84〕藝術在現代資產階級社會中被制度化爲意識形態，「最晚在 18 世紀末，藝術作爲一個制度已經得到充分地發展。」〔註85〕現代藝術及其自律性的訴求正是現代資產階級制度與意識形態的文化表徵。

比格爾對藝術制度的認識與迪基、布爾迪厄等人有類似之處，都強調制度性因素對藝術本身的決定性影響，但是他們對藝術制度的態度截然相異。迪基主要對藝術進行重新定義，對藝術的制度基本上持一種肯定姿態，布爾迪厄傾注於探討文學場的結構關係與權力生成，也認同藝術制度的客觀性的存在，而比格爾把藝術的制度視爲資產階級時代的典型的藝術現象，是藝術現代性、審美現代性的存在樣式，是資產階級意識形態的表徵。他從西方馬克思主義美學的視角出發對這種現象進行批判，揭露了「『藝術制度』的壞的總體性」〔註86〕，從而肯定了先鋒派對現代自律藝術制度的突破〔註87〕，但又爲先鋒派重新被制度化〔註88〕而悲觀不已。因此，這是一種不同於迪基的

〔註83〕〔德〕彼得・比格爾：《文學體制與現代化》，周憲譯，《國外社會科學》1998 第 4 期。

〔註84〕Peter Bürger. "Postscript to the Second German Edition", in *Theory of the Avant-Garde*, Ibid. P.98.

〔註85〕Peter Bürger. *Theory of the Avant-Garde*, Ibid. P.26.

〔註86〕Cf. David Roberts. *Art and Enlightenment: Aesthetic theory after Adorno*, Lincoln and London: University of Nebraska press, 1991.P.139.

〔註87〕比格爾認爲：」作爲歐洲先鋒派中最激進的運動，達達主義不再批判存在於它之前的流派，而是批判作爲制度的藝術，以及它在資產階級社會中所採用的發展路線。」請參見彼得・比格爾：《先鋒派理論》，高建平譯，商務印書館 2002 年版，第 88 頁。譯文略有改動。

〔註88〕這正如柯里格（Murray Krieger）談及的美國文學理論的「反建制理論的新建

具有批判理論特色的藝術制度理論。

藝術制度理論使得藝術解神秘化,強調了藝術活動與人文價值的社會性基礎與文化條件,揭示了藝術的權力關係與意識形態因素。它推進了藝術社會學研究,而且顛覆了本質主義、基礎主義的文藝、美學觀念。因此,藝術制度理論在當代社會學與美學領域中成為思考現代性的一個重要支點。但是藝術制度理論的合法性也受到人們挑戰與質疑,布達佩斯學派就是其中之一。

二、藝術與制度

要弄清布達佩斯學派對藝術制度理論的批判,首先要把握他們進行批判的基本的理論框架。他們是在清理藝術領域與制度領域的關係即自為對象化領域與自在自為對象化領域的關係中進行批判的。這涉及到他們對人類社會的結構性認識。

布達佩斯學派的主要哲學家赫勒的分析最具有代表性。她把韋伯(Max Weber)的文化價值領域理論擴展為人類學-社會領域理論:「在所有的人類社會中,始終存在著兩個不同的領域,用我的術語說就是『自在對象化』領域與『自為對象化』領域。」〔註89〕在某些傳統的社會中,領域的分工進一步分化為第三個領域,即非日常的制度領域。不過,所有領域的規範與規則是倫理(*Sittlichkeit*)的,它們都被認為是道德的或者至少涉及濃厚的道德維度,人類的實踐亦屈服於倫理判斷,「包含一種共同的民族精神(common ethos)。」〔註90〕因此,傳統的領域分化不是嚴格意義上的。唯有在現代,領域方得以廣泛地分化,各領域以及亞領域具有相對的獨立或者自律,形成各自特有的規範與規則,而又沒有一種強大的民族精神維繫。赫勒認為:「提供意義的領域被分割為兩個領域僅僅在我們文明的黎明才出現。一個主要是提供意義,而另一個是把自己分化為制度領域。」〔註91〕她從宏觀層面把人類世界區別為三個領域,即日常生活層面的自在對象化領域,意義的與產生意義的世界觀的自為對象化領域,制度或者社會結構層面的自在自為對象化領

制化」(new institutionalization of anti-institutional theory)。見柯里格:《美國文學理論的建制化》,《中外文學》1992年第21卷,第1期。

〔註89〕 Agnes Heller. *General Ethics*, Oxford: Basil Blackwell, 1989. P.148.

〔註90〕 Agnes Heller. *General Ethics*, Ibid. P.148.

〔註91〕 Agnes Heller. *A Philosophy of History in Fragments*, Oxford and Cambridge, MA: Blackwell, 1993. P.199.

域。第一個領域不能進一步分化，只能消退下去；第二個分化爲美學、宗教、科學、哲學等領域；第三個分化爲經濟、法律、政治等領域。因而，美學領域與制度領域的關係是赫勒整個現代社會人類學的重要維度之一。

基於這種現代人類社會的結構性認知，赫勒展開了對自爲對象化制度化的可能性條件的探討。在前現代，歷史意識、社會結構、自爲對象化領域是同構的，同一社會結構產生或者修飾的自爲對象化表達了歷史意識的同一階段。然而現代不同，雖然制度與自在對象化領域一樣也從富有意義的自爲對象化領域中獲得合法性，但是「獲得合法性」對使這些制度順利而持續地運轉不是必然性的條件。專業化的人不管有沒有「文化剩餘」都能夠被再生產也能夠使制度進行再生產。這體現出現代制度領域的獨立性或者自律。〔註92〕這樣，如果一種自爲對象化能夠提供制度以意義與合法性，使得制度順利運行，尤其能夠使得制度領域的專業化的個體能夠進行再生產，也就是這種對象化能夠被制度化，就應該具備以下特性。首先，一種特殊的富有意義的世界觀不得不被制度化，以便專業化的人被再生產。第二，這種世界觀應該提供知識的不斷的累積。第三，它應該提供專業化。在赫勒看來，「行動、製作（某物）或者言說的每一種被制度化的形式要求一種專業的教育或者訓練，以便發展並激活各種人類能力，包括懸置制度框架內的異質的日常活動能力。專業的教育或者訓練不等於專業化（職業化）；（在古代民主的雅典，每一個自由的公民完成了這種教育），然而專業化的傾向確實內在於『自在自爲』對象化領域之中。」〔註93〕第四，由這種世界觀提供的專業化的知識應該被傳授。最後，這種被制度化的富有意義的世界觀應該合適地勝任社會秩序（統治）的持續的合法化。成功完成這些任務的世界觀統治任何既定的歷史時代，當然它們也許具有排他性或者也許被其他有意義的世界觀取而代之。

從赫勒的概括中，我們認爲，只有一種自爲對象化具備潛在的制度領域的特徵，它才能合格地被制度化。滿足這些要求的只有宗教與科學這兩種自爲對象化領域。當然，這並非說，宗教與科學不得不使統治合法化，因爲所有的自爲對象化都具有合法化與批評的功能。她指明的是，「只有它們才合適地勝任

〔註92〕赫勒認爲，在現代性中，管理社會的責任僅僅依靠專業化的制度。Cf. W. Howard. "Heller, Agnes, Modernity's pendulum, *Thesis Eleven*, 1992, 31, 1～13", in *Sociological Abstracts*, Vol. 40, no.5 (1992), P.2265.

〔註93〕Agnes Heller. *The Power of Shame: A Rationalist Perspective*. London: Routledge and Kegan Paul, 1985. pp.122～123.

合法化的制度化，因爲只有它們合適地勝任累積知識的制度化。」〔註94〕這兩種自爲對象化不是同時被制度化的，而是體現在不同的歷史進程中：「在現代性誕生之前，宗教是被制度化的『自爲』對象化：自從現代性開始，科學已經隨之而來。」〔註95〕在現代社會，科學代替宗教而成爲一種支配性的制度，「在現代性中，存在一種單一支配性的想像制度（或者世界說明），這就是科學。技術想像和思維把真理的一致性理論提升到單一支配性的真理概念，因而把科學提升到支配性的世界說明的地位。」〔註96〕雖然赫勒在此沒有談及美學領域或者藝術領域，但是間接地涉及到藝術與制度的關係。既然只有宗教與科學能夠被制度化，那麼自爲對象化領域中的其他類型即哲學與藝術就不會被制度化。赫勒這些分析透視出，作爲自爲對象化的藝術與審美領域不具備制度化的可能性條件。

三、藝術制度化問題

由於審美或者藝術領域不具備制度化的可能性條件，藝術制度理論也因此喪失了合法性的學理基礎，因而受到赫勒、費赫爾等布達佩斯學派成員的批判與解構。

在辨析韋伯的領域理論與伯格（Peter Berger）、盧克曼（Thomas Luckmann）的制度理論時，赫勒批判了「美學制度」「藝術制度」概念。她認爲「制度的美學」是一種空洞的普遍化，因爲在審美領域中存在許多制度，但是這些制度的主要特徵絕不是「審美的」。她說：「在我看來，即使『制度藝術』這個術語（一個比『制度美學』更加狹窄的術語）也是混亂的。」〔註97〕如果一種『制度』被理解爲一種引導活動、捲入、創造性的對象化，那麼「領域」這個概念術語也起這種作用，所以赫勒認爲韋伯的領域概念比「制度」術語更有理論上的價值。制度這個概念暗示著我們輕視地稱爲「制度化」的東西已經破壞了純粹的生命活動。此外，它暗示了『制度藝術』不是藝術的，而是商業的、官僚的。當然，幾種藝術的制度無疑是官僚的、商業的，但這根本不屬於「審美領域」。「制度藝術」「制度美學」能夠讓人產生誤解，容易把藝術的內在本質等同於制度的內在性特徵，也就是把美學領域與制度領域加

〔註94〕Agnes Heller. *The Power of Shame*, Ibid. P.119.
〔註95〕Agnes Heller. *The Power of Shame*, Ibid. P.125.
〔註96〕Agnes Heller. *A Theory of modernity*, London: Blackwell Publishers, 1999. P.70.
〔註97〕Agnes Heller. *General Ethics*, Ibid. P.152.

以抹平。因此，赫勒不認同藝術制度理論的觀點。

赫勒與費赫爾對比格爾的藝術制度化理論進行了批判。赫勒認為，雖然人們能夠通過指向日益增加的藝術與哲學的制度化來反對藝術與哲學不被制度化的主張，但是「藝術與哲學在制度數量上的任何增加並不意味著藝術與哲學的制度化。」〔註98〕費赫爾認為：「比格爾的理論缺陷在於對象化與制度之間不令人滿意的區別。」〔註99〕藝術作品是一種對象化，純粹意味著它留下了人類內在性的王國，並且已經呈現為內在認識與情感過程的最終結果，呈現為一種至少與一些主體間的規範與期待相協調的產品，並且以一種可以被主體間體驗的方式呈現出來。費赫爾運用黑格爾的絕對精神与客觀精神的觀念進行了分析。絕對精神屬於自為對象化領域，而客觀精神屬於制度領域。他認為，前者本身不被制度化，藝術對黑格爾來說也不屬於客觀精神的層面，即不屬於制度化的層面。如果絕對精神中最不容易被制度化的是哲學，最能夠被制度化並已經被制度化的是宗教，那麼，「藝術在兩者之間的某個地方。」〔註100〕費赫爾與赫勒進一步從藝術生產、接受、傳播三個方面分析了藝術與制度的關係。

費赫爾認為，制度除了具有社會功利性的必然因素之外還有三個特徵，即制度是根據規則而起作用的一種主體間的結構體，是能夠傳授的獲得性的人類行為，並且它是傾向於非個人的。但是，藝術作品的生產過程很少是嚴格運用規則的結果。即使人們在建築，在被自然科學共同決定的藝術中運用普遍的規則，但是被決定的是藝術作品的技術，而不是形式。音樂的技術與形式大都相互調和。但是，在創造舞蹈或者繪畫的過程中，規則作用的程度就日益消解了。就文學創造而言，規則的作用等於零。赫勒認為：「創造的文學具有非常少的技巧要求，因此它的生產本身從來不被制度化。」〔註101〕就可傳授性而言，費赫爾認為，音樂學校的每個學生都知道能夠傳授給他們的是過去的音樂，不是未來的音樂，也就是說不是他們自己可能的音樂生產。所以，「在技術日益減少地發揮作用或者根本不起作用的情況下，制度化的第

〔註98〕Agnes Heller. *The Power of Shame*, Ibid. P.126.

〔註99〕Ferenc Fehér. "What is Beyond Art? On the Theories of Post-Modernity", in Agnes Heller and Ferenc Fehér, eds. *Reconstructing Aesthetics*, Oxford: Basil Blackwell, 1986. P.63.

〔註100〕Ferenc Fehér. "What is Beyond Art? On the Theories of Post-Modernity", Ibid. P.64.

〔註101〕Agnes Heller. *The Power of Shame*, Ibid. P.126.

二種成分在生產藝術作品中日益減少或者喪失其作用。」〔註102〕也就是說，藝術不是一種獲得性的人類行為，「藝術從來不持續地積累知識，或者如果它積累知識，那麼這種知識在性質上也是技巧上的，而不是產生作為一種有意義的對象化的藝術作品的那種知識。」〔註103〕最後，就非個體性而言，藝術的對象化與它的制度化激進地分道揚鑣。雖然根據韋伯的觀察，現代制度日益成為非個人的，但是藝術作品的對象化更加明顯地帶有個體性特徵。我們不難看到，他們對藝術創造方面與制度的論述存在一些矛盾，雖然他們都主張創造不能被制度化，但是關於藝術創造的分析不能完全充分地支持其論點，如費赫爾對音樂的技術與形式的調和的論述，對音樂的一些可傳授性的理解，以及藝術中的技術因素的制度化的認識，都表明了藝術創造中的某些因素能夠被制度化，赫勒也認識到這一點：「考慮到技巧的知識被專業化，創造一直被工藝制度調節。成為一個藝術學院的學生在功能上相當於任何一種學徒關係；不同的只是制度的類型。」〔註104〕雖然她認識到，文學從來不被制度化，但是她又認為文學作品的創作能夠被紮根於宗教或者政治制度之中。不過，從藝術這種純粹的自為對象化來理解，傑出的藝術創造的核心意義是不能被制度化的。

就接受而言，他們認為，一些接受的前提總是被制度化，接受最容易被制度化的方面是接受發生的場合與接受藝術作品的公眾反應。接受能夠是公眾的或者私人的，公眾接受的制度始終是存在的，但是它們都是為接受而存在的制度，而不是接受的制度。也就是說，這些制度只是接受的前提或者基礎，不是接受本身，接受本身沒被制度化。因為人們能夠對一部藝術品自由地拒絕、批評或者保持冷漠。所以赫勒認為，人們對藝術嚴格意義上的接受「不能完全被制度化，即使接受在一種制度框架中發生。」〔註105〕那些從特爾斐（Delphi）的神諭中尋求建議的人們不得不相信那種制度並相應地行動，否則儀式根本沒有意義。但是，歐里庇特斯的悲劇的觀眾能夠被影響或者不能被影響，觀眾喜歡或者不喜歡。沒有人能夠說科學發現的接受是一種有關趣味的事，但是就藝術品的接受而言，這種說法是完全合法的。在現代，這

〔註102〕 Ferenc Fehér. "What is Beyond Art? On the Theories of Post-Modernity", Ibid. P.64.
〔註103〕 Agnes Heller. *The Power of Shame*, Ibid. P.125.
〔註104〕 Agnes Heller. *The Power of Shame*, Ibid. P.126.
〔註105〕 Agnes Heller. *The Power of Shame*, Ibid. P.126.

種非制度化的審美接受的個體性更加突出：「在現代性中，藝術作品的接受已經傾向於更加私人化，而不是日益被制度化。」〔註106〕藝術作爲一個現代概念與神秘的接受是同時出現的，而「神秘的接受對抗著專業化：神秘的接受者從來不是專業化的思想家或者行動者。」〔註107〕

然而藝術傳播在現代日益被制度化。費赫爾說：「無可否認，傳播是三元素中最容易被制度化的。」〔註108〕豪澤爾認爲，在任何社會環境中，藝術作品的自發傳播是一種浪漫的神話。從最小的、最同質的部落文化到我們時代的大量而主要是異質的資產階級文明，始終存在著提供藝術品傳播的各種社會渠道或者制度。不過，假定生活在既定的環境中的人能夠對這些制度起作用的方式施加某些影響，那麼被制度化的傳播就存在困境。在赫勒看來，「傳播被制度化不能用來作爲支持藝術制度化的論點，因爲藝術的傳播不屬於嚴格意義的藝術，而屬於市場的制度。」〔註109〕

赫勒與費赫爾都主張嚴格意義的藝術是不能被制度化的，但是他們又不否認藝術的某些環節或者基礎被制度化了。正如費赫爾所說：「我們不論分析藝術的生產、接受，還是傳播，我們會發現被制度化的與非被制度化的成分，儘管後者比前者的成分更多。」〔註110〕宗教也同樣具有被制度化與非被制度化的成分，但是藝術不像宗教那樣產生一種自我－制度化的單個的特徵化形式。因此費赫爾認爲比格爾把藝術制度的破壞視爲一種解放行爲的激進觀念是文化革命一致的然而誤導的浪漫主義理論。

布達佩斯學派對藝術與制度化的複雜關係的辨析與對藝術制度理論的批判有助於推進藝術社會學的研究與藝術的現代性的理解，儘管有一些論述還沒有得以充分地展開。他們的藝術觀念帶有精英主義的特色，因爲只有藝術最神秘的核心意義才不被制度化。他們對藝術制度理論的批判意味著要保持藝術與制度的相對的自律。其之所以在藝術制度理論方興未艾之際進行批判，首先是因爲他們肯定藝術是人類自我意識的對象化〔註111〕，認同張揚人

〔註106〕Agnes Heller. *The Power of Shame*, Ibid. P.126.

〔註107〕Agnes Heller. *The Power of Shame*, Ibid. P.125.

〔註108〕Ferenc Fehér. "What is Beyond Art? On the Theories of Post-Modernity", Ibid. P.65.

〔註109〕Agnes Heller. *The Power of Shame*. Ibid. pp.126～127.

〔註110〕Ferenc Fehér. "What is Beyond Art? On the Theories of Post-Modernity", Ibid. P.65.

〔註111〕赫勒認爲：「藝術是人類的自我意識，藝術品總是『自爲的』類本質的承擔者。」

類主體的創造性、主體性、生命意識以及解異化潛能的人道主義美學觀念，
這正是盧卡奇開創的西方馬克思主義美學的典型範式，也是馬克思在《巴黎
手稿》中所提出的美學觀念的持續。第二，他們對藝術非制度化的堅守也是
對費舍爾（Ernst Fischer）所倡導的藝術的必然性觀點的認同。如果藝術與制
度同一，藝術成為制度的，那麼它就失去了存在的根由從而死亡。這也意味
著人的終結。赫勒認為，如果「自為對象化」整個領域被制度化或者被制度
化領域吞噬，那麼制度領域就成為全能的，並且在吞噬「自為對象化」領域
之後把主體吞噬，最終駐留於日常生活中的人的條件也會缺乏，而人的條件
的缺乏就是「騷亂、世紀末日、（人的）生活的終結」。〔註112〕再者，他們對
藝術制度理論的批判在於強調個體性價值觀念，而制度理論隱含著集體的普
遍主義的認識，布爾迪厄關於知識分子的自主的文學場的設想是「一種普遍
的法團主義」。〔註113〕如果藝術完全屈服於規則，都是可傳授的，絕對非個人
的，也就是完全被制度化，那麼這就必然是奧威爾在《一九八四年》中描繪
的極權社會。有著極權主義體驗的布達佩斯學派是不可能認同這種理論的。

第四節　藝術概念的重構

　　布達佩斯學派最重要的哲學家阿格妮絲·赫勒（Agnes Heller），從 2007
年 6 月 28 日至 7 月 4 日在中國進行了為期一週的學術旅行，作了《現代性與
大眾傳播》、《什麼是後現代》、《藝術自律或者藝術品的尊嚴》、《情感在藝術
接受中的地位》、《當代馬克思主義與美學問題》等一系列演講。這些演講凝
結了赫勒教授 90 年代後期以來美學與藝術轉向的研究成果。她在後現代視角
主義哲學基礎上消解了現代大寫的藝術概念，重新確定了藝術存在的邊界，
並對後現代藝術現象持以同情的理解，彰顯出後馬克思主義的美學範式。

一、後現代視角主義哲學

　　赫勒對藝術概念的重構有著紮實的哲學基礎，此基礎就是她從利奧塔去

　　　　見（匈）阿格妮絲·赫勒《日常生活》，衣俊卿譯，重慶出版社 1990 年版，
　　　　第 114 頁。
〔註112〕Agnes Heller. Can Modernity Survive? Cambridge, Berkeley, Los Angeles: Polity
　　　　Press and University of California Press, 1990. P.46.
〔註113〕（法）皮埃爾·布迪厄：《藝術的法則：文學場的生成和結構》，劉暉譯，中
　　　　央編譯出版社 2001 年版，第 403 頁。

總體化思想中提出的視角主義。這種來自於萊布尼茲的單子論而又拋棄了其統一性的視角主義，尤其表達了對多元主義、個體性、偶然性範疇的關注。在《什麼是後現代》中，赫勒在批判總體化的歷史概念、真理概念、生活方式、藝術概念的過程中，清晰地闡釋了一種具有反思的後現代性特徵的視角主義哲學。

後現代的歷史意識來自於宏大敘事的衰落與形而上學的瓦解。後現代不是一個新時代的肇始，而是意味著人們看待世界與人類自身的視角發生了嬗變。赫勒提出以對現代性的後現代闡釋取代對現代性的現代主義闡釋，不再把現代性理解為一個有機聯繫的整體，也不把它當作一首以大團圓或者悲劇告終的史詩，而是視之為由一塊塊異質的彩色玻璃鑲嵌的馬賽克，這種馬賽克消解了現代性的大寫歷史概念。歷史概念總體化的消解意味著對「絕對現在」和「偶然性」的關注，這為人們留下了自我評價與自由行動的多元空間，認可了從不同視點觀看世界的視角主義。後現代的歷史意識導致了人們對現代真理概念的質疑。真理概念是現代知識學的追求之旨，而後現代哲學瓦解了傳統意義上的一致性真理或者大寫真理，使之去總體化。真理去總體化並非最近之事，啟蒙運動時代就已有之。在 19 世紀，整體論的大寫真理概念被真理的區域概念，被某物的「真實知識」概念取而代之。進一步，後現代視角主義使「真實知識」的真理概念多元化。以赫勒之見，真理去總體化歷經了三個實質性的階段：一是庫恩所闡述的範式理論，他把視角變化引入對科學理論和真理的理解之中；二是福柯的話題，「真理如何被生產」的譜系學問題取代了「真理是什麼」的傳統問題；三是德里達所推行的解構，他讓文本闡述一個真理後又消解了這個真理。真理概念的去總體化鋪設了真理的多元主義之路。就生活方式而言，後現代人不再輕信集體性和總體性的生活方式，而是實踐「什麼都行」的口號。每個人愉快地打造自己的生活，他不僅可以做令自己感到愉快的事情，而且沒有違背或者傷害任何規範或者規則，他也不會因為如此生活而被任何人限制與審查。「什麼都行」不必然意味著隨心所欲，無所不為，而是意味著每個人能夠自由地選擇某種生活形式，也能夠自由地拋棄這種生活形式。

哲學變了，哲學美學也因此而變。歷史概念、真理概念與生活方式的去總體化為藝術概念的去總體化奠定了基礎。現代藝術概念是總體化的，也是建立於宏大敘事的歷史哲學之上的。在赫勒看來，大寫藝術概念與歷史主義

密切相關。人們對藝術作品的評價通常取決於藝術創造的歷史時刻，而不是取決於對藝術作品本身的欣賞。一個現代主義者去欣賞斯德哥爾摩建造奇特的精美的中世紀城堡，當他得知這個城堡修建於19世紀時頓然失去了興趣。在中世紀，人們沒想到在同一個「藝術」概念下包含諸如神聖、教堂、音樂、市場戲劇、抒情詩、城堡等如此迥異的東西。在高級現代主義的藝術世界中，「大寫藝術」身居要位。「藝術是什麼？」成為現代主義具有決定性意義的問題。印象主義、表現主義、象徵主義、超現實主義、達達主義、構成主義、最低限度主義等傾向和流派都委身於「大寫藝術」概念的旗幟下。赫勒在《藝術自律或者藝術品的尊嚴》中，詳細地闡發了大寫的藝術概念與「藝術自律」的內在聯繫。大寫藝術的自律，指向了馬克斯・韋伯所謂的獨立領域，這個領域從所有其他領域中分離出來，具有與其他領域相區別的規範和規則。作品之所以能夠成為藝術作品，是因為它遵守藝術領域的規範和規則。不管一件作品屬於何種樣式，不論是一座建築，一齣歌劇，一首歌曲，一部小說或者一首詩歌，倘若要進入藝術的殿堂，它就必須遵守大寫藝術的共同規範和規則，否則就不值得被稱為藝術品，其創造者也稱不上藝術家。在後現代，大寫的藝術概念已經失去了闡釋的有效性。「藝術的自律」作為一種戰鬥口號維護了審美判斷的規範原則，其價值是為高級現代主義辯護，反對大眾文化的衝擊，防止高雅藝術被粗俗的趣味、妥協、娛樂所踐踏或者搗毀。赫勒認為，這個任務已經完成，現在不再需要了。

在後現代視角主義哲學裏，總體化的藝術概念失去了立足之地。大寫藝術概念的去總體化開掘了藝術的多元主義的道路，就藝術而言「什麼都行」。既然如此，藝術作為一個概念仍然有存在的必要嗎？我們能否賦予它新的內涵以闡釋新興的後現代藝術現象？

二、後現代藝術概念的重構

儘管大寫藝術概念在後現代受到普遍質疑，但是赫勒並沒有拋棄藝術概念，而是從不同角度對之進行重構。通過把功能性、個體性、尊嚴、情感互惠性等範疇引入藝術世界，她提出了與其後現代視角主義哲學相契合的藝術定義。

在《什麼是後現代》中，赫勒試圖追問後現代「什麼都行」的思想與實踐原則，如何對藝術概念加以內在地改寫。既然什麼都行，那麼不論什麼作

品都可能是藝術。是什麼東西使某個物成爲藝術的呢？赫勒從現代人類條件出發來解答這一問題。現代世界是一個功能世界。人們不再追問事物之「本質」，而是探詢它的功能。人們之所以談及藝術，是因爲它獨具一種功能。在現代性中，藝術作品的功能是賦予生活經驗以意義，照亮生活經驗，包括極爲痛苦的經驗。藝術使我們以一種感觀享樂的方式反覆思考生活經驗，在思考中獲得愉快。大多數的生活經驗也帶來愉快，但是它們幾乎沒有提供意義，特別是沒有提供痛苦經驗的意義。智慧之書或者哲學可以履行提供意義的功能，然而它們不能激起感性的愉快和樂趣。在赫勒看來，高雅藝術和娛樂、糟糕藝術之間的根本區別也在於它們各自的功能。糟糕藝術是由於劣質、故意裝作的淺薄、天賦的缺失、創作的失敗等原因沒有成功地履行藝術的功能。赫勒試圖指出，藝術就是感性地提供生活以意義的事物，但是頗爲悖論的是，她這個定義又與「什麼都行」發生了衝突。不過，如果我們把赫勒的視角主義理解爲她所主張的「有限制的多元主義」，並非極端的文化相對主義，那麼其定義還是有一定的合理性。

在《藝術自律或者藝術品的尊嚴》中，赫勒從另一角度對藝術進行了定義，把非功利性的凝神觀照、個體性與藝術存在聯繫起來，主張以藝術的尊嚴概念代替藝術的自律概念或者大寫藝術概念。在她看來，藝術作品區別於非藝術作品在於其個體性。藝術作品是一個人，但不是普遍的大寫藝術的規範或者觀念來決定它是否爲人。一旦抽水馬桶成爲展覽的《噴泉》，它事實上變成了一件藝術品，成爲了一個人。藝術作品作爲一個人能夠向接受者言說，接受者只需觀看、閱讀、聆聽即可。單個藝術品由於是一個人，它就有其內在的精神。因此，爲了人的尊嚴，一個人不應該作爲純粹的手段而應作爲目的本身來使用。赫勒認爲，藝術品就是一種不能作爲純粹手段而始終作爲目的本身被使用的事物。這就是藝術的定義。用來使用的事物不是一件藝術品。然而使用之物如果不僅是使用之物，而且充滿了使之爲人的精神，那麼它也能夠成爲藝術品。凝視觀照是對物的使用的暫時的懸置。在展覽空間中我們全神貫注於視覺畫面，在音樂廳裏我們全神貫注於聲音效果，在閱讀文學作品中我們全神貫注於語言。我們自發地敬仰藝術品的尊嚴，因爲只有這樣，我們才能從作品中獲得康德所謂的非功利的愉悅。這樣看來，藝術是一個作爲目的本身進行審美觀照的具有尊嚴的個體。

爲此，赫勒對藝術的商品化與藝術的機械複製現象進行了具體分析。借

助於藝術的尊嚴概念，人們對藝術商品化的質疑就失去了意義。因為，即使藝術品被購買與出售，但是其價值不等於花費在它再生產所用的工作時間的數量。藝術作品的交換價值取決於它的內在精神和價值，或者取決於接收者賦予給它的內在精神和價值。繪畫的確作為投資被出售，然而很少是純粹作為投資的。購買者通常具有藝術趣味，購買一幅而不買另一幅畫，不僅因為它的市場價值，也因為購買者欣賞它、喜愛它。藝術品作為投資有時也僅僅被作為手段，而不被作為目的本身看待。譬如，購買者把繪畫保存到銀行儲藏室裏，沒有人得到它甚至看到它。根據赫勒的定義，這個作品不再是藝術作品，至少它作為藝術作品被懸置了，其精神處於沉睡中。直到有人看到它，對之凝神觀照，它才是藝術品。自從瓦爾特·本雅明發表《機械複製時代的藝術作品》以來，機械複製在範圍和意義方面超越了預期的影響效果。但是機械複製沒有傷害藝術品的尊嚴，人們能夠在無限的複製品中鑒別出原本。在赫勒看來，藝術尊嚴概念能夠有效地闡釋當代藝術問題，重新確定藝術和非藝術的邊界。這種界定似乎也與「什麼都行」相牴牾，但是如果從個體性來理解，它又與赫勒主張的視角主義哲學是一致的。

　　赫勒關於藝術尊嚴的闡釋把藝術與人格聯繫了起來，這是在一種理想的交往關係中思考藝術的問題，也是在接受的體驗中確定藝術的存在與邊界。在《情感在藝術接受中的地位》中，她從互惠性情感出發思考藝術美的生成。一部作品如果沒有喚起任何情感，就談不上藝術作品的接受。沒有情感的接受是把一個藝術文本當作一篇科技文章來讀，這時就不存在藝術。赫勒如托爾斯泰一樣，把情感的喚起作為藝術存在的重要基礎，但是她的思考不同於托爾斯泰的理解。在她看來，從亞里士多德到康德，藝術作品體現的情感只屬於接受者。接受者的態度是凝神觀照的、虛靜的，所有的視聽都超越了實用的和實際的目的、行為和選擇。正是在純粹的接受狀態中，感性才能夠成為引起更高級的精神性情感的契機。在日常生活中，所有的情感與驅動力皆以自我為中心，它們在世界中導引我們的自我，既是判斷又是路標。但是，如果人們以一個接受者的態度觀照藝術作品，就從日常生活中抽身出來，懸置自己實用的、實際的功利，自我沉醉。自我沉醉是一種性愛的姿態。這種性愛的吸引力在日常生活中絕大多數是以異質的碎片形式出現的。而藝術沉醉是集中的，這種集中是赤裸裸的，沒有保留。這意味著接受者讓自己接受藝術作品的刺激，這就是美的東西。當情侶建立起相互的關係時，性愛的

接觸也就是兩極的了。相反，如果不能形成相互的性吸引，一個人幾乎不能談論嚴格意義上的快樂。因此，藝術中的快樂是互惠的性吸引，藝術作品委身於單一的接受者。藝術作品好像就是一個人，因爲只有人的心靈才能互贈我們的愛。當接受者愛上一部藝術作品時，作品也給予接受者以情感，這是一種互惠的關係。當作品對接受者冷酷無情之時，接受者一無所有，也沒有藝術可言。也就是說，情感互惠的建立確定了藝術與藝術美的存在，這種互惠認可了接受者與作品的個體性及其非功利性的審美關係。

赫勒一方面將藝術確定爲感性的意義提供的對象，另一方面把藝術理解爲個體性的尊嚴與互惠的性愛關係，她從現象學出發把藝術及其價值限定在單個藝術作品的具體存在方式與活動狀態之中，這是頗有啓發的。但是，她並沒有對藝術作品和接受活動的關係加以清楚地闡發，這使得對藝術的界定缺乏內在一致的話語表述。她一方面強調接受者對藝術存在的認可，另一方面又在眞跡與複製品的關係中肯定藝術品的決定意義，這導致了其藝術定義的悖論。

三、藝術樣式的不可普遍化規約

藝術是個體性的存在，不可普遍化，也不能把一種藝術樣式的標準應用於另一種樣式。赫勒對文學、藝術（美術）與音樂的情感接受模式，對它們與市場、複製的關係進行了分析，指出了不同藝術樣式的個體性，從而奠定了藝術分類的合法根據。

在《情感在藝術接受中的地位》中，赫勒分析了審美情感在不同的藝術樣式中體現的個體性。不同的藝術在本質上是不同的，其接受者凝神觀照獲得的情感與構成方式也是不同的，情感的差異取決於藝術作品的類型和特徵。文學、美術和音樂接受的情感具有不同的個體性。既然語言是文學的媒介，那麼認知活動在接受活動中不可避免，接受者也重視對作品人物的情境的評價。其次，文學作品的情感處於運動之中，就像在日常生活中一樣充滿活力。再者，接受者對人物尤其主要人物的認同關係是十分顯著的。不論接受者讀一本書還是看一齣戲劇，都試圖從主要人物的角度來看待劇情的發展，覺得自己置身於他們的情境之中。最後，日常生活中以自我爲中心的情感在文學接受中完全被消解了。美術接受者的情感不同於敘述文本喚起的情感。赫勒把本雅明的「靈韻」概念引入到藝術概念的重新闡釋中。「靈韻」適

用於偉大的藝術作品。藝術具有審美情感，也引發宗教情感。宗教感情既不現實也不實用，它融進審美情感，預示著純粹的沉思，而在文學中很少有靈韻現象。赫勒不讚同本雅明把靈韻歸屬於前現代以及把現代藝術視為徹底的後靈韻的觀點，她認為，前現代、現代和後現代的一切偉大的藝術作品都被靈韻籠罩著。在美術中，感性以非中介的方式給接受者留下印象，柏拉圖的思想在此顯得最為真實：接受者所愛的就是美，眼中出現的美是所有感官美中最美的。因而，如果把美的概念歸為所有的藝術樣式，美的概念就被誤用了。美術具有相對的不確定性。它不僅表達美，還有具體的美，生命形式之美或生活方式之美。生活方式佔據了接受者的情感中心，情感判斷是接受者通過畫布與生活方式的連接。不僅不同美術作品的情感體驗是不同的，就是同一部藝術品的情感效果在不同接受者的闡釋立場中也是不同的。

赫勒認為，音樂完全是內容非確定性的藝術樣式，純粹音樂體現了這種特徵。這種音樂從 18 世紀以降通過創造一群強有力的愛好者，在現代情感文化中佔據著高雅的地位。正是盧梭等人歡呼著把音樂當作傳達情感的工具和媒介。儘管阿多諾等人極力鞭笞音樂的情感性，但是並沒有成功。音樂的情感效果能夠作為好的也能作為壞的來使用。它能夠賦予謊言以力量，強化醜惡之本能，甚至罪惡的本能，然而也有療效的作用，能夠化敵為友。弗洛伊德所說的情感的模糊性是音樂固有的特徵。赫勒認為，不論作曲家贊不讚同，當代音樂和傳統的旋律或者協奏曲一樣，喚起的是不確定的情感。人們對作品的情感的回應主要取決於接受者的文化背景、音樂體驗、趣味、人格。赫勒對音樂的接受的把握不是從音樂學家或者作曲家本人出發的，而只是從音樂情人出發來把握音樂的非確定性，這些接受者沒有受到固有的核心觀念的限制，也沒有受到情境、抽象概念的影響。沒有人能夠肯定貝多芬第七交響樂的第二聲部是葬禮進行曲，還是慢調舞曲。一個聽眾感到痛苦，另一個感到快樂，但是都作為情人自我沉醉於音樂之中。這形成了情愛關係，就是接受者與音樂藝術品的情愛關係。接受者與音樂作品的不同時間的邂逅是不同的，第一次是情愛的確信，也許第一次是失望的，但是一個真正的情人會繼續渴求新的邂逅，帶著很高的期待轉向克爾凱郭爾所謂的第一愛的對象。雖然任何藝術接受者都是如此，但這主要是就音樂情人而言的。音樂接受是對重複邂逅的渴求，是一種欲望，但是不是佔有的欲望，而是對接受經驗、凝神觀照的渴求，這是一種純粹的審美情感。赫勒對文學、藝術和音樂接受的

情感個體性與差異性的分析，顯示出藝術的單子性與非確定性特徵，這也是對各種藝術樣式進行重新界定。

　　赫勒不僅涉及到藝術樣式在接受情感上的區別，而且在《藝術自律或者藝術品的尊嚴》中，談到了各種藝術樣式與市場關係的差異性，以及在機械複製方面的獨特性。不同藝術與市場的關係不同，繪畫緊密地關聯市場與金錢，而建築、音樂或者詩歌等藝術樣式並非如此。文學、美術、音樂的機械複製亦按不同的方式進行。就文學而言，機械複製的新方式尚未帶來新的美學問題，因為文學作品自谷登堡創立印刷業以降，已被機械地複製。真正的問題始於美術，在音樂中最為昭然。就美術而言，作為真跡的「原型」決定著它所有的複製品。真跡被複製得越多，其尊嚴越被得到重新認可，因為所有的機械複製品依賴於從真跡借來的精神。但是赫勒認為，一件美術作品的機械複製品不是真正的藝術品。音樂在五線譜上，不過它在演奏時才充滿生命，演奏是表演藝術。五線譜是藝術品，是目的本身，表演作為一種闡釋不僅是手段，還分享了作品的人格，因而也享有真正的藝術品之名。唱片是對演奏的複製。人們能夠聽它一千遍而不厭倦，聽到的是相同的闡釋。人格在五線譜裏，由於每一次闡釋的演奏分享了五線譜，所以這個演奏的每一個複製品也分享了五線譜，因此唱片還是屬於藝術品。赫勒認為，不同藝術的機械複製發揮了不同的作用，各自提出了不同的問題，不能加以普遍化規約。

　　立足於後現代視角主義哲學，赫勒重構藝術概念，重新確立藝術的邊界以及藝術分支的存在形態和接受情感模式，彰顯出對藝術存在的個體性與人格精神的重視。這些理論為後現代多元化的藝術實踐提供有效的闡釋理據。

四、後現代藝術現象的闡釋

　　赫勒對藝術概念的重構來自於對後現代藝術的現象學觀照，重構之後又反過來深化對後現代藝術實踐的理解。她在一系列演講中對後現代藝術倍加關注，為後現代藝術的出場提供合法的身份，從而批判了西方馬克思主義「文化批評家」對當代藝術的否定認識。這主要表現在兩個方面：

　　一是對後現代藝術的創作形式進行闡釋。在《藝術自律或者藝術品的尊嚴》中，赫勒不是對當代藝術進行責難，而是充分地肯定其成就與價值。她認為，近幾十年來在美術、音樂、建築、雕塑、繪畫等傳統藝術類型中，在攝影、裝置藝術（installation art）、視像藝術（video art，又譯「錄像藝術」、「電

視藝術」等）等新型樣式方面出現了無與倫比的繁榮。赫勒在《什麼是後現代》中指出，後現代藝術創作總體上呈現出多元主義傾向，人們嘗試著諸種可行的藝術樣式，過去的創作模式與當下的經驗相擊相蕩，催生了多姿多態的藝術形式，甚至突破了各藝術樣式內在的樊籬。在建築方面，人們能夠根據所有的「風格」進行建造，而且每一作品皆是個體化的，具唯一之美。就美術而言，不論形象繪畫、抽象繪畫，抑或現實主義、自然主義、最低限度主義、重寫本創作，都不乏其人。人們能為舞臺撰寫歌劇，為管絃樂隊譜寫交響樂、電子音樂，也能以電腦創作樂章。文學家不僅可以寫作傳統文本，也可寫作最低限度主義文本。在舞臺上，一切實驗均有可能，幻覺自由翱翔。後現代雖然沒有先鋒派，但仍然有新的藝術形式，如「活生生圖片」藝術、影子劇等。後現代藝術現象很難通過傳統意義的藝術自律或大寫藝術概念加以有效闡釋，然而以其個體尊嚴獲得了藝術的合法性，實踐著「什麼都行」的理念，在赫勒的後現代視角主義哲學中佔據著重要地位。

在《現代性與大眾傳播》中，赫勒談到了現代媒體對藝術創作的影響。現代性與大眾傳播水乳交融，不可分離。大眾傳播是現代社會結構、功能、發展動力的內在因素之一，它憑其不斷的技術更新在全球化過程中扮演了舉足輕重的角色。但是，全球化不僅意味著普遍的統一模式的蔓延，也為個體性、差異性、多樣性生存帶來了契機。為此赫勒提出了一種能夠表達個體與社會網絡進行理想交往的「個體媒體」（individual media）和「媒體藝術」（media art）概念。個體媒體較少地受控於意識形態與外在壓力，可以再現個體之人格，留有為個體自由選擇的空間，網絡媒體就是如此。電影作為媒體藝術就是一種個體媒體。在《藝術自律或者藝術品的尊嚴》中，赫勒具體分析了裝置藝術、視像藝術這些新媒體藝術的實驗。聖經故事、古代神話早就不斷對其他媒體的作品進行再闡釋，但裝置藝術和視像藝術作為後現代樣式提出了新的美學問題。這些作品不能立刻甚至永遠不能被眼睛所把握，它們失去了「整體論」的特徵，失去了傳統審美的「總體性」，失去了高級現代主義的審美「自指」。它們主張把哲學觀念轉變為媒介，這些嘗試雖然不都是成功的，但是也產生了一些充滿智慧的美的藝術作品。瑞士藝術家費斯爾（Fischl）和維斯（Weiss）的作品《事物運行的方式》就是典型之一。在此作品中，有關「因果鏈」的哲學問題呈現在屏幕上，因果鏈是純粹偶然事物的鏈條，沒有最初的原動力，也沒有最後的結果。一種東西撞擊另一種東西，後者又撞擊

別的東西，如此不斷進行，所發生的一切都被最後決定，最後卻是虛無。沒有什麼東西是特別的，然而這些東西的移動與「命運」使我們心神不寧，並激起純粹的感性快樂。視像裝置藝術大師維奧拉（Bill Viola）的視像—熒屏創作試圖表達文藝復興時期繪畫的宗教精神。在他的作品中，宇宙創始、洪水和救贖被突出地重新闡釋，在神秘的表現中舞臺化。宗教理念成爲一種嶄新的唯一圖像，帶來了美的感性娛樂。這些新媒體的實驗不再是如音樂的演奏那樣是自律—闡釋，而是一種他律—闡釋，這種他律—闡釋打破了單一藝術樣式的邊界。赫勒還肯定了引述在後現代藝術創作中的價值。引述不是對古老的大師與作品的利用或者剽竊，而是使人們重新認定他們的輝煌，認可他們的自我性（ipseity）。並且，引述的方式體現了個體性與人格。赫勒之所以肯定後現代藝術現象，是因爲它們體現了個體性與偶然性，感性地爲當下生活提供了意義，履行了藝術的功能。

　　二是對後現代博物館關於藝術作品的安排組合給予分析。赫勒把藝術博物館的當代現象融進了自己的後現代藝術觀念的闡釋視野。在《當代馬克思主義與美學問題》中，她強調，博物館作爲一種藝術制度較好地實現了藝術與制度的契合。藝術是一種複數形式，作爲一種價值，它是個人對藝術的理解所表達的結果。這個結果如果要進入公共領域，就必須依靠藝術制度。不過，藝術作品與藝術制度又總是處於矛盾的複雜關係之中。當代藝術制度的作用與以往有所不同，在市場條件下藝術作品越來越成爲消費品，藝術家經常懸乎兩難之境。博物館是較好地鏈接藝術作品與藝術制度的一個公共領域，它對公共審美與記憶起到了難以替代的作用。她在《什麼是後現代》中談及了博物館作爲藝術制度對宏大敘事的藝術觀念的習慣性維護，但更注重把博物館的排列組合方式的新變化加以後現代闡釋，把當代博物館觀念的嬗變與藝術內在觀念的變化結合起來，以揭示藝術新制度的形成。博物館中最重要的革新是當代藝術博物館的出場。博物館的概念和當代性的概念似乎彼此矛盾。因爲，倘若按照傳統的宏大敘事的精神設想博物館，那麼只有死了的大師才能在博物館裏佔據一席之地。傳統博物館的任務是要讓死者復活，使之永垂不朽。這種博物館是記憶的神廟，無論誰跨入這神廟的大門，都將像在神廟中那般「重複」著相同的禮拜儀式。相反，當代藝術博物館收集仍然活著的藝術家的精神，藝術作品在博物館裏自己暴露，自己顯示，自己介紹。它提出了藝術產生意義的功能的權利，甚至把自己呈現爲無意義的權利，

它不主張「永恆的有效性」而是注重當下在場的意義。毋庸質疑，博物館和當代性概念聯袂出臺，不再彼此牴牾。並且，一種新的重要觀念正普遍在新建立的藝術博物館的安排組合中露出端倪，這就是關注單個的藝術作品，不再重視作品的語境。正是語境的淡漠，人們能夠在同一房間裏展覽不同時間或者空間創造的作品。這是博物館安排組合的無政府主義，但這是有目的的無政府主義：觀眾應該全神貫注於一個對象，而不依賴於其他的對象。博物館處理作品的後現代方式就是對作品的個體性尊嚴的關注。赫勒在此的闡釋正是其後現代視角主義哲學思想與藝術概念的延伸。

綜上所述，赫勒不再迷戀於烏托邦的宏大敘事與西方馬克思主義者的文化批判模式，而是關注絕對現在，對當代藝術現象作出肯定性闡釋並為其確立合法的理論根基，體現出後馬克思主義的美學範式。不過，這種直面現實、關注當下人類存在與藝術表達的現實主義精神在某種程度上又是經典馬克思主義所崇尚的。

第二章 文藝審美意識形態論

第一節 美學與意識形態

　　美學即 Aesthetics，意為研究人類的全部知覺和感覺領域的科學。由於其是情感、想像、愉悅等感性情狀的理性表述，故常為研究者視之為一塊獨特的精神領域而對之賦予類似宗教的終極體驗之價值。基於此，對美學話語的建構或闡發大多就固守其自律性、精神自由性、非功利性之特徵。然而，美學作為一種理論話語，並非從空而降，總是特定時代與文化語境下的特定個體或群體的理論設定，不可能脫離特定的社會生產方式和政治意識形態的關聯。英國馬克思主義文學與文化批評家伊格爾頓 1990 年推出的《美學意識形態》〔註1〕（*The Ideology of the Aesthetic*）正是以辯證的眼光，從歷史與意識形態的獨特視角來重新闡釋美學的自律性與他律性，美學建構與資產階級領導權的爭奪、政治意識形態的形成與新型主體的塑造的多重複雜關係。這實質上是以美學為中介來考查身體與政治的微妙關係。

　　伊格爾頓認為，美學是 18 世紀資本主義啟蒙時期的必然產物。它並非可有可無，並非是一種由於男人或女人突然領悟到詩或畫的終極價值而神秘問世的，而是啟蒙理性的結晶，是資產階級必然擁有的一種理論話語。隨著資產階級的崛起，資本主義生產方式日益擴大，理性精神日益成為政治意識形態與社會生產的激勵器。但是，如何把理性移入感性領域，如何把自身的政治意識形態的合法性擴散於整個社會，如何把權力普遍化並紮根於肉體，這

〔註1〕Terry Eagleton, *The Ideology of the Aesthetic*. New York: John Wiley & Sons, 1990.

實質是涉及到新型的資產階級如何獲得領導權的問題。這些問題的完美答案並不僅僅由抽象的認識領域或道德倫理領域提供，還必須依託連接理性與感性的審美領域。這樣，審美成爲一個必需的中介，一個政治意識形態植入身體的中介。因此，對感性的審美領域進行理性反思與理論建構（這形成美學），就不僅僅是一個純學術純科學的追求，也不首先是滿足藝術的需求，而是一個理性使感性殖民化，一個關係資產階級領導權的問題。從鮑姆嘉登到胡塞爾現象學，都是一個有關理性如何偏離又返回自身，如何通過感覺、體驗、天眞來迂迴的問題，而這種感覺的迂迴在伊格爾頓看來恰是一種政治的需要。伊格爾頓力圖表明：美學話語的建構與「現代階級社會的占統治地位的意識形態的各種形式的建構、與適合那種社會秩序的人類主體性的新形式都是密不可分的」。也就是說，每一身體話語的美學乃是有關感性身體的政治學。

當然，伊格爾頓不注重美學與政治意識形態的單一或顯在關係簡單而直接的分析，而是多著墨於兩者複雜的矛盾性或兩重性。美學既有利於奪取與維護資產階級政治領導權，又會對後者構成威脅。一方面，美學通過感性的審美來建構一種帶有自我約束的，理性與感性的，自由與必然的自律性科學，這是把理性統治法則或政治意識形態通過審美愉悅的無意識機制置入人們身體，內化一種穩固的有秩序的領導權的有效方式之一。這樣，伊格爾頓不再停留於以往關於審美與意識形態之間的關係的眾多爭論，諸如反映、生產、超越、陌生化，而在對審美加以歷史地還原，使人們看到這樣一個事實：從某個角度上來看，「審美等於意識形態」。〔註2〕審美與意識形態的同一性也就是美學建構與政治統治建構的同一性。先進的資產階級通過審美爲中介的愉悅統治或「軟性」策略不僅可以對封建專制統治構成威脅甚至使後者顚覆，還能擔負起建構其政治領導權的功能。並且，通過審美塑造適合於統治的新型主體來維護和擴張其政治領導權，而不是直接以強制性手段來實施統治的意志。因爲審美是一種紮根於肉體的一種身體文化，通過審美進行統治，是把權力植於人們生活的無意識結構，從而使人們從根本上無法擺脫政治權威的控制。以至於一旦觸犯權力，即或沒有外在強制與管束，也會使個體產生一種犯罪式的內疚感。可以看到，伊格爾頓眞正觸到了審美的內在的神經，快樂的行爲實質上是成功的領導權的眞正標誌，審美的背後實質上就是一個

〔註2〕 （英）特里·伊格爾頓：《美學意識形態》，王杰等譯，廣西師範大學出版社1997年版，第88頁。

觸目驚心的權力。因而關於審美話語建構的美學透視出中產階級對政治領導權的構想。

另一方面，美學話語又對既定的政治權力構成了潛在的威脅。對伊格爾頓來說，美學是一個矛盾體，一個自我解構的東西。如果說美學使資產階級有效建構與實施占統治地位的政治權力，它同樣在解構或削弱其自身的權力統治。權力規定審美又限制肉體，但肉體同時也存在反抗權力的東西。美學作爲感性身體的話語體系，這種話語是對人的審美活動，諸如感觀的創造性的發展前景，人類存在的動物性方面，快感，自然以及自娛的能力等的理論假設，它具有個體性、特殊性、自由性、自律性而成爲所有支配性思想或工具主義思想的死敵，這也是自私自利的資產階級的死敵。因此，把意識形態更深入地置入主體中的行動終以意識形態的瓦解而告終。

因此，在伊格爾頓眼裏，英國經驗主義美學注重身體感性，政治、道德通過審美達到不證自明的現實領域，結果審美起到潤滑政治領導權之作用，但這種注重感性而忽視理性的美學建構又有失去統治力量之危險，因爲它被迫爲了直覺而犧牲了理性的總體性，使得在政治總體性表述中困難重重。而以康德、席勒、黑格爾爲代表的德國古典美學注重理性，把感性納入其必不可少的理論視野，以實現專制理性向領導權的轉變，但是這種感性並非建構於現實大眾眞正的身體上，而是建構於一種形式化的感覺領域，過於注重總體性而排斥經驗的感性、直覺性。這樣他們通過美學來達到主體與客體、自我與他人的親和，但這只是一種形而上的虛構。要眞正地實現美學所允諾的感性存在，實現身體的現實的存活，就必須從唯物主義出發，從身體的生理性的結構出發來建構美學理論。於是，馬克思從勞動的身體，尼采從權力的身體，弗洛依德從欲望的身體出發來重新建構美學理論，成爲現代最偉大的三位美學家。他們的理論不是對純粹的自由的非功利的言說，而是顯示出在美學話語建構中實現身體的政治學這一核心命題。馬克思從勞動開始來發掘生產力的源泉，通過交換價值與使用價值，勞動與商品的辨析，力圖揭露勞動的身體在資產階級社會中的異化狀態。最終只有通過革命的手段推翻資本主義體制，利用後者高度發展的生產力，來實現身體眞正的全面解放，這是一種勞動實踐美學的建構，也是一種身體的政治學、革命人類學。這種美學既對資產階級政治領導權構成了威脅，而又充分利用資產階級美學資源。另外海德格爾的存在的政治學、本雅明的「星座化」觀念與阿多諾的否定性美

學都對身體進行不同角度的美學話語建構，同時又在建構有關身體的政治學，均有著深層的政治意識形態的背景。當然，伊格爾頓並非對身體盲從，而是予以辯證地考察，避免幼稚的分析。

　　透過伊格爾頓的理論視野，作爲對身體的獨特話語的美學，並非處於一片自律性的飛地，而是一種政治意識形態的策略，一種無意識把權力植根於肉體的領導權方式。在全球化語境下，這種對美學理論作意識形態分析拓展了美學研究的領域，具有重要的學術價值與現實意義。這對當今名目繁多的審美文化理論與文化現象中權力的辨認，對後殖民主義理論與現象的剖析提供了重要的啓示。他以現實中個體生命的存活的身體爲核心來闡發美學範疇，既是一個馬克思唯物主義的基本命題，又是一個後現代的關鍵問題。從這個核心概念來重讀美學理論，既是一種美學理論的重新表述，又是一個左派政治的言說，也在試圖提出一種新的文化理論。他發掘出審美理論建構中的政治權力要素並不斷解構資產階級美學與政治領導權，在闡釋過程中又在對之進行揚棄，以重建一種眞正滿足與實現所有個體的身體存活與茁壯發展的審美文化理論與政治學，這關涉身體的勞動、性與政治權力，也涉及到審美快感、學術理性與政治領導權。儘管伊格爾頓的理論還有待於進一步討論，不過其思路爲我們深入反思 20 世紀 80 年代以來的純美學、生命美學、超越美學等理論與思潮，爲更全面地把握美學的實質與豐富性以及對建構我國的馬克思主義文藝美學都提供了一定的參照。

第二節　崇高的意識形態

　　第一個賦予崇高（sublime）以系統的文字表達的郎加納斯說：崇高橫掃千軍、不可抗拒，操縱著一切讀者，「以閃電般的光彩照切整個問題，而在刹那之間顯出雄辯家的全部威力」，從而達到人生最高的眞理境界。〔註3〕自 1674 年布瓦洛對《論崇高》的翻譯與闡釋之後，崇高以其獨特的震撼人心的力量在現代與後現代美學中扮演著重要的角色。崇高進入美學領域，賦予了現代

〔註 3〕郎加納斯：《論崇高》，錢學熙譯，《文藝理論譯叢》第 2 期，人民文學出版社
　　　1958 年版。德勒漢提（Ann T. Delehanty）認爲，郎加納斯對崇高的界定具有
　　　二重性，「既使觀眾狂喜又展示了演說者的威力」。Ann T. Delehanty. "From
　　　Judgment to Sentiment: Changing Theories of the Sublime, 1674～1710", *Modern
　　　Language Quarterly*, 66: 2 (June 2005): 151～72.

美學較之古代美學的特有的感性形態與話語形態。然而，這種美學形態爲現當代人與美學家所倍加青睞，不是一個純粹的美學問題，而是連接幽微而複雜的文化政治學。布瓦洛、博克、康德、席勒、黑格爾等現代美學家都把崇高納入自己的美學框架之中，成爲其意識形態的審美表達。後現代美學家諸如南希、利奧塔、詹姆遜、伊格爾頓、齊澤克等也在診斷崇高美學與差異政治學、極權主義、消費意識形態之間的意味深長的關係。如果說美學話語與文化話語是意識形態的角逐場，那麼崇高便是最引人注目的景觀。

一、現代崇高美學與意識形態建構

　　崇高在現代社會成爲美學的重要研究對象，在 18 世紀成爲美學研究的熱點。惠勒（Kathleen M. Wheeler）認爲，在 1750～1800 年間，「崇高概念逐步移動到藝術意識的中心。」﹝註 4﹞根據德勒漢提的研究，在 17 世紀末到 18 世紀初，崇高成爲布瓦洛那個時代的文學批評界共同的用語，崇高的觀念爲那時幾個文學論戰提供了依據，而且超越了文學領域，牽涉重要的道德領域。﹝註 5﹞布瓦洛對崇高進行了重新界定，尤其重視從道德角度進行，認爲就藝術家而言，崇高是有意識的理性行爲和道德品性所創造的，從而奠定了好感與好詩的聯繫的基礎，他在《詩的藝術》中說：「不管寫什麼主題，或愉快或崇高，好感和音韻都要永遠互相配合……一切文章永遠只憑著理性獲得價值和光芒。」﹝註 6﹞17 世紀後期研究崇高的法國文學理論家拉賓（Rapin）也在構建崇高與德性的關係，認爲詩就是道德的經驗。現代文化中的崇高熱無疑是有諸多因素促成的，其中不容忽視的一個重要因素是，崇高作爲有關身體的話語，是一種意識形態的表達，它融入了現代政治權力的建構或者解構。我們可以在從博克到康德的崇高話語中觸摸到這種文化政治學的脈搏。正如墨菲（William P. Murrphy）所指出，「博克和康德都認同崇高的辯證觀點，即權力是借助於喚起敬畏效果和這些效果的隱秘的神秘權力包括神聖的或者超自然的力量的關係來建構的。」﹝註 7﹞爲了把人類學的權力意義發展成爲審美價

﹝註 4﹞ Kathleen M. Wheeler. "Classicism, Romanticism, and Pragmatism: The Sublime Irony of Oppositions", parallax, 1998, vol. 4, no. 4, 5～20.

﹝註 5﹞ Ann T. Delehanty. "From Judgment to Sentiment: Changing Theories of the Sublime, 1674～1710", Modern Language Quarterly, 66: 2 (June 2005): 151～72.

﹝註 6﹞ 此處的翻譯來自德勒漢提對《布瓦洛全集》的英文引述，並參照了任典的中文譯本。

﹝註 7﹞ William P. Murphy."The Sublime Dance of Mende Politics: an African Aesthetic of

值與工具手段，18 世紀對崇高的反思的起點產生了兩個彼此相關的分析轉向。第一個轉向是把焦點從自然的巨大力量轉移到社會世界中的驚人力量，從而強調了崇高與驚人權力的政治文化的關係，也就是強調了魅力的意識形態。第二個轉向是從認識論問題轉向了關於驚人的權力的政治問題。墨菲概括的這兩種轉向都表明了崇高在 18 世紀與政治權力是聯繫在一起的。但是，同時挪用崇高美學範疇與話語，不同的美學家進行了不同的闡述，連接著不同的意識形態的內蘊。

博克的《關於崇高與美的觀念的根源的哲學探討》在現代早期崇高美學中是具有代表性的。他既注重對崇高客體的屬性的思考，也從心理學和生理學的角度審視了崇高對接受者產生的效果。崇高的對象在體積方面是巨大的，或者是凸凹不平和奔放不羈的，或者喜歡用直線，偏離直線時也往往作強烈的偏離，或者是陰暗朦朧的，或者是堅實而笨重的，或者是無限的。在討論這些屬性之後，博克用「黑」和「白」來類比崇高與美，崇高表現出「黑」的意象。崇高對象產生的效果就是痛感與恐怖：「任何適合喚起痛苦與危險的觀念的東西，即任何產生可怕的東西，或者涉及到可怕對象的東西，或者以類似於恐怖的方式運作的東西，都是崇高的源泉；也就是說，它只產生最強烈的情感，這是心理能夠感受到的。」〔註8〕當危險與痛苦逼得太近時就不能喚起任何的興奮，純粹的可怕的。但是如果隔著一定距離，並進行某些修正，它們也許就能夠是令人興奮的。痛感就轉化為興奮之感，從而使接受者充滿一種力量。博克對崇高的美學分析聯繫著道德與權力，當然這是複雜而矛盾的。崇高對象具有魅力特徵，引起人們敬仰，譬如剛毅、正義、智慧等。道德的崇高具有重要作用：「偉大的美德主要是用來對付危險、懲罰和困難的，它們與其說是討人喜愛，倒不如說是為了防止最壞的災難。」〔註9〕博克對比了薩魯斯特作品中的愷撒與卡托兩個性格，前者寬宏大量，是可憐人的庇護者，而後者是鐵面無情，是對罪惡的懲罰者，他有很多東西值得我們欽佩與崇敬，也有東西使我們懼怕，父親的權威也是如此，使我們產生尊敬，對我們的幸福是有益的。在弗洛伊德看來，父親的權威是超我的表徵，是社會權

Charismatic Power", *American Ethnologist*, Vol. 25, Num. 4, 1998. pp.563～582.

〔註 8〕 Edmund Burk. *A Philosophical Enquiry into the Origin of Our Ideas of the Sublime and Beautiful*, Ed. T. Boulton, London: Routledge and Kegan Paul, 1958. P.39.

〔註 9〕 （英）柏克：《關於崇高與美的觀念的根源的哲學探討》，孟紀青、汝信譯，載《古典文藝理論譯叢》第 5 冊，人民文學出版社 1963 年版，第 53 頁。

力的同一話語。這表明，博克對崇高的論述表達了對權力的與傳統的遵從，這是一種服從，是對魅力之服從，也是對神性之敬仰。雖然我們純粹思考上帝只是把他作為理解的對象，他形成了權力、智慧、正義、善等複雜的觀念，雖然他超出了我們理解的範圍，但是他使我們通過感性的圖像提升到這些理智的觀念，從而感受到他的權力，「我們萎縮成為我們自己本質的渺小，在某種意義上我們在他面前被淹沒了。」〔註 10〕所以，當上帝無論在哪兒言說或者呈現時，自然中的可怕之物就來增強神聖出現的敬畏與莊嚴。

博克試圖在崇高美學中連接道德情感，而道德感在當時是一個政治問題。〔註 11〕博克在字裏行間表明了崇高與權力的同構機制。他通過崇高的闡發來論證了權威的合法性，並把權力無意識地通過崇高的心靈狀態植入民眾身體之中。崇高從恐怖到興奮的情感力量事實上是使社會權力與秩序保持生機勃勃的重要動力，不愉快的感覺有著最強烈的推動力，以彌補由美所形成的永恆的寧靜，這是以進步的方式彌補社會秩序的停滯。伊格爾頓對博克的崇高的意識形態進行了深入分析，博克在男性的狂熱中發掘了推動社會的崇高力量：「崇高是對騷動的上流社會的暴力行經的想像性補償，亦是被當作戲劇來重複的悲劇。崇高是美的涵義的內部分裂，是對既定秩序的否定，如果沒有這種否定，任何秩序都將失去生氣而後消亡。」〔註 12〕這既是對被歷史超越的野蠻狀態的追憶，又是資產階級商人的進取精神對太愛交際的貴族化惰性的挑戰，這對伊格爾頓來說正是博克在孩提時代曾在科克郡的露天學校上過學的政治思想的表達。伊格爾頓的分析表明，博克的崇高美學是為上升的資產階級尋求合法的情感基礎，這種情感基礎也是其權力鞏固與維持的合法基礎。

不過，博克的崇高還意味著「同情的崇高」，意味著對理性抽象的反駁，這對他來說也不純粹是一個生理學與心理學的知識問題，而是有著自己的意識形態選擇，這就是對啓蒙運動與歐洲中心主義的批判。吉本斯（Luke

---

〔註 10〕 Edmund Burk. *A Philosophical Enquiry into the Origin of Our Ideas of the Sublime and Beautiful*, Ed. T. Boulton, London: Routledge and Kegan Paul, 1958. P.68.

〔註 11〕 事實上，在現代社會，道德問題一直是政治的問題。正如莫斯（Susan Buck-Morss）對霍克海默的解釋，「在現代，道德實踐必然是政治實踐。」Susan Buck-Morss. *The Origin of Negative Dialectics: Theodor W. Adorno, Walter Benjamin, and the Frankfurt Institute*, New York: The Free Press, 1977. P.67.

〔註 12〕 （英）特里·伊格爾頓：《美學意識形態》，王杰等譯，廣西師範大學出版社 1997 年版，第 44 頁。

Gibbons）對博克的崇高美學與殖民的愛爾蘭、印度的政治關係，與美國革命和法國革命的關係進行了切實地分析。他說：「處於博克美學核心的崇高概念主要表達了懼怕與恐怖的經驗，正是這種恐怖意象在他整個職業生涯籠罩了他的政治想像。」他關注政治恐怖，在《關於崇高與美的觀念的根源的哲學探討》中勾勒的暴力、同情與痛苦的理論「爲他提供了一系列探究啓蒙運動黑暗面的診斷工具，尤其是啓蒙運動用來確證殖民擴張、宗教偏見或者政治壓迫的合法性的時候。」〔註 13〕啓蒙運動試圖以西方的價值觀念來形成抽象的人類的普遍性，尤其是上演了一系列開拓殖民地的殘酷的恐怖劇。博克對沃倫・黑斯廷斯（Warren Hastings）在印度的掠奪的關注已經預先在他的崇高美學著作中形成。而且，他早期形成的愛爾蘭經驗也預示了他後來對殖民主義和現代性之暴力的關注。他的直系親屬關聯著愛爾蘭 18 世紀早期與中期最痛苦而難忘記的一些國家處決，關聯著在 1760 年代白衣會運動中農村恐怖巨浪的首次爆發。在博克看來，受傷的身體不僅是他個人的經驗，而且成爲愛爾蘭民族的寓言。在同情崇高中，壓迫的認可不需要導致自我理解，而事實上可以強化認同他者的苦境的能力。事實上，博克的崇高美學預設了三個維度，一是製造崇高的權力主體，就是製造暴力與恐怖的殖民者，二是暴力的接受者，受害者。三是接受崇高場景的觀眾，就是喚起崇高感的主體。觀眾在崇高活動中獲得痛苦之感，產生對受難者的同情，這是一股可能顛覆崇高權力主體的力量：「崇高政治學最終的表達，即公開處決的展示，在民眾中能夠灌輸對『可怕君權』的敬畏與尊敬，但是如果這些恐怖的展示就法律本身而言由於過度和殺戮欲而處置不當，這些展示可以成功地激發起試圖制服的憤怒與大眾的殘暴」。〔註 14〕國家處決政策產生了相反的效果，因爲它喚起了對受害者的同情，並把公眾的憎恨引向政府，而不是指向違法之人。這種文化邏輯直接導致了在 1790 年代聯合的愛爾蘭人政治方案。所以吉本斯認爲，博克對在愛爾蘭與印度的殖民主義批判的偉大成果之一，就是要賦予眞正同情的政治表達，「暴露殖民崇高展現的眞正的恐怖。」〔註 15〕博克的崇高理論

〔註 13〕 Luke Gibbons. *Edmund Burke and Ireland: Aesthetics, Politics, and the Colonial Sublime*, Cambridge: Cambridge University Press, 2003. P.xi.

〔註 14〕 Luke Gibbons.Edmund Burke and Ireland: *Aesthetics, Politics, and the Colonial Sublime*, Cambridge: Cambridge University Press, 2003. P.28.

〔註 15〕 Luke Gibbons.Edmund Burke and Ireland: *Aesthetics, Politics, and the Colonial Sublime*, Cambridge: Cambridge University Press, 2003. P.111.

事實上認可了文化的差異性與現代性的可選擇性，否定了啓蒙的歐洲中心主義文化政治，它是一種革命的力量，可以打破現有的秩序，正如弗格森（Frances Ferguson）所闡釋的，美聯繫著習俗與法律：「崇高擺脫了習俗，因爲它聯繫著新穎與驚訝，它純粹地超越了合法性的主張。」〔註16〕但是博克不是一個革命者，崇高的力量獲取的是對權力的維護，是中產階級保持生機活力的意識形態表達，尤其是他通過美爲崇高的暴力提供了安慰，以維護社會權利關係的再生產，其對反殖民主義的情緒也可以說是對英國當權者的警告，以之找到更爲有效的權力手段，就是要把權力融入情感之中，把法則植入心靈與身體之中，雖然他的崇高的政治意識形態存在著分離與矛盾。

康德吸取了博克的崇高話語，但是對之進行了新的闡發與建構，不再是英國文化政治背景的崇高問題，而是在德國文化中建構了意識形態的合法性。康德建構了族群、性別崇高美學與個體性崇高美學兩種形態，兩者都賦予了鮮明的意識形態性。第一種形態主要在他1763年寫成的《論優美感和崇高感》中表現得頗爲突出，這種崇高美學主要集中在崇高與道德意識形態的建構，正如巴特斯比（Christine Battersby）所說，康德這篇論文的「焦點是論德性和崇高性的關係」。〔註17〕雖然在博克那裏崇高是一個恐怖與興奮的轉換過程，產生了一種力量，而康德重點不是分析崇高的客體屬性與心理機制，而是思考崇高與道德、男女性別、族群文化等的關係問題，是在文化背景中思考崇高問題，把博克的恐怖的崇高美學轉化爲道德的崇高美學，從而對崇高進行了新內涵與意識形態功能的規定。康德對崇高的對象與崇高感都進行了積極的肯定，就是因爲它們聯繫著道德的表現：「在道德品質上，惟有眞正的德行才是崇高的。」〔註18〕雖然自然對象諸如一頂峰積雪、高聳入雲的崇山景象能使人充滿畏懼與歡愉，但是要欣賞這些，我們首先就必須有崇高的感情。主體的崇高感才決定了對崇高的欣賞，主體的崇高感是涉及本眞性、正直性的，是對道德虛僞、時尚性的超越，所以康德說：「一個虛榮而輕浮的人永遠不會有強烈的崇高感。」〔註19〕康德在崇高對象與崇高主體的論述中

〔註16〕Frances Ferguson. "Legislating the Sublime", in Ralph Cohen ed. *Studies in Eighteen-Century British Art and Aesthetics*, Berkeley: University of California Press, 1995. P.129.

〔註17〕Christine Battersby. "Terror, terrorism and the sublime: rethinking the sublime after 1789 and 2001", *Postcolonial Studies*, Vol. 6, No. 1, 2003, pp.67～89.

〔註18〕（德）康德：《論優美感和崇高感》，何兆武譯，商務印書館2003年版，第10頁。

〔註19〕（德）康德：《論優美感和崇高感》，何兆武譯，商務印書館2003年版，第58頁。

都賦予了道德的特有的規定。崇高的對象是多樣的，有令人畏懼的崇高、高貴的崇高、華麗的崇高、深沉而孤獨的崇高，它們偉大而純樸，如埃及金字塔，一座武庫等。由於道德的普遍基礎，康德在論述中不斷在區別崇高的不同變體，並在價值觀念上追求符合歐洲道德觀念的崇高，因爲「哪怕是罪惡和道德的缺陷，也往往會同樣地自行導致崇高和優美的發洩。」〔註 20〕既有人類崇高的優點，也有弱點，所以對康德來說，可怖的崇高不自然，充滿了冒險性，這是怪誕的。爲了自己的、祖國的或我們朋友的權力而勇敢地承擔起困難，這是崇高的，而十字軍、古代的騎士團是冒險的，決鬥是怪誕的。用原則來束縛自己的激情，乃是崇高的，苦行、發誓與修士的道德是怪誕的。可以看出，康德對崇高範圍進行了限制，不是說凡是使人恐怖的就是崇高之源，而是要符合道德的普遍性原則，符合康德自己的道德觀念的東西才被列入眞正的崇高領域：「當對全人類的普遍的友善成爲了你的原則，而你又總是以自己的行爲遵從著它的話，那時候，對困苦者的愛始終都存在著，可是它卻被置於對自己的全盤義務的眞正關係這一更高的立場之上的。普遍的友善乃是同情別人不幸的基礎，但同時也是正義的基礎。正是根據它的教誡，你就必須放棄現在的這一行爲。一旦這種感覺上升到它所應有的普遍性，那麼它就是崇高的，但也是更冷酷的。」〔註 21〕「眞正的德行只能根植於原則之上，這些原則越普遍，則它們也就越崇高和越高貴。」〔註 22〕康德事實上把崇高與普遍的道德性原則聯繫起來，也是和理性原則聯繫起來，這種聯繫表明了崇高與道德法律、超越個體的權力的聯繫，按照康德的表述，權力就是普遍的冷酷，表明了理性的合法性的情感基礎。博克賦予崇高反啓蒙的意識形態選擇，而康德通過區分賦予了崇高的啓蒙理性的價值選擇，他的崇高美學促進了現代個體的道德觀念與現代社會契約關係的形成，作爲普遍性的崇高成爲社會契約的情感紐帶。

基於此，康德進一步賦予崇高的性別身份與族群身份的意義。男性是有崇高感的，而女性是有優美感的：「在男性的品質中，則崇高就突出顯著地成

〔註 20〕（德）康德：《論優美感和崇高感》，何兆武譯，商務印書館 2003 年版，第 7
～8 頁。

〔註 21〕（德）康德：《論優美感和崇高感》，何兆武譯，商務印書館 2003 年版，第 13
頁。

〔註 22〕（德）康德：《論優美感和崇高感》，何兆武譯，商務印書館 2003 年版，第 14
頁。

爲了他那個類別的標誌。」〔註23〕這意味著崇高的道德品質，諸如普遍性、本眞性、理性與男性相關，奮鬥與克服困難屬於男性的，康德建議女性就不要去學幾何學，不要學過多的充足理由率或者單子論，也不要去關注殘酷的戰爭場面：「她們在歷史學方面將不必把自己的頭腦裝滿了各場戰役，在地理學上將不必裝滿了各個要塞。」〔註24〕康德顯然不是在討論一個純粹的美學問題，而是建構了男性的權力話語，他那命令式的語調試圖把女性排斥在社會權力中心之外，這是男權中心主義的建構，因此他認爲女性們懂不懂歐洲大陸的具體劃分、產業、實力與統治權，都無關緊要。康德不是固執地賦予男性的崇高權力的，而是建立在性別的自然基礎，建立在男女身體的自然基礎之上的，這種建構事實上建立了崇高、男性、權力合謀的合法性基礎。如果說康德的崇高男性權力美學立足於自然身體屬性之上，那麼他對崇高感的族群身份建構就是建基於文化的主觀的設定之上的。西歐人具有優美感與崇高感，德意志人、英格蘭人和西班牙人具有崇高感，西班牙人屬於驚恐型的崇高，往往是粗暴而殘酷的，迷戀於冒險，譬如鬥牛；英格蘭人是高貴感的崇高，他們是理智而堅定的，其藝術是內容深刻的思想、悲劇、史詩；德意志人是屬於壯麗感的崇高，這是輝煌的崇高，他們充滿機智與謙遜，感性冷靜，看重家庭、頭銜、地位、戀愛大事。而非西方族群就不具備這些崇高感的品質，東方阿拉伯人雖然健康而眞誠，但具有退化並成爲了冒險的感情，存在不自然和歪曲了的東西；日本人的堅決性已經退化成爲極端的頑固性；印度人迷醉於怪誕的冒險，其宗教也是怪誕的；中國人的繁文縟節包含了愚昧的怪誕；非洲的黑人也沒有超出愚昧之上的感情。通過一系列的經驗考察，康德建構了文明與野蠻的二元對立，這種區隔是道德原則的基礎上進行的，而道德原則又是西歐的，尤其是康德的啓蒙道德觀念之上的，這是他歐洲中心主義的崇高美學的建構。所以有學者指出，康德關於崇高的觀念「流露出歐洲中心主義和男性的偏愛」。〔註25〕

　　如果說康德在此書中主要是群體的崇高美學建構，那麼《判斷力批判》

〔註23〕　（德）康德：《論優美感和崇高感》，何兆武譯，商務印書館2003年版，第29頁。

〔註24〕　（德）康德：《論優美感和崇高感》，何兆武譯，商務印書館2003年版，第31頁。

〔註25〕　Drucilla Cornell. "The Sublime in Feminist Politics and Ethics", *Peace Review*, 14: 2 (2002) pp.141～147.

則是關注主體的個體性的崇高美學建構，這是對主體心理能力的闡釋。康德描述了崇高感的產生，「（崇高的情緒）是一種僅能間接產生的愉快；那就是這樣的，它經歷著一個瞬間的生命力阻滯，而立刻繼之以生命力的因而更加強烈的噴射，崇高的感覺產生了。」〔註 26〕如果說美是悟性概念的，那麼崇高卻是一個理性概念的表現，所以不能夠稱客觀對象為崇高，這些對象只是適合於表達一個我們心意裏能夠具有的崇高性。被風暴激怒的海洋不能稱作崇高，它的景象只是可怕的。如果人們的心意要想通過這個景象達到一種崇高感，他們就必須把心意預先裝滿著一些觀念，「心意離開了感性，讓自己被鼓動著和那含有更高合目的的觀念相交涉著。」只要自然的崇高的現象讓我們見到偉大和力量，它們就以其大混亂、狂野、無秩序和荒蕪激起崇高的觀念。稱為崇高的不是對象，而是精神情調。崇高標明了主體的理性能力，標明了無限的精神追求。它是無限大的，數量上的崇高是「一切和它較量的東西都是比它小的東西」。〔註27〕力學的崇高聯繫著博克所謂的恐怖的對象，但康德強調的是主體的能力，閃電、雷鳴、怒濤等自然現象充滿恐怖的力量，人類較之顯得太渺小了。但是如果人類在安全地帶觀賞，對象越可怕，就越具吸引力，因為它們提高了我們的精神力量，在內心發現另一種類的抵抗力，「心情能夠使自己感覺到它的使命的自身的崇高性超越了自然。」〔註 28〕這是主體的力量對自然力的征服，是對恐怖的征服。康德在此同樣是把崇高與道德聯繫了起來，「若是沒有道德諸觀念的演進發展，那麼，我們受過文化陶冶的人所稱為崇高的對象，對於粗陋的人只顯得可怖。」〔註 29〕主體的無限性和力量是現代自由個體的追求，是追求不斷地運動與冒險，追求在世俗化的社會中獲得上帝的神性，這正是現代資產階級個體的神化的表現，「他自覺到他的真誠的意圖是合乎上帝的意思的，這時那自然威力的作用才在他內心喚醒對於那對方的本質的崇高性的觀念，他認識到一種與這對方的意志相配

〔註 26〕 （德）康德：《判斷力批判》上卷，宗白華譯，商務印書館 2000 年版，第 84 頁。

〔註 27〕 （德）康德：《判斷力批判》上卷，宗白華譯，商務印書館 2000 年版，第 89 頁。

〔註 28〕 （德）康德：《判斷力批判》上卷，宗白華譯，商務印書館 2000 年版，第 102 頁。

〔註 29〕 （德）康德：《判斷力批判》上卷，宗白華譯，商務印書館 2000 年版，第 105 頁。

合的崇高性在他自身內。」〔註 30〕這也是為資產階級個體的權力奠定合法性
基礎。崇高的時刻是主體性構建的時刻，同時也是文化奠基的時刻，主體性
與共同體都聯繫了起來，這為暴力與統治確立了合法性基礎，「暴力成為必要
的，因而它作為動力是合法的，根據這種動力，自然被出現為可怕的，目的
是喚起主體性，主體性的暴力可以對抗自然的暴力。」〔註 31〕這也為資產階
級戰爭確立了合法性基礎，戰爭是恐怖的，但是只要具有道德性，那麼就是
合法的，所以在最文明最進步的社會裏，只要戰士保持和平時期的德行，仍
然被人們所崇敬。只要戰爭用秩序和尊敬公民權利的神聖性進行，那麼其自
身就具有崇高性。對康德來說，這些精神性的崇高仍然植根於身體之中，「歸
於人類天性裏的思想樣式的根基裏」。〔註 32〕康德事實上把崇高、道德法則、
權力融合了起來，把「自由與強制結合了起來」，〔註 33〕伊格爾頓以精神分析
的話語解釋說：「道德法則是一個應該受到譴責的法則或父親之名，是權威之
純化過的本質：它不告訴我們做什麼，只告訴我們『你必須做』。」〔註 34〕只
是在崇高的審美中，我們獲得的是對特殊對象的反思判斷，而不是現實政治
的直接性與暴力性。可以說，康德的崇高美學是他對民族政治的一種共同體
的理想設定，也是對資產階級個體的意識形態表達，「預示了中產階級的自由
主義理想」〔註 35〕。如果沒有令人痛苦的暴力，我們就永遠不能受到刺激而
走出自我，永遠不可能被激發出進取心和成就感來，以導致最後的毀滅，所
以「康德把崇高和男性、軍人、對抗寧靜的各種有益手段聯繫起來」。〔註 36〕
康德通過崇高、理性、道德法則的闡釋透視出，崇高美學不是一個心理學、

〔註 30〕　（德）康德：《判斷力批判》上卷，宗白華譯，商務印書館 2000 年版，第 104
頁。

〔註 31〕　Thomas Huhn. "The Kantian Sublime and the Nostalgia for Violence", *The Journal
of Aesthetics and Art Criticism*, 53: 3, Summer 1995. pp.269～275.

〔註 32〕　（德）康德：《判斷力批判》上卷，宗白華譯，商務印書館 2000 年版，第 122
頁。

〔註 33〕　（德）康德：《判斷力批判》上卷，宗白華譯，商務印書館 2000 年版，第 204
頁。

〔註 34〕　（英）特里·伊格爾頓：《美學意識形態》，王杰等譯，廣西師範大學出版社
1997 年版，第 73 頁。

〔註 35〕　（英）特里·伊格爾頓：《美學意識形態》，王杰等譯，廣西師範大學出版社
1997 年版，第 66 頁。

〔註 36〕　（英）特里·伊格爾頓：《美學意識形態》，王杰等譯，廣西師範大學出版社
1997 年版，第 80 頁。

美學問題，而是聯繫著更深廣的社會意識形態問題，表徵著現代中產階級主體〔註37〕與統治權的合法性建構，也是立足於現代商品社會結構之上的，因為商品以其無限性與抽象性成為崇高的客體。

可見，現代崇高美學不是一個純粹的美學問題，而是有著深厚的文化政治背景，在文本形態中透視出意識形態的選擇性，它既可以成為反啓蒙理性，反殖民主義的表達，也可以成為現代個體身份建構的術語，也可以成為現代政治的無意識代碼。

二、後現代崇高美學的文化政治學

在後現代，崇高再次成為美學的關鍵詞，這同樣不是純粹的美學問題，而是有著不同於現代崇高美學的文化政治意蘊。里丁斯（Bill Readings）指出，「在目前對文化政治學的描述中，崇高傾向於提供審美與政治學的紐帶。」〔註38〕如果說文化在後現代成為政治的戰場，崇高也就融入了後現代的政治意識形態的批判之中。羅蒂認為，20世紀一直存在崇高與美的論戰，這聯繫著不同的政治，崇高要求革命地改變現實社會，而美要求改革現實社會。〔註39〕羅蒂的認識具有一定的合理性，但是後現代崇高美學的意識形態問題比他理解的更為複雜。南希（Nancy）、利奧塔、詹姆遜、齊澤克等人的崇高美學透視出意識形態選擇的複雜性。

南希與利奧塔在法國文化語境中賦予了崇高以後現代性的差異性意義，確立了後現代美學的基本範式。他們對現代理性主體進行批判，確立了崇高在批判現代宏大敘事中的重要位置，因為崇高超越了主體的形而上學，走向了本體論的差

〔註37〕康德對崇高主體的建構也是建立在神學基礎上的，這與康德的家庭的虔誠教派（Pietismus）的信仰相關，這個教派接近於清教派，是對宗教改革的深化，主張拋棄一切的教條和說教，而專重內心的嚴肅與虔敬。見何兆武：（德）康德《論優美感和崇高感》《譯序》，商務印書館2003年版。克洛克特（Clayton Crockett）闡釋了康德崇高的神學，認為崇高是現代性的核心，同時來自於神學，《康德的批判哲學應該被解讀為神學。》Clayton Crockett. *A Theology of the Sublime*, New York: Routledge, 2001. P.3. 但是康德的崇高神學不應被解讀為傳統意義的神學，因為對傳統宗教的虔誠不會產生崇高感，而是適合資產階級個體建構的內在信仰神學，甚至如克洛克特所說，上帝是無意識的。在上帝無意識的他者中，主體確證了自己的力量與合法性。

〔註38〕Bill Readings. "Sublime Politics: the End of the Party Line", pp.409～425.

〔註39〕Cf. Roberts, David, "Between Home and World: Agnes Heller's the Concept of the Beautiful", *in Thesis Eleven*, no.59 (1999), pp.95～101.

異。南希的崇高美學試圖對抗再現、類比與神學，他按照海德格爾區別存在與存在物的方式區別了美與崇高，認為崇高聯繫著存在的無限性，但是這種無限性不是理性的觀念，而是每一種限制的無限，所有形式的消解。崇高不能還原為再現，只是對後者的超越，超越了所有美與類比：「在崇高中，不是無限的再現或非再現處於有限的再現的旁邊，也不是根據類比模式得以實現。它涉及到無限的運動——這完全是不同的事——更準確的說，涉及到『無束縛』，是在限制的邊緣，因而是在再現的邊緣產生。」〔註40〕這種崇高不是附在有限之上的無限，也不是所有有限之物的善與美共同參與的決定性的無限，它實現了「從認識論到本體論的轉變，從作為理性的主體向虛無的非客體的轉變。」〔註41〕

　　在利奧塔的80年代和90年代的文本中，崇高是一個核心的概念，「是藝術、歷史與政治學分析的鑰匙。」〔註42〕利奧塔也是從虛無的方面界定崇高，黑暗、孤獨、沉寂、死亡的臨近是可怕的，因為它們宣告目光、他人、言語和生命都將缺失，人們感到可能什麼都再不會到來，「所謂崇高，是指在這種虛無的脅迫中，仍然有某事物會到來，發生，宣告並非一切皆盡」，〔註43〕如魯迅所說從絕望中見出希望。儘管利奧塔的崇高美學來自於博克、康德的崇高文本，但是已經如南希那樣融合海德格爾的存在主義哲學，是後現代文化語境中的崇高美學。他對崇高的關注與先鋒派藝術追求不可分離，並且是從審美現代性的時間觀念來進行闡釋的，如果審美現代性意味著波德萊爾的「過渡、短暫、偶然〔註44〕」，那麼從19世紀後期到20世紀的先鋒派藝術都表現著崇高的美學形態。利奧塔在《後現代狀況》中說：「正是在崇高美學中，現代藝術（包括文學）找到了動力，先鋒派的邏輯找到了其原理。」〔註45〕在1984年初次發表的《崇高與先鋒派》一文中，他首先從紐曼50年代創作的作

〔註40〕 Jean-Luc Nancy. "The Sublime Offering" in *Of the Sublime: Presence in Question*, trans. Jeffrey S. Librett.Albany, NY: State University of New York Press, 1993. P.35.

〔註41〕 John R. Betz. "Beyond the Sublime: the aesthetics of the Analogy of Being" (Part One), *Modern Theology* 21: 3 July 2005, pp.367～411.

〔註42〕 Simon Malpas. "Sublime Ascesis: Lyotard, Art and Event", *Journal of the theoretical humanities*, vol.7, num. 1 Apr. 2002. pp.199～211.

〔註43〕 利奧塔：《非人》，羅國祥譯，商務印書館2001年版，第94頁。

〔註44〕 （法）波德萊爾《現代生活的畫家》，載《1846年的沙龍：波德萊爾美學論文選》，郭宏安譯，廣西師範大學出版社，2002年，第424頁。

〔註45〕 Jean-François Lyotard. *The Postmodern Condition: A Report on Knowledge*, trans. Geoff Bennington and Brian Massumi. Minneapolis, MN: University of Minnesota Press, 1993. P.77.

品《此地 1》《此地 2》等及其 1948 年的論文《崇高是現在》開始，從時間性
角度重新清理崇高範疇，以此來闡釋崇高與不確定性的內在聯繫。他認爲：「先
鋒派藝術不致力於在『主題』中的東西，而致力於『在嗎？』和致力於貧乏。
它就是以這種方式歸屬於崇高美學的。」〔註 46〕利奧塔的崇高美學的最佳藝
術狀本就是紐曼的作品，他多次討論崇高都與紐曼的作品與美學原則聯繫在
一起。紐曼的作品不是展示綿延超越意識，而是使畫成爲際遇本身，既到達
的那一瞬間，這與杜尙的追求不同，其主題屬於聖示和聖顯，「紐曼的一幅畫
是一位天使；它不宣告任何東西，它就是宣示本身。」〔註 47〕這種瞬間的美
學就是崇高：「現在，這就是崇高。崇高不是在別處，不在彼岸，不在那兒，
不在此前，不在此後，不在過去。」〔註 48〕利奧塔的瞬間的崇高美學是聯繫
著他所堅持的後現代之差異觀念。不同的瞬間意味著不同的特性與偶然性，
沒有多樣性的統一，只有不可還原的差異性。這種差異美學連接著複雜的意
識形態意義，一是神學的意識形態背景，利奧塔在闡釋紐曼的作品時反覆提
到瞬間與宗教顯聖的關聯。譬如，他涉及到黑塞解釋紐曼 1963 年的猶太教堂
模型，在這座猶太教堂中，每一個人都坐著，沉靜在自己的「獨木舟」中等
待召喚，不是爲登一個樓子，而是爲爬上那個小崗，在那裏，光和宇宙在神
的聖靈的壓力下產生。所以貝茨（Johnr R. Betz）在探討南希、利奧塔等崇高
美學時認爲：「儘管後現代崇高有其新穎性，它與康德的崇高一樣是純粹內在
性的話語」，唯一的區別是「從理性主體的內在性轉移到存在本身的內在性」。
〔註 49〕二是利奧塔的崇高美學聯繫著對極權主義的政治神話的批判，這就是
在 20 世紀 30 年代到 50 年代先鋒派的命運，瞬間美學被轉變爲對「傳奇」主
題的期待：「純種的民族在嗎？」「元首在嗎？」這表明，崇高美學「被中性
化和改變成神話政治。」〔註 50〕先鋒派的反現代與反文化的崇高美學被恐怖
的極權主義所挪用，成爲政治審美化的器具，利奧塔的崇高美學試圖澄清這

〔註 46〕利奧塔：《非人》，羅國祥譯，商務印書館 2001 年版，第 115 頁。

〔註 47〕利奧塔：《非人》，羅國祥譯，商務印書館 2001 年版，第 88 頁。

〔註 48〕利奧塔：《非人》，羅國祥譯，商務印書館 2001 年版，第 104 頁。

〔註 49〕John R. Betz. "Beyond the Sublime: the aesthetics of the Analogy of Being" (Part
One), Modern Theology 21: 3 July 2005. pp.367～411.

〔註 50〕利奧塔：《非人》，羅國祥譯，商務印書館 2001 年版，第 116 頁。有學者還具
體分析了美「9.11」事件與利奧塔的差異的崇高美學的內在關係。Hugh J.
Silverman ed., *Lyotard: Philosophy, Politics, and the Sublime*, New York and
London: Routledge, 2002. pp.1～2.

種亂用，以重新明確先鋒派的任務，突破其脆弱的困境。三是利奧塔在當代資本主義全球化的語境中思考崇高美學，探討崇高與資本主義的複雜關係。「在資本與先鋒派藝術之間存在著一種默契。」〔註 51〕馬克思曾不斷分析和確認，資本主義的懷疑力和破壞力量鼓勵藝術家拒絕信賴陳規，不斷實驗新的表達方式、風格和材料，所以利奧塔認爲，在資本主義經濟中也有崇高。在某種意義上說，它是靠無限的財富或權力這種理念來進行調節的經濟。這是先鋒派的意識形態的困境或者悖論。正如比格爾所悲觀地看到的，以突破資產階級審美自律的意識形態，卻又回歸於制度之中。儘管利奧塔賦予了崇高不同的意識形態的含義，但是他仍然強調差異的崇高，這種時間性的崇高意味著「什麼都行」，每一個個體有其存在的合法性，進行著不同的敘事，「敘述功能失去了自己的功能裝置：偉大的英雄、偉大的冒險、偉大的航程以及偉大的目標。它分解爲敘述性語言元素的雲團……每個雲團都帶著自己獨特的語用化合價。」〔註 52〕這不是牛頓的人類學，而是元素異質性。這直接導向了利奧塔對後現代政治學的建構，「追求一種不受共識束縛的正義觀念和正義實踐。」〔註 53〕含有恐怖的信息化打造了瞬間的契約，爲偶然個體之間的偶然連接提供了基礎，這樣，「一種政治出現了，在這種政治中，對正義的嚮往和對未知的嚮往都受到同樣的尊重。」〔註 54〕利奧塔與哈貝馬斯的著名的論戰也是在美學與政治領域中同時展開的，後者試圖通過美的理念架起交往共同體的文化之紐帶，以實現自由政治學，〔註 55〕而前者試圖在崇高的範疇中找到新型政治學的原型，「多樣性之正義」〔註 56〕，不同的美學問題聯繫著不同的政治建構。利奧塔對自己的美學政治學有著十分清晰的認識，他說：

〔註 51〕利奧塔：《非人》，羅國祥譯，商務印書館 2001 年版，第 117 頁。

〔註 52〕讓·弗朗索瓦·利奧塔爾：《後現代狀況》，車槿山譯，生活·讀書·新知三聯書店 1997 年版，第 2 頁。

〔註 53〕讓·弗朗索瓦·利奧塔爾：《後現代狀況》，車槿山譯，生活·讀書·新知三聯書店 1997 年版，第 138 頁。

〔註 54〕讓·弗朗索瓦·利奧塔爾：《後現代狀況》，車槿山譯，生活·讀書·新知三聯書店 1997 年版，第 140 頁。

〔註 55〕Richard Rorty. "Habermas and Lyotard on Postmodernity", in Richard J. Bernstein, Ed. *Habermas and Modernit*, Cambridge, Massachusetts: The MIT Press, 1985. P.162.

〔註 56〕Fred Evans. "Lyotard, Bakhtin, and radical Heterogeneity", in Hugh J. Silverman ed., *Lyotard: Philosophy, Politics, and the Sublime*, New York and London: Routledge, 2002. P.61.

在西方傳統中，美學一直是政治的，因為政治也一直是美學的。他的崇高美學來自於康德的《判斷力批判》，但是他認為康德還有一件事情留下了沒有完成，這就是第三判斷的第三部分，「政治社會的王國」，因為反思判斷不僅僅是審美的，也有政治的特徵，「反思判斷意味著對帝國主義，對任何單一性統治的試驗的抵制。」〔註 57〕雖然利奧塔不主張把美學等同於政治學，但他的崇高美學卻與其差異政治學是一致的：「政治學兼容了完全異質的話語樣式。」〔註 58〕可以說，崇高美學為後現代「差異政治學」提供了內在的基礎，但是這無疑會使利奧塔陷入相對主義的意識形態領域之中。並且，他的崇高美學雖然可以挑戰啓蒙現代性的宏大敘事，但誠如羅蒂所說，利奧塔對崇高美學的追求可以被視為一束資產階級文化的自願的憂傷之花。〔註 59〕利奧塔的崇高美學拋棄了現代解放的宏大敘事的政治意識形態，而轉向非共性的微觀政治學，認為階級鬥爭已經朦朧得失去了任何激進性，「批判模式終於面臨失去理論根據的危險，它可能淪為一種『烏托邦』。」〔註 60〕但對哈貝馬斯看來，利奧塔等法國學者恰是青年保守主義者。〔註 61〕

詹姆遜也從博克與康德那裏挪用了「崇高」範疇來闡釋後現代文化現象，延伸到對全球化的資本主義的意識形態批判。他把後現代主義藝術歸屬於崇高之中，後現代主義的基本元素缺乏深度與歷史感，文化語言是拉康所謂的「精神分裂」式的，出現新的語法結構及句型關係，正是這些特徵，「後現代主義文化帶給我們一種全新的情感狀態——我稱之為情感的『強度』（intensities）；而要探索這種特有的『強度』，我認為可以追溯到『崇高』的美學觀的論述裏去。」〔註 62〕詹姆遜分析了後現代都市文化的時空結構較之

〔註 57〕 Serge Trottein. "Lyotard: before and after the Sublime", in Hugh J. Silverman ed., *Lyotard: Philosophy, Politics, and the Sublime*, New York and London: Routledge, 2002. P.193.

〔註 58〕 Jean-François Lyotard. "psychological, aesthetics and the politics of difference", in Michael Drolet ed. *The postmodern reader*, London and New York: Routledge, 2004. P.265.

〔註 59〕 Richard Rorty. "Habermas and Lyotard on Postmodernity", in Richard J. Bernstein, Ed. *Habermas and Modernity*. Cambridge, Massachusetts: The MIT Press, 1985. P.174.

〔註 60〕 讓·弗朗索瓦·利奧塔爾：《後現代狀況》，車槿山譯，生活·讀書·新知三聯書店 1997 年版，第 25 頁。

〔註 61〕 Habermas, Jürger. "Modernity versus postmodernity", in Cluvre Cazeaux, ed. *The Continental Aesthetics Reader*, London and New York: Routledge, 2000.

〔註 62〕 詹明信：《晚期資本主義的文化邏輯》，陳清僑等譯，生活·讀書·新知三聯

於現代的新特徵。攝影現實主義取代了何柏的荒涼感或者施勒式的極爲嚴謹
的中西部風格。在全新的都市裏，最殘舊的房子、最破爛的車子，都被蓋上
一層夢幻般的異彩。我們目睹都市的貧民窟通過商品化形式傳達於外，效果
光芒耀眼，日常生活的疏離感被拓展到全新的境界，我們的感官世界詭譎奇
異又富有夢幻。身體的形態也發生了變化，更「擬人」的形式背道而馳，只
是一種非眞實的「摹擬體」，博物館的人體不知道有沒有氣息，有沒有體溫，
有沒有血肉。所以詹姆遜說：「在博物館裏的這一刹那，容許你把四周的活人
轉化成爲沒有生命、只有膚色的『摹擬體』。」〔註63〕面對這些震人心弦或者
駭人聽聞的對象的文化經驗，詹姆遜沒有使用桑塔（Susan Sontag）的「忸怩
作態」（camp）來描述，而是用了後現代流行的術語「崇高」來闡釋，與博克、
康德的崇高論述不同，他賦予了「忸怩作態的崇高」或「歇斯底里式崇高」
的意義，是一種「異常的欣快的恐懼」。〔註64〕在他看來，崇高是處理人與自
然、社會的神秘關係，海德格爾也是在探索人與社會、大自然的神奇幽幻的
關係，人跟世界之間的關係彷彿一直停留在從前鄉間農民生活的境地，這種
關係無疑是崇高美學的領域。但是在後現代，超級公路開進了昔日的農田空
地，社會的「他者」不再是大自然，而是資本主義形成的科技。最活躍的後
現代作品涉及到了社會整體的再生產過程，從而讓觀眾一睹後現代式「崇高」
或者科技式「崇高」的各種形態，這在建築藝術裏表現得最爲突出，「後現代
文化正以體現生產模式和過程爲重心之時，建築藝術剛好成爲後現代美感典
範的最佳表現。」〔註65〕後現代建築以科技的崇高力量打造了七歪八斜支離
破碎的世界，現實的存在只有在介乎一塊玻璃幕牆與另一塊玻璃幕牆之間找
到印證。詹姆遜沒有停留在後現代崇高美學與科技的權威力量的探討之上，
不認爲科技是文化生產和社會現實的「最終決定因素」，而是進一步挖掘與後

書店 1997 年版，第 433 頁。

〔註63〕詹明信：《晚期資本主義的文化邏輯》，陳清僑等譯，生活・讀書・新知三聯
書店 1997 年版，第 481 頁。

〔註64〕詹明信：《晚期資本主義的文化邏輯》，陳清僑等譯，生活・讀書・新知三聯
書店 1997 年版，第 289 頁。在詹姆遜看來，後現代語境中的崇高是經過修正
的，與它在現代主義中所起的作用不同，被認爲是它自身的一種新的「後現
代」的復活。見弗雷德里克・詹姆遜：《文化轉向》，胡亞敏等譯，中國社會
科學出版社 2000 年版，第 109 頁。

〔註65〕詹明信：《晚期資本主義的文化邏輯》，陳清僑等譯，生活・讀書・新知三聯
書店 1997 年版，第 487 頁。

現代跨國資本主義的新形態的關係：「儘管當前社會的科學技術有驚人的發展，儘管尖端科技是充滿魔力的，但事實上技術本身並無稀奇之處，其魅力來自一種似乎總是廣爲人所接受的再現手段（速寫），使大眾更能感受到社會權力及社會控制的總體網絡———一個我們的腦系統、想像系統皆無法捕捉的網絡，使我們更能掌握『資本』發展第三個歷史階段所帶來的全新的、去中心的世界網絡」，「整個活動過程浸淫在一個偌大的陰謀網絡之中，其複雜處實非一般讀者所能輕易把握。」〔註66〕所以詹姆遜主張從科技的隱喻來思考當前世界的整體性，也只有透過駭人聽聞的欲蓋彌彰的社會經濟體系這種現實的「他物性」，我們才能對後現代主義中「崇高」的意義充分地在理論層面闡釋清楚。可以看出，詹姆遜的崇高美學融入了對跨國資本主義的文化政治分析，他提出的「認知繪圖」美學也是在挑戰這種個體無法知曉的城市空間，挑戰全球化的令人恐怖的崇高美學形態，以把積極奮鬥的能力重新挽回，履行整體性的文化政治使命。

齊澤克以拉康的精神分析理論來闡釋崇高美學及其與意識形態的複雜關係，確立了後現代語境中意識形態的崇高客體的分析，探討崇高與宏大敘事、極權主義、種族主義的內在關聯。他的分析不是現代美學研究範式，而是在精神分析的話語範疇中來思考意識形態的崇高客體的建構。他認爲，意識形態建構就是崇高的建構，最根本上說就是大他者之幻象的建構，其根本的運作機制是欲望對象的缺失。齊澤克與通常的「意識形態批判」不同，後者「試圖從有效的社會關係的聯合中，推導出某一社會的意識形態形式。與此截然不同，精神分析的方法首先著眼於在社會現實中發揮作用的意識形態幻象。」〔註67〕如果說在馬克思主義視野之中，意識形態凝視是忽略了社會關係整體性的局部凝視，那麼在拉康的視野之中，意識形態指的是試圖抹掉其不可能之蹤跡的整體性，眞理來自於誤認，「所謂的歷史必然性是通過誤認形成的」。〔註68〕崇高客體也是建立在誤認基礎之上的，類似於意識形態的機制，是一個被抬到不可能之原質（impossible Thing）這樣的高度的、實證性的物質客體。也就是說，崇

〔註66〕 詹明信：《晚期資本主義的文化邏輯》，陳清僑等譯，生活・讀書・新知三聯書店1997年版，第488頁。

〔註67〕 （斯洛文尼亞）斯拉沃熱・齊澤克：《意識形態的崇高客體》，季廣茂譯，中央編譯出版社2002年版，第49頁。

〔註68〕 （斯洛文尼亞）斯拉沃熱・齊澤克：《意識形態的崇高客體》，季廣茂譯，中央編譯出版社2002年版，第85頁。

高建立在幻象之上，幻象後面一無所有，其功能就是隱藏這一無所有，即隱藏他者中的缺失。人類社會存在兩種死亡，自然死亡和絕對死亡，前者是創生與腐爛的自然循環的一部分，後者是循環自身的毀滅和根除，這就是薩德作品中的不可毀滅的受難者，也是卡通《貓和老鼠》中的那只可以擁有一個不可毀滅的身體的貓，好像「在她的自然死亡之上或之外，她還擁有另外一個軀體，一個由其他實體構成的軀體，它被排除在了生命循環之外———一個崇高的軀體。」〔註69〕革命與第二次死亡即絕對死亡息息相關，革命者好像擁有超越普通生理軀體的崇高軀體，能夠忍受世界上最殘酷的折磨，所以齊澤克認為，崇高客體位於兩種死亡之間。極權主義領袖也是運用這種機制，他使其權力合法化的話語是：「我是你們的主人，因為你們待我就像待你們的主人一樣；是你，以及你的行為，使我成了你的主人！」這說明，領袖的所指以及論證其合法性的實例並不存在，只通過拜物教的代表而存在。齊澤克揭露了極權主義政治意識形態的崇高客體的特徵：在崇高客體中，「本質上不存在任何崇高的事物——根據拉康的見解，一個崇高的客體只是一個普通的、日常的客體，它相當偶然地發現自己佔據了拉康所謂的原質的位置，既欲望的不可能的實在客體的位置。崇高的客體只是『被提升到原質層面的客體』。將崇高授予客體的，是它所處的結構位置，」它佔據了「快感的神聖／禁止位置，而不是它固有的質素。」〔註70〕在齊澤克看來，康德的崇高定義預示拉康對崇高客體的界定，崇高在康德那裏意味著內部世界的、經驗的、感性客體與超現象、難以企及的自在之物的關係，經驗客體的任何再現都無法充分地呈現原質這個超感覺的理念，但「崇高是一個客體，在那裏，我們可以體驗到這種不可能性，這種在苦苦地追求原質的再現時遭遇的恒久失敗。因為借助於再現的失敗，我們對原質的真實維度有了預感。」〔註71〕這個自在之物具有決定性的意義，但是它根本不存在，本質不過是表象對於自身的不適當性而已，所以崇高客體的地位被移花接木，「崇高是這樣的客體，其實證性軀體只是烏有的化身。」〔註72〕齊澤克不是把崇高

〔註69〕（斯洛文尼亞）斯拉沃熱·齊澤克：《意識形態的崇高客體》，季廣茂譯，中央編譯出版社 2002 年版，第 185 頁。

〔註70〕（斯洛文尼亞）斯拉沃熱·齊澤克：《意識形態的崇高客體》，季廣茂譯，中央編譯出版社 2002 年版，第 266 頁。

〔註71〕（斯洛文尼亞）斯拉沃熱·齊澤克：《意識形態的崇高客體》，季廣茂譯，中央編譯出版社 2002 年版，第 278 頁。

〔註72〕（斯洛文尼亞）斯拉沃熱·齊澤克：《意識形態的崇高客體》，季廣茂譯，中央編譯出版社 2002 年版，第 283 頁。

還原到博克的客觀屬性，而是挖掘崇高形成的意識形態機制，一個普通的事物只要成爲不可能實現的東西就可能成爲欲望的崇高客體，就如布努埃爾的電影《資產階級隱秘的魅力》中一對夫婦連想在一起吃飯都不可能實現的願望一樣，所以客體不是以其實證性而是「大他者的短缺」成爲崇高對象的，「空洞姿勢」設置大他者並使其存在，這實際上是把前符號的實在界向符號化現實的轉化，向能指網的實在界的轉化。

雖然齊澤克有意地避開意識形態批判話語及操作模式，而著眼於宗教、哲學、政治的宏大敘事的崇高幻象之機制的探究，但是他這種闡釋實質上是一種細緻入微的意識形態批判。他通過崇高的話語對斯大林主義與法西斯主義的極權主義意識形態進行了精神分析闡釋，進而揭示了其意識形態建構的幻象性質與符號秩序的空無，極權主義的悖論在於它無所不在但什麼也不存在，但是它卻建構著現實，並成爲現實，決定著主體的思想與行爲。齊澤克的分析不僅是探討極權主義意識形態的崇高問題，而且切入了後現代文化之間，一個符號化的能指世界可以說是崇高的世界，也是令人恐怖的世界。齊澤克作爲一位左翼思想家通過拉康的視野與法國列菲伏爾、羅蘭·巴特、博德里亞爾等人的批判理論達成了共識。〔註73〕

可見，後現代語境的崇高不純是美學問題，它或者成爲差異政治學的情感基礎，或者成爲反極權主義的中介，或者成爲診斷跨國資本運作機制的鑰

〔註73〕 在列菲伏爾看來，流行、年輕、性欲成爲了消費的對象，成爲了符號化的元語言。這些元語言構成了強制性的符號系統，滲透到日常生活的各個維度，這導致了空間的純粹形式化，導致了「符號的暴力」：」一種純粹的（形式的）空間界定了恐怖的世界。如果顛倒這種觀點，那麼它仍然保持其意義：恐懼界定一個純粹形式的空間，它自己的權力空間。」Henri Lefebvre. *Everyday Life in the Modern World*, trans. Sacha Kabinovitch, New Brunswick，U.S.A and London: Transaction Publishers, 1984.P.179. 依巴特之見，在流行體系中，符號是相對武斷的，每年它都精心修飾，這不是靠使用者群體，而是取決於絕對的權威，取決於時裝集團、書寫服裝或者雜誌的編輯。所以流行時裝符號處於獨一無二的寡頭概念與集體意象的結合點上：「流行符號的習慣制度是一種專制行爲。」羅蘭·巴特：《流行體系──符號學與服飾符碼》，敖軍譯，上海人民出版社2000年版，第243頁。鮑德里亞揭示了世界的符號幻象與恐怖的關係，「事物本身並不眞在。這些事物有其形而無其實，一切都在己的表象後面退隱，因此，從來不與自身一致，這就是世界上具體的幻覺。而此幻覺實際上仍是一大謎，它使我們陷於恐懼之中，而我們則以對實情表象產生的幻覺來避免自己恐懼。」讓·博德里亞爾：《完美的罪行》，王爲民譯，商務印書館2000年版，第2頁。

匙。不過，它們都從現代崇高話語中找到通向後現代主義思想的路徑，與現代崇高美學一樣成爲當代思想家意識形態的某種建構或者表達，只是現代和後現人挪用了不同的知識學話語，進行了不同的話語表達。話語本身是建立在文化政治學之差異之上的，崇高話語所意指的意識形態充滿複雜、矛盾、歧義。充滿痛苦與快感的崇高體驗的悖論預示了崇高美學的複雜性，預示了它可以被堅信不同的觀念的人，被現代思想家也被後現代主義者，被主人也被臣民，被激進主義者也被保守主義者，被極權主義者也被波希米亞人所迷醉，這樣，崇高話語成爲不同的文化政治學的戰場。

第三節　形式的意識形態論

　　文學審美意識形態論是中國馬克思主義文藝理論家探究文藝核心問題的重要成果之一，它在中國當代文藝理論建構、文學批評實踐中已經產生了深刻的影響，並得到了國內文學研究者的基本認同。這是不爭之事實。近年來關於文學審美意識形態的爭論在新的知識文化語境中深入展開，又促進了這一理論的深化。在爭論中，文學審美意識形態論獲得了新的活力與生機，呈現出從多種視角加以豐富與發展的趨向。〔註 74〕本文試圖從西方馬克思主義者關於「形式的意識形態」（ideology of form）的理論闡釋審視中國文學審美意識形態理論的合法性建構，通過揭櫫審美意識形態的內在邏輯、形式的意識形態論的可能性以及審美—形式—意識形態的結構關係，對文藝審美意識形態論的學理性基礎展開論證，從而推進這一理論的語言論轉型。

一、審美意識形態的內在邏輯

　　要探究文學審美意識形態論的合法性，首先就要弄清楚審美意識形態究竟是什麼？它是審美與意識形態相加，是審美與意識形態的融合，還是審美與意識形態結構機制的構建？它的邏輯思路是綜合的方式，還是結構性闡釋的模式？「審美意識形態」最初是國外馬克思主義文藝理論家提出的，其中最主要的理論闡釋者爲伊格爾頓。他在 1990 年出版的《審美意識形態》（*The Ideology of the Aesthetic*，初版中文版譯爲《美學意識形態》）一書中，對「審

〔註74〕參見北京師範大學文藝學研究中心編：《文學審美意識形態論》，中國社會科學出版社 2008 年版。

美意識形態」進行了多方面的深入闡釋，對長期未妥善解決的審美與意識形態以及審美意識形態和其他意識形態結合的可能性機制問題提供了新的理解，可以說揭示了審美意識形態的內在邏輯。

首先，「審美」和「意識形態」兩個範疇形成一個「審美意識形態」範疇，有著內在合理的機制。這就在於意識形態的審美化，審美的意識形態化。伊格爾頓一方面承續了正統的馬克思關於意識形態的理論，強調體系性與觀念性，另一方面受到了法國結構馬克思主義者阿爾都塞的意識形態理論的重要影響，注重形象性和無意識性、實踐性。阿爾都塞認為：「意識形態是具有獨特邏輯和獨特結構的表象（形象、神話、觀念或概念）體系。」〔註75〕「即使意識形態以一種深思熟慮的形式出現，它也是十分無意識的……它們在多數情況下是形象，有時是概念。它們作為結構而強加於絕大多數人，因而不通過人們的『意識』，它們作為被感知、被接受和被忍受而作用於人。」〔註76〕伊格爾頓在1976年出版的《批評與意識形態》中把「一般意識形態」（general ideology）界定為：「占支配地位的意識形態是由一套內在聯繫的價值觀念、表象和信仰的『話語』構成的，這些話語由於通過某些物質手段加以現實化，並與物質生產結構相聯繫，因而如此地反映了個體與社會條件的經驗關係，以至於能確保對『真實』的誤識。這些誤識促進了占支配地位的社會關係的再生產。」〔註77〕在《審美意識形態》中，伊格爾頓對意識形態的特徵加以深入闡釋，愈來愈把意識形態審美化。他認為意識形態具有情感性，在其「所指的形式中隱藏著必要的情感內容」，它「關涉著詛咒、恐懼、尊敬、欲望、詆毀等等的問題」。〔註78〕意識形態無意識地作用於主體，不知不覺地支配人的思想與行為，一旦植根於身體，很難滌除。它一方面是一種「眾所周知」的東西，是一堆陳腐的、毫無吸引力的格言；另一方面，這些成詞濫調卻是強有力的，足以迫使主體去殺人或自殺，因而牢固地保證了獨特的同一性。它既是深刻為之奮鬥而犧牲的主體深層結構，主體無意識認可的信念，又是一種普遍的法則，不證自

〔註75〕（法）阿爾都塞：《保衛馬克思》，載陳學明主編《西方馬克思主義卷》，復旦大學出版社1999年版，第640頁。

〔註76〕（法）阿爾都塞：《保衛馬克思》，載陳學明主編《西方馬克思主義卷》，復旦大學出版社1999年版，第641頁。

〔註77〕Terry Eagleton. *Criticism and Ideology*, London: NLB, 1976. P.54.

〔註78〕（英）特里·伊格爾頓：《美學意識形態》，王杰等譯，廣西師範大學出版社1997年版，第84頁。

明地銘刻於物質現象之中，銘刻於肉體之中。意識形態如拉康所說的處於「鏡像階段」的嬰兒把鏡中的圖像視爲真正的自我一樣，是一種虛假的幻象，像藝術品或審美一樣是「想像性的虛構」。意識形態這些審美化的特徵，使它與審美的結合、交融成爲了可能。

　　另一方面，審美具有意識形態特徵。康德意義上的審美雖是自由的、愉悅的、主觀的，但其中包孕著不是普遍性的普遍性，不是法則的法則，從而具有權威性和約束力，以領導權的非專制方式在特定的感覺肉體上打上普遍法則的烙印。主觀審美判斷必然會引發出普遍內容，因爲這些判斷起源於人類共有能力的純粹形式的活動中。對伊格爾頓來說，審美中主觀的反應必然會被賦予普遍的約束力，這就是意識形態的領域。審美提供了一個絕對自我決定的自律現象，無情的必然性奇跡般地再現爲絕對的自治。在審美表象的社會，每個個體有目的地存在，卻又在無意識中符合總體法則。因此，審美爲個體與社會秩序提供了一個意識形態範式。在某種意義上，「審美就是意識形態」。〔註79〕由於審美的主體性、普遍性、自發的一致性、親和性、和諧性和目的性，審美極好地迎合了社會意識形態的需要。正是伊格爾頓賦予意識形態的審美化和審美的意識形態化，使二者的類似的結構機制特徵得以澄明，從而使審美與識形態的結合以及「審美意識形態」這一概念成爲可能。意識形態—審美（ideologico_aesthetic）就是這樣一個不確定的領域，「處於經驗和理論之間，在此領域內，抽象似乎充滿著被提升爲虛假認識的、不可還原的、偶然的特殊性。」〔註80〕

　　第二，審美是資產階級必不可少的意識形態幻象。現代意義的審美是屬於資產階級的，而不是亙古就系統地存在的。資產階級高揚科學與理性之功利性，注重物質生產與競爭，追求對剩餘價值的無止盡的佔有，隨著社會分工愈來愈精細化、專業化，人的感性愉悅亦愈來愈單一。而作爲涉及感性、身體愉悅、自由自在的審美無疑就補償了資產階級個體的人格結構的缺失。藝術表達人和具體存在之間的關係，向人們提供了巴不得的休息機會，爲緊張的個體提供了另一個殘存的共同世界。如對崇高的觀賞實際上是對騷動的上流社會的暴力行徑的想像性補償。如果按照弗洛伊德的意思來表達，資產階級個體患有神經官能症。他們把注意力集中於商品生產的永恆重複，始終

〔註79〕Terry Eagleton. *The Ideology of the Aesthetic*, Basil Blackwell Ltd, 1991. P.99.
〔註80〕Terry Eagleton. *The Ideology of the Aesthetic*, Basil Blackwell Ltd, 1991. P.95.

處於超我的強制性法則中，負荷累累，難以回復自我，而審美卻能將這分裂的人格重新加以整合。因爲審美是一種心理防禦機制，受到過份多的痛苦威脅的心靈藉此機制把痛苦的原因轉化成無意識的幻覺。在康德看來，資產階級主體不斷征服客體，既使主體難以確證，又造成主體與客體的深深隔膜，主體與主體之間也難以交流，但是在審美活動中，我們就能一致地認爲某種現象是崇高的或優美的，就能運用主體間性的寶貴形式，確認我們自己是由共同能力聯繫起來的、富於感情的主體構成的統一體。在以階級分化和市場競爭爲標誌的社會秩序裏，最終在審美也只有在審美中，人類才能共同建立起親密的社會關係，才能恢復現實社會異化的人格。因此伊格爾頓認爲，審美爲資產階級提供了它的物質性需要的主體性的意識形態模式。從這種意義上說，審美是資產階級的「社會契約」或意識形態：「美學著作的現代觀念的建構與現代階級社會的占統治地位的意識形態的各種形式的建構，與適合於那種社會秩序的人類主體性的新形式都是密不可分的。」〔註81〕

　　第三、審美意識形態具有二重性或矛盾性特徵，即對占統治地位的意識形態的維護與顛覆功能。現代審美本身具有不可克服的矛盾性，審美是自律的、自我決定、自我控制的自由活動，但是又與資產階級生產化、商品化的運作模式是同構的，複製了現實社會的邏輯形式。在審美活動的平等無私利的活動中，鑒賞者排除了一切感覺偏愛的動機，這不過是抽象的、序列化的市場主體的精神化變體，徹底地消除了自己與他人之間的具體差別，就如類同的商品消除了具體差別一樣，審美如同剝奪了豐富使用價值的抽象的交換價值的資產階級社會。審美意識形態的矛盾性與審美的矛盾性是一致的。一方面，審美維護著鞏固著資產階級統治及其意識形態。現代人談論美學和藝術時，實際也在談中產階級爭奪領導權這一中心問題。審美是整個統治方案的概述，表達了通過感性的生活來對藝術家進行理性的融合，見證了從內部改造人類主體的進程，以及傳達主體的細膩感情的過程和傳達肉體對法律的最微妙反應的過程，所以最輝煌的藝術品是英國憲法，它雖不完善卻是必然的。審美實際上維護和建構了統治階級的意識形態。在審美中，法則潛移默化地進入肉體，進入市民社會以及家庭的每個細胞中。對下層被統治者來說，「審美」標誌著感性肉體的創造性轉移，也標誌著以細膩的強制性法則來雕

〔註81〕　（英）特里・伊格爾頓：《美學意識形態》，《導言》，王杰等譯，廣西師範大
　　　　　學出版社1997年版，第3頁。

塑肉體，在一種和諧的烏托邦形象世界中，使愛欲得到昇華，攻擊性本能得到釋放或壓抑，這就會阻礙他們真正實現美好生活的政治運動。對統治階級來說，審美被有意識用來實施其統治以及加固統治權力的重要手段。尤其在晚期資產階級社會，統治階級不但通過政治運動力量和意識形態的機器，而且通過審美消除人們死亡內驅力的根源，消除俄狄浦斯情結和原始攻擊性本能的方式來維護統治，通過無意識的壓抑本能的替代性滿足，如以大眾文化、民主管理等形式，從而使統治更為鞏固。

另一方面，審美對抗資產階級統治及其意識形態。在審美活動中，欣賞主體是自律的，自我決定，自我表現的，這種主體性的培養對統治階級來說是極為不利的。審美是利他主義的，是非功利的功利性，無目的的目的性，對一個對象來說，不是把它占為己有，而是獲得審美愉悅，但回到現實世界，卻又處處為利己主義所籠罩，充滿銅臭血腥味。對被統治階層來說，審美自由的主體與現實的不自由的飢餓的主體極不和諧，這也威脅著統治階級的意識形態。對資產階級來說，審美也似乎是埋藏於其內部的一個定時炸彈。在叔本華看來，美學化的生活成為擺脫痛苦的有效手段，充滿欲望的主體在審美過程中將達到純粹無功利性的境地，最終這種非功利性導致了主體的自我拋棄，即是主體的自我毀滅。無疑，這是資產階級主體的自我消解。因此，審美在肯定感性經驗，肯定愉快的生存的同時，也表現出對自我快樂的個體的信仰，表現出對統治階級的理性主義的必然反抗。尼采所崇尚的充滿剛烈的酒神精神橫掃一切陳舊的價值觀念與認識論，激進的個人主義推翻了穩固的政治秩序的一切可能性。審美中存在反抗權力的事物，它是「資產階級利己主義的天敵：進行審美判斷就意味著以全人類的共同名義盡可能地排除個人狹隘偏見。」〔註82〕因而，在馬克思那裏，審美就被用來以真正感性身體的名義，作為現實唯物主義的革命力量，成為顛覆資產階級的一個重要工具。

不難看出，現代意義的審美並非一塊遠離塵世的飛地，而是充滿維護權力和消解權力的獨特形式，體現出鮮明的意識形態性。也就是說，審美本身就是一種話語權力或權力鏡像，就是一種意識形態話語，而不僅僅是反映了或者體現了某個利益集團的意識形態觀念、方針、路線。中國學者提出的文學審美意識形態論的「審美意識形態」與伊格爾頓的理解所有差異，前者主

〔註82〕　（英）特里·伊格爾頓：《美學意識形態》，王杰等譯，廣西師範大學出版社1997年版，第28頁。

要從康德的人類共性與集團性，非功利性和功利性等方面加以寬泛的把握，後者主要從審美愉悅和資產階級政治權力的角度進行歷史的結構性的批判的闡釋。在 1976 年的《批評與意識形態》中，伊格爾頓提出了更具普遍意義的「審美意識形態」概念，其英文表述不是「ideology of the aesthetic」，而是「Aesthetic Ideology」（AI）：「我把審美意識形態（AI）的含義視爲一般意識形態的特殊的審美領域，和其他領域如倫理的、宗教的領域等相聯繫」，「審美意識形態（AI）是一種內在複雜的結構，包括許多分支，文學審美意識形態就是其一。文學分支本身是內在複雜的，由許多『層次』構成：文學理論、批評實踐、文學傳統、文學樣式、文學慣例、技巧和話語。審美意識形態（AI）也包括可以名之爲『審美意識形態』（ideology of the aesthetic）——審美本身在特定的社會結構中的功能、意義和價值的意指系統，它反過來成爲一般意識形態之內的『文化意識形態』的一部分。」〔註 83〕這個概念可以說是阿·布羅夫關於人類社會普遍存在的「審美意識形態」概念的具體化和結構化延伸。事實上，伊格爾頓關於審美意識形態的兩種概念都與包括他在內的西方馬克思主義者提出的「形式的意識形態」命題息息相關。

二、「形式的意識形態」的理論闡釋

「形式的意識形態」理論是西方馬克思主義文藝理論的一個重要命題，也是馬克思主義文藝理論在轉型中所遭遇的難題，與 20 世紀人文學科的語言論轉向相應和。盧卡契從早期到晚年均未離開對形式與總體性的思考，他認爲：「藝術中意識形態的眞正承擔者是作品的形式，而不是可以抽象的內容。」〔註 84〕巴赫金以及法蘭克福學派的文藝美學家亦關注文藝的形式或話語的意識形態問題，在批判俄國形式主義、新批評、結構主義的基礎上汲取了語言學和文本理論。在當代英美馬克思主義文藝美學中，語言學轉向亦成爲有意識的學術選擇。伊格爾頓概括了馬克思主義文學批評的四種主要模式，即人類學的、政治的、意識形態的和經濟的模式。其中，意識形態模式主要關注「形式的意識形態」。他說：「如果馬克思主義批評的第三次浪潮最好稱爲意識形態的批評，那是因爲它的理論著力點是探索什麼可以稱爲形式的意識形態，

〔註 83〕Terry Eagleton. *Criticism and Ideology*, London: NLB, 1976. P.60.
〔註 84〕（英）特里·伊格爾頓：《馬克思主義與文學批評》，文寶譯，人民文學出版社 1980 年版，第 28 頁。

這樣既避開了關於文學作品的單純形式主義，又避開了庸俗社會學。」〔註85〕傳統文學意識形態批評者，主要在於挖掘文本所指的思想內容，考察創作主體的思想傾向，把文學形式視爲內容的載體或外在的能指符號，這就易於流入簡單化批評之泥潭。一些蘇聯與國內學者所堅持的文學是一種社會意識形態、文藝爲階級鬥爭服務等觀念，都不同程度地帶有庸俗社會學的性質，這實際上把文藝非文藝化了。隨著語言學的轉向，以俄國形式主義、英美新批評、法國結構主義爲代表的文本批評家，則注目於文學作品本身的組織形式、語言結構，把作品作爲一個封閉自足的系統，從而把文藝懸置於眞空中，視之爲一塊獨特的飛地，結果就把文藝的意識形態本質給忽視了。形式的意識形態論對這兩種批評傾向都加以解構，對之給予歷史與審美地還原，從而超越了內容與形式截然對立的批評模式。它從常常被意識形態分析者所忽視的形式層面加以意識形態闡發，從審美形式方面來把握文藝的意識形態本質，這就把形式主義文學理論納入到了馬克思主義文學理論的視域。

在西方馬克思主義者中，伊格爾頓與詹姆遜幾乎同時集中思考「形式的意識形態」這一命題。詹姆遜對俄國形式主義與結構主義進行了系統研究，從語言學的角度清理了馬克思主義思想，這促進了對「形式的意識形態」理論的構建。在 1970 年的著作《馬克思主義與形式》中，詹姆遜提出了馬克思主義批評的任務，即「應該在形式本身之中證實它的機制」〔註86〕。因爲「一部藝術作品的內容，歸根結蒂要從它的形式來判斷，正是作品實現了的形式，才爲作品於中產生的那個決定性的社會階級中種種有力的可能性提供了最可靠的鑰匙。」〔註87〕他在 1972 年的《語言的牢籠》一書中說：「以意識形態理由把結構主義『拒之門外』就等於拒絕當今語言學中的新發現結合到我們的哲學體系中去這項任務。我個人認爲，對結構主義的眞正的批評需要我們鑽進去對它進行深入透徹的研究，以便從另一頭鑽出來的時候，得出一種全然不同的、在理論上較爲令人滿意的哲學觀點。」〔註88〕1975 年左右，詹姆

〔註85〕（英）特里・伊格爾頓：《歷史中的政治、哲學、愛欲》，中國社會科學出版社 1999 年版，第 114 頁。

〔註86〕（美）弗雷德里克・詹姆遜：《馬克思主義與形式——20 世紀文學辯證理論》，李自修譯，百花文藝出版社 1997 年版，第 7 頁。

〔註87〕（美）弗雷德里克・詹姆遜：《馬克思主義與形式——20 世紀文學辯證理論》，李自修譯，百花文藝出版社 1997 年版，第 43～44 頁。

〔註88〕（美）弗雷德里克・詹姆遜：《語言的牢籠》，錢佼汝譯，百花文藝出版社 1997 年版，第 3 頁。

遜撰寫了文章《文本的意識形態》（The Ideology of the Text），認爲佔據主導地位的語言學模型涉及到思維模式的嬗變，他在巴特的文本性理論基礎上提出的元批評就是通過辯證思維的運作「試圖把諸如作品的形式理解爲作品具體內容的更深層的邏輯」〔註 89〕，文本形式是意識形態自然化的過程的載體。詹姆遜在 1978 年文章《意識形態和象徵行動》中認爲，文學的詩性風格作爲語言的特殊的實踐，「以自己獨有的方式構建了一種象徵性行爲，這種象徵性行爲能夠被意識形態地表達。」〔註 90〕在 1981 年的《政治無意識》中，他明確提出了「形式的意識形態」概念，並進行了具體的分析論述。在他看來，「對形式的意識形態的研究無疑是以狹義的技巧和形式主義分析爲基礎的，即便與大多數的形式分析不同，它尋求揭示文本內部一些斷續的和異質的形式程序的能動存在。」〔註91〕他把文學視爲社會的象徵性行爲，文本或形式是政治無意識的流露，是社會矛盾的一種想像的解決。正是「在查找那未受干擾的敘事的蹤跡的過程中，把這個基本歷史的被壓抑和被淹沒的現實重現於文本表面的過程中，一種政治無意識的學說才找到了它的功能和必然性。」〔註 92〕形式的意識形態意味著形式就是內容，形式是自身獨立的積澱內容、帶有它們自己的意識形態信息，並區別於作品的表面或明顯的內容，政治無意識不是一個新的內容，而是一種敘事範疇，就是阿爾都塞追隨斯賓諾莎所稱的「缺場的原因」的形式結構，文本以形式構建了意識形態、歷史、社會的複雜結構關係。

伊格爾頓對形式的意識形態的闡釋也是很深入的。他 1976 年出版的《批評與意識形態》第三章詳細地分析了「文本和意識形態的關係」，第四章有意識地命名爲「意識形態和文學形式」。〔註 93〕他對形式的意識形態理論的建構主要表現在兩個方面。一是對語言學與意識形態內在性研究，在沃羅斯諾夫（V.N.Voloshinov）等關於語言與意識形態的關聯的認識基礎上進一步闡發了

〔註89〕 （美）詹明信：《文本的意識形態》，張旭東編《晚期資本主義的文化邏輯》，陳清僑等譯，生活·讀書·新知三聯書店 1997 年版，第 100 頁。

〔註90〕 Fredric Jameson. "Ideology and Symbolic Action", *Critical Inquiry*, Vol.5.No.2 (Win. 1978). pp.417～422.

〔註91〕 （美）弗雷德里克·詹姆遜：《政治無意識》，王逢振、陳永國譯，中國社會科學出版社 1999 年版，第 86 頁。

〔註92〕 （美）弗雷德里克·詹姆遜：《政治無意識》，王逢振、陳永國譯，中國社會科學出版社 1999 年版，第 11 頁。

〔註93〕 Terry Eagleton. *Criticism and Ideology*, London: NLB, 1976. P.102.

意識形態與話語的關係。「意識形態」這個術語是一種把我們用符號處置的眾多不同事物進行歸類的便利方式。譬如，「資產階級意識形態」純粹是散佈在時間與空間之中的大量話語的濃縮。傳統的意識形態討論僅僅關注「意識」與「觀念」，儘管有其優勢，但是傾向於把我們推向唯心主義。伊格爾頓認爲，「擁有一個概念」是指以不同的方式使用詞語的能力，因而意識形態被視爲一種「符號現象」。〔註94〕這是作爲語言的文學形式的意識形態的理論基礎。二是伊格爾頓從審美意識形態生產方面對文本的意識形態的探討。他把馬克思主義文學理論的主要構成分爲六個範疇：一般生產方式、文學生產方式、一般意識形態、作者意識形態、審美意識形態和文本。文學文本不是與意識形態無關的純粹形式的載體，而本身就負載著意識形態的意義，這就是「文本的意識形態」。但是文本的意識形態不是一般意識形態的表現，也不是作者意識形態的表現，而是「對『一般』意識形態進行審美加工的產品」〔註95〕，是對審美的意識形態的生產，文學文本就是以上這些範疇因素的多元決定的獨特的產品。從話語層面看，文本處於一般意識形態範疇、一般意識形態話語、審美意識形態範疇與審美意識形態話語的複雜過程之中，它是通過「形式與意識形態建立聯繫，但這是奠基於文本起作用的意識形態的特徵之上的。」〔註96〕

　　西方馬克思主義的形式意識形態論從宏觀與微觀角度具體探討了文學形式與意識形態的內在相關性。從宏觀角度看，具有自律性的文學形式與意識形態息息相關，是審美意識形態與統治階級意識形態的結合點。從微觀角度看，意識形態不僅體現在整體的文學形式或文類中，而且也展露於「風格、韻律、形象、質量以及形式中」。〔註97〕作品的肌質和結構、句子的樣式或敘事角度、韻律的選擇或修辭手法、文本的斷裂與歧義、延宕與省略等，與物質的生產方式、意識形態存在著千絲萬縷的關聯。既然「權力無處不在，它是一種流動的、易變的力量，滲透到社會的各個角落」，〔註98〕紮根於人們最

〔註94〕（英）特里·伊格爾頓：《馬克思主義與文學批評》，文寶譯，人民文學出版社1980年版，第194頁。
〔註95〕Terry Eagleton. *Criticism and Ideology*, London: NLB, 1976. P.59.
〔註96〕Terry Eagleton. *Criticism and Ideology*, London: NLB, 1976. P.85.
〔註97〕（英）特里·伊格爾頓：《馬克思主義與文學批評》，文寶譯，人民文學出版社1980年版，第10頁。
〔註98〕（英）特里·伊格爾頓：《當代西方文學理論》，王逢振譯，中國社會科學出版社1988年版，第207頁。

親密的家庭關係之中，消融於個體最深層的無意識領域，那麼在文本世界中，它不僅滲入主題思想、內容題材，更無意識地滲透於文本形式、結構、句子、詞語以及象徵形象之中。因此，形式的意識形態理論主張運用弗洛伊德、拉康的精神分析學說、英美新批評的文本細讀策略與符號學理論，去探尋「書頁上的詞語」與意識形態的複雜關係，在文本形式的細讀分析中讓「政治無意識」顯現在場。

三、文學審美意識形態論的合法性與語言論轉型

西方馬克思主義提出的「審美意識形態」和「形式的意識形態」範疇似乎相去甚遠，一個是美學問題，一個為文學藝術問題，「審美意識形態」涉及到的是主體性的身體、情感與權力問題，可以歸屬於主體性哲學或者意識哲學的框架內，「形式的意識形態」關注文藝的客觀形式結構和意識形態，可以歸屬於語言哲學框架之內。事實上，遠非如此。

在詹姆遜看來，文本的特殊形式「通過審美生產的作用而達到意識形態的客觀化」。〔註99〕意識形態不是傳達意義或用來進行象徵性生產的東西，相反，「審美行為本身就是意識形態，而審美或敘事形式的生產將被看作是自身獨立的意識形態行為，其功能就是為不可解決的社會矛盾發明想像的或形式的『解決辦法』。」〔註100〕審美意識形態就是作者「構造自己獨特形式的努力」。〔註101〕伊格爾頓認為，在實踐的基礎上，文學文本通過審美的生產和意識形態相聯繫，即「審美生產了意識形態」。〔註102〕就文學藝術而言，形式就是審美自律的純粹性的對象化，是審美的賦形。文學藝術活動以文本形式為基礎，形成審美的相對自律性，凝聚了審美經驗，積澱康德意義上的審美價值，不僅再現或者反映了社會的意識形態，而且本身就是一種意識形態，從另一個角度說意識形態是以活生生的生活或者生活經驗的直接性、具體性的審美形式而不是以概念進入文學文本的，「審美和意識形態融入完美的直覺中」。〔註103〕審

〔註99〕 （美）弗雷德里克・詹姆遜：《政治無意識》，王逢振、陳永國譯，中國社會
　　　　科學出版社 1999 年版，第 45 頁。

〔註100〕 （美）弗雷德里克・詹姆遜：《政治無意識》，王逢振、陳永國譯，中國社會
　　　　科學出版社 1999 年版，第 68 頁。

〔註101〕 （美）詹明信：《文本的意識形態》，張旭東編《晚期資本主義的文化邏輯》，
　　　　陳清僑等譯，生活・讀書・新知三聯書店 1997 年版，第 95 頁。

〔註102〕 Terry Eagleton. *Criticism and Ideology*, London: NLB, 1976. pp.100～101.

〔註103〕 Terry Eagleton. *Criticism and Ideology*, London: NLB, 1976. P.171.

美與歷史、意識形態的關係不是文本中的層次間的關係，也不是作爲審美事實的作品和作品周圍的歷史條件的關係，而是說「歷史條件以意識形態的形式成爲文本自我生產過程的決定性結構，而這種自我生產過程完全是『審美的』。」〔註104〕形式的意識形態凝聚了審美意識形態之維度，它是審美意識形態在文學藝術活動中最突出最純粹的表達。「形式的意識形態」理論不論就文學藝術生產、閱讀闡釋而言，還是就文學文本的存在形態而言都是有效的，它以文本爲核心奠定了審美—形式—意識形態的可能性，建構了文學活動的審美意識形態的內在基礎，「文學實踐主要是文學生產方式／一般意識形態／審美意識形態的複雜結合的產物」。〔註105〕由此可見，形式的意識形態理論在邏輯上可以得出或者認可文學是形式化的審美意識形態這一結論，也就是說文學藝術是以形式爲中介的審美意識形態。中國學者提出的文學審美意識形態論從文藝審美之立場審視意識形態，重視語言形式的問題，「『審美意識形態』從一開始就沒有忽視文學的語言問題。」〔註106〕通過形式的意識形態理論的分析可以認爲，中國文學意識形態論具有合法性的理論根據。

　　中西兩種模式均涉及審美和意識形態這對核心的關係問題，通過解讀馬克思主義文藝理論經典關於「藝術掌握世界」和藝術意識形態命題，立足於世界各國文藝實踐，進行深入的理論反思，避免庸俗社會學的文學理論與實踐，注重審美自律與他律的融合，促進了馬克思主義文藝理論的當代發展。但是二者的差異在於：第一，中國學者明確從文藝本質的角度〔註107〕，從80

〔註104〕Terry Eagleton. *Criticism and Ideology*, London: NLB, 1976. P.177.
〔註105〕Terry Eagleton. *Criticism and Ideology*, London: NLB, 1976. P.62.
〔註106〕童慶炳：《怎樣理解文學是「審美意識形態」？》，北京師範大學文藝學研究中心編：《文學審美意識形態論》，中國社會科學出版社 2008 年版，第 113 頁。2009 年 6 月 6 日在北京師範大學文藝學中心召開的「文學與審美意識形態」的學術會議上，童慶炳談及了王一川最初擬《文學理論教程》提綱的幾個維度，其中之一就是語言文本話語和意識形態，那時王一川剛從英國牛津大學做博士後回國。王一川美學的語言論轉向是較早的，他說：「從大約 1989 年起，我總算找到並開步走上了由體驗美學通向本文之路。本文，英文原作 text，或譯文本、篇章或話語。」（王一川：《通向本文之路》《自序》，四川人民出版社 1997 年版，第 4 頁）。在 1990 年發表的論文《茫然失措中的生存競爭——〈紅高粱〉與中國意識形態氛圍》中，王一川分析了電影《紅高粱》文本結構的意識形態：「《紅高粱》在與觀衆的對話中已經潛藏著一種法西斯主義強權邏輯，它運用話語的暴力，在客觀上促進了當今意識形態的再生產。」（王一川：《通向本文之路》，四川人民出版社 1997 年版，第 295 頁。）
〔註107〕參見馮憲光：《意識形態與審美意識形態》，北京師範大學文藝學研究中心編：

年代以來的文藝自律實踐的歷史語境中，在文藝學學科自律的進程中，在多角度思考文藝的本質與基本規律語境中，在經典馬克思主義文藝理論框架中整合審美反映的理論，提出了文學審美意識形態理論這一重要問題，促進了中國文藝學學科基本理論建設。這樣，審美意識形態性就成爲文藝的首要之本質，如錢中文「把文學的第一層的本質特性界定爲審美意識形態性」，〔註108〕童慶炳視「審美意識形態論」爲「文藝學的第一原理」。〔註109〕這是中國馬克思主義文藝理論的重要貢獻。西方馬克思主義文藝理論家沒有明確或者系統地建構這一範疇體系，也不熱衷於文學的本質的探究〔註110〕，而是關注藝術形式、審美與意識形態的複雜機制問題的闡釋分析，剖析文學理論、批判實踐、文學形式話語等具體的文學審美意識形態。第二，文學審美意識形態論是從文學本質的認識論、反映論〔註111〕的追問中得出的結果，這一結果成爲中國當代文學理論主導觀點之一，並形成了一個認同的知識群體，有制度化的趨勢。由於奠基於認識論與反映論哲學，審美意識形態論頗爲重視文藝形式與審美意識的實踐基礎與歷史生成的分析。在思維模式上主要承續中、西方傳統和近代知識論模式，體現爲認識論、有機論、綜合論、融合論模式，其概念話語主要是啓蒙哲學和中國文藝美學話語。形式的意識形態論雖仍受反映論的影響，但突破了盧卡奇的馬克思主義美學傳統的「懷舊的有機論」，〔註112〕而注重現象學、闡釋論、結構機制論、語言論的知識學模式，充分吸納了 20 世紀現代西方知識學形態和話語，所以伊格爾頓反覆強調「文本本身不是對意識形態的『解決方式』的反映」〔註113〕，詹姆遜「也不想提出傳統的哲學美學問題：即藝術的本質和功能，詩歌語言和審美體驗的特性，美的理論等等」〔註114〕，其文學闡釋論主要不是立足於黑格爾的表現性因果律而是阿爾

《文學審美意識形態論》，中國社會科學出版社 2008 年版，第 194～195 頁。

〔註108〕錢中文：《文學是審美意識形態》，《文藝研究》1987 年第 6 期。

〔註109〕童慶炳：《審美意識形態論作爲文藝學的第一原理》，《學術研究》2000 年第 1 期。

〔註110〕伊格爾頓認爲「文學」是形式的，是一種空洞的定義，沒有確定什麼是實質的東西，它是功能性的而不是本體論性的。Terry Eagleton. *Literary Theory: An Introduction*, Minnesota: The University of Minnesota Press, 2008. P.8.

〔註111〕王元驤：《文學意識形態性質的再認識》，北京師範大學文藝學研究中心編：《文學審美意識形態論》，中國社會科學出版社 2008 年版，第 133 頁。

〔註112〕Terry Eagleton. *Criticism and Ideology*, London: NLB, 1976. P.161.

〔註113〕Terry Eagleton. *Criticism and Ideology*, London: NLB, 1976. P.89.

〔註114〕（美）弗雷德里克·詹姆遜：《政治無意識》，王逢振、陳永國譯，中國社會

都塞的結構性因果律。阿爾都塞雖然關注認識論問題，但是不注重認識的反映而轉向了認識的生產結構機制分析，探討馬克思所說的藝術即審美掌握世界的產生機制：美學實踐掌握提出了美學特殊作用方式的「產生機制問題」。〔註115〕因此，西方馬克思主義者提出的「形式的意識形態」理論側重考察形式與意識形態、審美與意識形態的內在機制，雖然有認識論的因素，但是已經逐步超越，轉向中介機制和運作模式的把握，充分吸收了語言與意義的複雜機制研究，實現了「審美意識形態的文本分析」，體現了語言論轉型。按照伊格爾頓所說，文學文本的形成過程是想像地解決社會問題的過程，是意識形態和審美之間相互的複雜的聯結，體現了意識形態和審美關係的親密性。文學文本的解決問題的過程不是純粹涉及到外在的已有的意識形態，「而是涉及到以審美的形式呈現出的『意識形態』自身」，不僅僅是說意識形態為文本的形式的審美運作提供物質材料或者內容，「而是說文本化的過程是二者的複雜的相互的連接，有了這個連接審美模式可以確定和決定意識形態問題，以至於能夠繼續再生產審美模式自身。」〔註116〕如此理解，文本過程就是意識形態生產的過程，文本審美化的過程就是意識形態的結構性生成的過程，文本的存在就是審美意識形態的存在。第三，兩種模式面臨不同的文學現象，呈現不同的分析維度。文學審美意識形態論主要建基於現實主義文學、浪漫主義文學，尤其注重中國傳統文藝審美經驗的闡釋，民族特色頗為鮮明。而形式的意識形態理論雖然也面臨西方傳統文學現象，但是也關注西方現代主義、後現代主義文藝實踐，主要局限於資本主義社會的文學意識形態實踐。文藝審美意識形態論重點分析作者以審美方式體現或反映的意識形態選擇，意識形態成為一個集團利益的體現而融入作品之中，它在作品中是確定的、清楚的，作者的意識形態和作品的意識形態趨於一致性。而形式的意識形態理論則分析文本的意識形態，這種闡釋「不能還原為『普遍』的意識形態也不能還原為『作者』的意識形態」，因此每一個作者的每一個文本產生出「不同的意識形態」〔註117〕，意識形態的審美生產的言語行為成為一個重要的分析對象，故事如何講述不是反映意識形態而是生產意識形態。另外，中國模

科學出版社 1999 年版，第 5 頁。

〔註115〕（法）路易‧阿爾都塞、艾蒂安‧巴里巴爾：《讀〈資本論〉》，李其慶、馮文光譯，中央編譯出版社 2001 年版，第 69 頁。

〔註116〕Terry Eagleton. *Criticism and Ideology*, London: NLB, 1976. p.88.

〔註117〕Terry Eagleton. *Criticism and Ideology*, London: NLB, 1976. P.99.

式強調文學與意識形態的顯在關係理解，而西方馬克思主義模式借助精神分析理論注重對文本形式與意識形態的潛在的、間接的、隱喻式的細察；前者的話語特徵更具中性、開放性和建設性，認爲文學既有意識形態性，也有超越集團利益的人類普遍的審美性，而後者的話語更爲激進，更具批判性，因爲文學審美本身也是意識形態。

由此可見，文學審美意識形態理論與形式的意識形態理論的內在相關性與差異性使二者形成了張力，同時使二者具有深度對話和滲透的可能。尤其對推進中國文學審美意識形態理論而言，注入西方馬克思主義的形式的意識形態的基本觀點與思維方式，可以爲自身奠定更爲紮實的合理性基礎，也使自身獲得新的發展與生機，從而推進文學審美意識形態理論的語言論轉型。語言論轉型的文學審美意識形態理論具有重要意義。一是認識到文藝的形式與意識形態的關聯，把形式的語言、組合、敘述方式與民族政治、文化身份、意識形態等結合起來研究，這使我們看到文本形式蘊含著豐富的意識形態內涵，甚至更眞實地透視出意識形態的選擇。語言、形式、結構雖然有其抽象性、自律性與穩定性，但也是歷史積澱而成的，尤其是人們審美意識形態的積澱。並且，在不同意識形態語境與個體審美趣味的影響下，具體文本又體現出獨特的話語選擇和結構組合。因此，對這些文本形式加以細讀，無疑會挖掘出豐富的意識形態意蘊。正如威廉斯說：「詞語是濃縮了的社會實踐，是歷史鬥爭的場所，是政治智慧或政治統治的儲存器。」〔註118〕威廉斯力圖把文化形式從形式主義那裏拯救出來，以之來發現社會關係結構、技術可能性的歷史和社會決定的整個看待事物方式的突然變化。「他能從舞臺技術的變遷中追溯到意識形態感覺的變化，在維多利亞時代的小說句法中探察出城市化的節奏。」〔註119〕二是有助於探討文本形式無意識散播的意識形態，不注重作品顯在的意識形態的簡單提取。這就要求批評者對文本反覆細讀，耐心玩味，對文本的空白、沉默、歧義、結構、張力等加以深入辨析。這種類似於阿爾都塞倡導的「徵候讀法」，爲意識形態批評的豐富性與多元化打開了空間。譬如，在解讀葉芝的詩《1916 年復活節》時，伊格爾頓竭力去挖掘詩中

〔註118〕 （英）特里·伊格爾頓：《歷史中的政治、哲學、愛欲》，中國社會科學出版社 1999 年版，第 264 頁。

〔註119〕 （英）特里·伊格爾頓：《歷史中的政治、哲學、愛欲》，中國社會科學出版社 1999 年版，第 265 頁。

的意象與意識形態的隱晦關係，這突出地體現在他對詩中的石頭意象的細讀
中。通過辨析「石頭」與「溪水」之間的複雜關係以及各種意義的張力，伊
格爾頓發現，「政治」納入了「自然」的整體。一塊石頭擾亂了流水，這在一
種意義上說是「自然的」，這是風景的一部分，但在另一種意義上說又是對自
然的干涉；石頭在詩中既有不顧溪水的冷硬性，又似乎受到了溪水的軟化。
這些意象內在的歧義與張力揭示出詩人葉芝對 1916 年起義革命者的矛盾態
度。詩歌中「心」變成「石頭」的意象既表現出詩人對革命造反者「異想天
開」的舉措的批評，又顯示出詩人對被處死的起義者的同情。這樣，通過對
詩中石頭、心與溪水的多重複雜的隱秘關係的解讀，伊格爾頓揭示出詩人矛
盾的意識形態選擇。傳統意識形態批評難以獲得對現代主義文藝作品的細緻
而確切的理解。三是這一理論轉型不僅涉及到研究者思想觀念與審美趣味，
更涉及到對社會學、文化學、精神心理學、符號學的深入研究。勿庸置疑，
這種整合多種知識話語的深度闡釋對文學研究者提出了嚴峻的挑戰。在日益
技術化、抽象化的當今社會，隨著文本形式愈來愈複雜化，意識形態愈來愈
審美化，文學審美意識形態理論的語言論轉型將更加顯示出其獨特的鋒芒，
這也是文學研究切入文化批評的一個重要維度。但是西方馬克思主義的形式
的意識形態分析還不能深入地理解中國傳統文藝審美經驗，這是中國文藝審
美意識形態論的突出貢獻。

　　語言論轉向實現了歷時性與共時性的融合，實踐性和結構性並重，這不
僅促進文學審美意識形態理論的深化，而且有可能超越西方馬克思主義的形
式的意識形態的理論模式，推進從現實主義形態向現代主義形態轉型，打開
中國馬克思主義文學理論更為廣闊的發展空間，「所謂的『語言論轉向』沒有
『摧垮』文學審美意識形態論，而是使兩者結合起來，更準確地界定了文學。」
〔註120〕當然，任何理論都有其闡釋的限度。尤其是丹托（Danto，又譯為丹圖）
所提出的後歷史時代的藝術已經脫離了康德審美藝術批評，〔註121〕我們面對

〔註120〕童慶炳：《怎樣理解文學是「審美意識形態」？》，北京師範大學文藝學研究
　　　　中心編：《文學審美意識形態論》，中國社會科學出版社 2008 年版，第 113
　　　　頁。
〔註121〕丹圖認為，美學似乎越來越不能適應20世紀60年代後的藝術，藝術不再具
　　　　備審美品質，面對刀砍過的毛氈、碎玻璃、骯髒的線條等藝術作品，」康德
　　　　主義藝術批評家將無言以對或語無倫次。」（美）阿瑟・C・丹托：《藝術的
　　　　終結之後》，王春辰譯，江蘇人民出版社2007年版，第100頁。

兩個完全相同的客觀對象，一個被認為是藝術，而另一個被否認為藝術，諸如此類的當代藝術現象構成了文學審美意識形態論的嚴峻挑戰。

第三章　文藝符號學的合法性問題

第一節　文藝情感的符號學闡釋

　　文藝審美情感問題，向來是文藝學研究關注的焦點問題。國內外眾多學者，包括康德、普列漢諾夫、科林伍德、托爾斯泰、卡西爾、朱光潛、李澤厚等大家，都曾對此做過較爲深入的研究。但直到托爾斯泰把藝術視爲一種審美交流，並把藝術看作是人們利用動作、線條、色彩、語言交流情感的過程，才在某種程度上開啓了符號學意義上的眞正研究。20 世紀以來，卡西爾、蘇珊朗格等學者又專門從符號學角度對審美情感作過論述，把藝術視爲人類情感符號的創造，並對藝術形式傳遞情感的功能等方面作過探討。儘管符號學在國外已成爲一門顯學，並且國內影響也在逐步擴大，但是國內文藝界較少從符號學角度探討中國文學活動中的審美情感命題。本節試圖從符號學角度揭示文藝審美情感的符號化狀況、符號化認知模式與符號化實現機制。

一、符號學視域下的文藝審美情感狀況

　　作爲精神活動的審美情感，其符號化過程體現在審美情感的生成、發送、表現等多個環節，各個環節均能發現其形式化、符號化的狀態。

　　從符號生成角度看，審美情感體現爲一種形式化、結構化的狀態或現象。情感來源主要有兩種，一是外物對作家藝術家感官的刺激；二是作家藝術家內心原有的情感體驗遺存，在兩者持續作用下，作家藝術家內心情感在不斷鬱積醞釀，在反覆思考、琢磨過程中，尋找一種特有的適合自身的方式表現

出來，並最終以一種文本方式作爲其體現方式。在這個過程中，可發現審美情感三大結構化特徵：一是審美情感可再細分爲層級和階段。李澤厚認爲，「美感由各種細緻精確的不同結構組成」〔註1〕。實際上，古今美學家都非常重視美感中的情感體驗的分層工作。例如，傳統美學把審美體驗分爲「味象」、「觀氣」和「悟道」三個層次，莊子將審美情感分爲「懼」、「怠」、「惑」三種境界，宗白華先生把審美體驗分爲直觀感象層、活躍生命層、最高靈境層三個層次，李澤厚也提出了悅耳悅目、悅心悅意、悅志悅神的審美快感三境界說。其實，審美情感還可以分爲以下幾個階段：第一層情感醞釀時體現出的一種混沌狀態，稱之爲情緒階段；第二層是思緒得到了整理，呈現出一種有序化的狀態，稱之爲情感整理階段；第三層是採用文藝手段或方式表現出來，稱之爲情感規範階段。階段是層次在時間上的體現。在時間與空間的鏈條上，每一層次、每個階段還可以進一步細化，在文學符號文本的創作、閱讀等上面都有體現。比如在文學接受中，審美情感體現爲一種審美理解和審美期待並存的狀態，存有一種明顯的審美「情感流」在裏面。其次，審美主體的情感有著明顯的對立化傾向，這是審美情感符號化、結構化的重要特徵。人類情感本身異常複雜，個人情感有時表現也極爲複雜。在情緒萌發階段，審美主體的內心情感可能差別很大，有時處於餛飩狀態，有時也覺得清晰，有時我們自己也說不清，道不明，於是存在混沌／非混沌、簡單／非簡單、亂／不亂的對立狀態，這種對立既可以在不同人身上發現，也可以特定的人，不同的時間發現，甚至可同一人同一時間也能發現。隨著我們的情感進入整理階段，情感可能消退，也可能持續，可能呈現理智有序狀態，也可能處於非常矛盾的狀態。於是，快樂／憂傷、平淡／驚訝、感動／漠視，也經常成爲一些對立化了的情感符號在文藝活動中出現；對某個人的情感反映，既有可能單純愛／恨心理，但更多時候也受理智約束，而形成一種愛恨交織的複雜心理。對文學作品進行對比，也會發現，有的文藝作品對人物的刻畫及情感的表現比較簡單單純，而有的表現比較複雜豐滿，活靈活現，個中原因也與創作者審美情感的狀態息息相關。三是審美情感差異化狀態明顯。審美情感的差異化是對立化的繼續。有人比較過男人和女人的情感差別，認爲女人的情感更多體現爲淺層的，她們比較注重眼前的、局部的、低層次的價值，而

〔註 1〕 李澤厚：《美學四講》，《李澤厚十年集·美的歷程》，合肥：安徽文藝出版社，1994 年版，第 520 頁。

男人的情感較爲深層，他們更關心長遠的、整體的、高層次的利益。反映在文藝活動中，審美情感差異化的確是一種客觀存在的事實。一般男作家創作風格大氣磅礴，女作家婉約柔媚，男讀者喜歡武俠推理作品，女讀者喜歡都市情感喜劇之類，在文藝活動中都有各自不同的情感關注點及興奮點，審美情感差異可見一斑。再比如文學創作活動，如武俠小說創作，如何設定主要人物與次要人物，如何設定故事情節的發展，如何在情節中、主要人物中體現一種意義和情感，以什麼樣的寫作風格來進行創作，都體現出作家、藝術家的一種區別對待的態度。這種區別對待的態度，又體現爲一種差異化的審美情感和審美思維。

　　同時，審美情感的抽象化也體現爲一種符號化的過程與現象。作家藝術家總想通過一種符號文本將情感表達出來。也許會有這樣的疑問，詩人用詩歌來表達自己情感，舞蹈家用身姿來表現自己的情感，畫家用繪畫來表現情感，這些明明都與形象化息息相關，可爲什麼又稱其爲是一種抽象化的過程呢？筆者以爲，情感的形象化與抽象化兩者之間並不矛盾，甚至有機地統一在創作實踐及文本中。筆者認爲，主要原因有以下幾點：一是審美情感的類型化。從前創作階段來看，作家藝術家總想尋找一種類型化的形象或方式，藉以寄託和表達自己的情感理念；從形成的文學作品看，如現實主義作品經常豐富、典型化地表現人物形象，賦予主要人物以更多的情感因素。從某種意義上說，典型化就是類型化，類型化又是片面化。文學藝術創作就是尋找典型的意義，然後不斷抽象出來，形成類型情感。所以，對人物形象的典型化塑造，既是審美情感類型化表現，也是審美情感符號「片面化」的結果，這對於抓住文學作品的典型意義具有極其重要的價值。同時，我們也應注意，審美情感的類型化並不等於審美情感的簡單化，文學藝術的情感類型化必須以審美主體情感的差異化爲基礎。二是審美情感的符碼化。正如卡西爾所說，「人是使用符號的動物」〔註2〕，審美情感的表現也必須以符碼爲其存在方式。正如本文最開始時所說，文學作品實際上也是人類情感的符號形式的創造，更進一步說，是作家藝術家審美情感的創造。文學作品以語言爲其符碼生存方式，從某種意義上說，語言也是人類情感的形式表達及其創造。儘管這裡面可能有一些唯心主義色彩，但如果換一種角度來看，以現代主義、後現代主義的角度，在語言文字的夾縫中讀出震驚、驚顫的感受與效果，又何

〔註2〕卡西爾著，甘陽譯：《人論》，上海：上海譯文出版社，1986年版，第34頁。

嘗不是這樣呢？三是審美情感的反思化。審美情感的符號化過程，伴隨著反思化的過程。這是因為，文學作品並不是一下就能寫成的，文學藝術形象塑造也不是很快就能完成的。在前創作階段，可能經過了反覆思考，反覆醞釀，審美情感才得以產生，才開始動筆，而進入創作後，要完成一部文學作品，可能還需要反覆的思考捉摸，反覆修改。所以陸機也感慨地說：「每自屬文，尤見其情，恒患意不稱物，文不逮意，蓋非知之難，能之難也。」劉勰也說：「方其搦翰，氣倍辭前，暨乎篇成，半折心始。」這些大概都是在感慨審美情感反思化的複雜吧。

此外，審美情感與客觀現實有機關聯，深層對應，也體現為一種符號化的狀態。一是審美情感客觀對應現實，具有客觀性。為什麼能在我們的審驗體驗中抽象出憂鬱、崇高、快樂、可笑的等情感？其根本原因在於，我們的情感世界並不是空穴來風，而是與客觀世界緊密相關，情感世界具有對應於現實的關係。陸機《文賦》：「遵四時以歎逝，瞻萬物而思紛。悲落葉于勁秋，喜柔條於芳春，心懍懍以懷霜，志眇眇而臨雲。」談到四時萬象之變化對審美情感的影響以及情感產生與文學創作的關係。劉勰《神思》篇也說：「登山則情滿於山，觀海則意溢於海」，古代文人大多看到了情感產生與客觀現實之間的聯繫。情感來自於生活，進一步說，我們情感的結構方式、模式、程度，都要受現實、文化與社會的規訓，審美情感正是在特定的社會歷史背景下潛移默化而形成，審美情感的結構具有客觀性，與現實世界的客觀性發生關聯。二是審美情感的符號化不是孤立的，具有有機性。在情緒階段，感官對情感的觸發並不是機械性進行的，總是與客觀現實事物的觸發聯繫在一起的；在情感整理階段，審美情感的產生，更多與個人的情感潛質、個人的情感經驗留存，如是否受過專業訓練，是否接受某種審美觀念等因素相關聯；在情感的審美階段，也就是作家藝術家利用文學藝術來表達自己情感時，作家藝術家內在的情感與文學作品中想要表達的情感更是密不可分。在這裡，需要指出的是，審美情感的情緒、整理、審美三個階段是有機聯繫在一起的，處於不斷形成的情感連續系統中。之所以分層，只是為了更方便分析與討論而已。

二、符號學視域下審美情感的認知模式

文藝審美情感是一種結構化、形式化、符號化的狀態，這不僅是一種客觀存在的事實，而且也極大改變了我們對文學審美情感的傳統認識。其實中

國古代很早就孕育了這些方面的符號學思想，比如，中國先秦時代的「詩言志」，魏晉時期的「詩緣情」等，不僅把文學看成一種情感的表達，甚至把文學話語也視爲是一種審美情感的表現。從西方文論特別是中國古代文學理論的梳理中，我們至少可以從中抽離出以下幾種關於文學審美情感符號化的認知模式。

認知模式一：「文學語言即審美情感的表達」。這種模式認爲，文學話語、審美情感兩者之間可以達到一種「重合」或「同一」的狀態。對作家而言，文學語言全面體現出了作家所要表達的審美情感及心靈意圖；對讀者而言，也能從文學文本、字面意義的釋放中全面認識作家。比如，漢代揚雄在《法言・問神》中說，「故言，心聲也；書，心畫也」。言爲心聲，人如其人，是一種審美情感符號化的最高境界。據說揚雄作辭賦時，嘗「夢腸出，收而內之」，時常感到殫精竭慮，心力交瘁，他把自己想要表達的思想感情全面灌注到了文學話語之中，所以會有這樣的感覺。托爾斯泰也說，藝術是「一個人有意識地利用某些外在符號，把自己體驗過的感情傳達給別人，而別人爲這些感情所感染，也體驗到這些感情。」〔註3〕藝術既然是一種眞情的流露，感情的傳染，那麼讀者也一定能完完整整地感受到作家的心靈表達。布封有一句名言：「風格即人本身」，實際上，風格、審美情感、人三者，在布封那裏就是一種統一或融合，讀者體會到了文學風格，實際上也就感受到了作者本人。這點中國古代的「言爲心聲」如出一轍。不要忘了，本雅明在《機械複製時代的藝術作品》也有類似的精闢見解，在他看來，傳統藝術之原眞性，就是心靈中獨一無二的呈現，形式本身就是作家之心靈的表達。而符號學家卡西爾、蘇珊・朗格等人，則把藝術直接視爲人類情感的符號形式創造」〔註4〕，在他們眼裏，文學自然也是人類情感的一種符號化創造而已，語言符號自然而然也成爲人類情感的表達了。

認知模式二：「文學語言部分傳遞審美情感」。這種模式認爲，語言符號能傳遞審美情感但只能部分傳遞審美情感。在文學創作上，作家的審美情感無法全部通過文學語言等方式傳遞，總感覺「意不稱物，文不逮意」，有一種

〔註3〕托爾斯泰：《托爾斯泰文集》（第14卷），北京：人民文學出版社，1992年版，第174頁。

〔註4〕蘇珊・朗格著，滕守堯、朱疆源譯：《藝術問題》，北京：中國社會科學出版社，1983年版，第23頁。

意猶未盡的感覺；在文學接受中，讀者也總有一種無法滿足感。《易傳·繫辭上》：「子曰：書不盡言，言不盡意。然則聖人之意其不可見乎？子曰：聖人立象以盡意。」《莊子·天道》也說：「意有所隨，意之所隨者，不可言傳也」。中國古代情感最初都涵蓋在「意」或「志」裏面，「言不盡意」和「意不可言傳」，代表了中國古代早期對文學語言傳遞情感的兩種基本看法。後來，陸機也提到「恒患意不稱物，文不逮意」的問題，劉勰感慨「方其搦翰，氣倍辭前，暨乎篇成，半折心始」的困難，把文學語言難以全面體現審美情感的狀態，非常形象地表達了出來。爲什麼會出現「言」就不能盡「意」的問題？陸機認爲原因是「非知之難」，蓋「能之難也」。也就是作家使用語言符號表達的能力問題。用以達「意」的「言」，或說具體的詞語選擇，一般會因人而異、因時而異。「言不盡意」也就成爲了一種自然。同時，「言不盡意」還涉及到對「言」，對用以表達內心所想的詞語進行的新的理解的問題。當語言符號以獨立的姿態呈現出來，即被表達出來時，它脫離了表現者、表達者的主體，呈自由漂浮狀態。而從思考、思維——語言表達——理解反觀，這其間有著一個時間間隔的問題。到了語言呈現出來再進行讀、看、以領會其「意」之時，其實已產生了新的「意」，是此時之「意」，而非表達之時的「意」。從這個意義上來講，語言還是可以表達我們的「意」的，只是此時的「意」已經是對詞語，語言在另一個時間點上的新的理解。從思考到表達再到理解之間的時間差問題是「言」不能達「意」的重要原因。這種觀點，從符號學角度看，語言符號不能完全表達審美情感，即符號意義大於且部分重合於形式。

認知模式三：「文學語言追求無窮的審美情感」。這種模式認爲文學語言符號不僅表現審美情感，而且超越審美情感，達到一種「言有盡而意無窮」的境界。反映在文學創作上，要求用儘量少的字詞來表達儘量多的意義，中國古詩詞的創作就要求達到這點；反映在文學接受上，讀者主動、能動地參與其中，用自己的想像和虛構填充文本中的空缺，實現對一種文學文本意義的超越。最典型的例子就是詩歌創作。詩人以其複雜、開放的姿態，總想在有限的字句中表現出無限的意蘊，追求韻腳、聲律以及更多關於符號多義性、歧義性的表達方式，從而推動讀者與詩歌在現實生活關於自由、善與意義等進行激烈碰撞，造成一種意義大於符號載體，言外之意、意味無窮的狀態。中國古代的「言外之意」，「韻味無窮」等，對中國古代詩歌審美理想造成深遠的影響，其中最爲重要則是其追求含蓄雋永的風格。如，唐代的司空圖就

提出了「象外之象」「境外之境」「韻外之致」「味外之旨」的四「外」之說，其所強調的是詩歌所應具備的含蓄雋永品格；宋代的嚴羽《滄浪詩話》則推崇盛唐之詩所具的「興趣」；明代王士禎則進一步提出了神韻說等。中國古代詩學所追求的這種言外之意、韻味雋永的品格更是形成了意境這一中國古代審美領域最高的理想範疇。而無論是講求「四外」，興味，神韻，還是直接提出重韻外之致的意境，從符號學的角度來講，都是認為審美情感既立足於語言符號而超越語言符號，這並不是語言本身的缺陷，相反，卻成就了中國古代獨特的審美追求和審美理想。

認知模式四：「文學語言無法傳遞審美情感」。這種模式認為語言符號傳遞不了審美情感，審美情感無法用語言符號來傳遞。傳統西方哲學把情感與符號視為對立的兩極，在其間構築了一道對峙隔膜「柏林牆」。柏拉圖「理念說」把現實看作是理念的影子，藝術則是影子的影子，拉開了心與物之間距離。中世紀宗教哲學推崇神性啟示，崇尚象徵性、神秘性、抽象性、神聖性，使心靈與形式之間距離拉得更開。笛卡爾那句名言：「我思故我在。」即通過我的思考，從而知道（我的）存在，進一步影響到了心靈哲學的建構，使「心靈與我們身體的關係是怎樣」成為了心靈哲學研究的最根本問題。近現代以來，特別是馬克思主義哲學以來，哲學研究逐漸偏至物質一方。正是在這樣的背景下，盧卡奇特別強調其藝術的客觀性，在他看來，心靈和形式就是個悲劇問題，心靈很難再現現實。「科學以其內容影響我們，而藝術則以其形式影響我們，……藝術給我們的則是心靈和命運」〔註5〕，他將「心靈」與「形式」對舉，以此來尋找溝通現象與本質、此岸與彼岸的橋樑，尋求心靈與形式的統一。這種觀點，從符號學角度看，心物兩分，符號被視為傳情達意的媒介、手段或工具，符號意義與審美情感分離，從而把審美情感與語言符號二元化了，從而要麼使符號載體降解為物（如工具），要麼符號介質完全消失。金元之際的元好問，曾對潘嶽其人其文時說：「心畫心聲總失真，文章寧復見為人。高情自古《閑居賦》，怎信安仁拜路塵。」在元好問看來，被稱為抒發千古高情的《閑居賦》並不能真實反映望塵而拜的潘嶽的真正內心世界。作為文學藝術作品的呈現的語言符號與作家、創作者的個人審美情感是不同質的，二者相互悖離。這涉及到作家的真誠問題。在文學藝術創作活動中，當

〔註5〕盧卡奇著，張亮、吳勇立譯：《盧卡奇早期文選》，南京：南京大學出版社，2004 年版，第 169 頁。

作為主體的作家隱藏或扭曲作為符號發送者之意，作為物質載體的語言符號本身與作為發送的作者意圖意義明顯不同構。是作家「不真誠」帶來了語言符號與審美情感在文學意義上的分離。法國當代著名的文學理論家羅蘭·巴爾特在《作者之死》中喊出了響亮的口號：「作者死，而後讀者生」，從符號學的角度講，其實是極度弱化符號發送者之意，作為文學藝術作品的符號載體的語言符號之意更多傾向於接受者一極，意義本身可因接受闡釋而生。

三、符號學視域下審美情感的實現機制

造成符號學視域下審美情況認知模式的這些偏差，在很大程度上是在審美情感的實現過程及其機製造成的。符號學視域下審美情感的實現過程與機制，關涉到文學活動中審美情感的生成、傳播、接受全過程。從符號發送角度看，審美情感隨文學話語的產生而產生，呈現出一種從審美情感向文學話語「滑動」轉化過程，也是一種「物化」或「符號化」的建構過程，涉及到審美情感與文學之間關係問題的探討；從符號發送角度看，審美情感隨文學話語及文本的出版，進入一種媒介化、體制化、社會化狀態，審美情感也由此融入了大量商品、貨幣、資本等現代元素；從符號接受角度看，審美情感經讀者閱讀而得到釋放，經專業讀者的解讀、評論、互動而得到昇華，其間也涉及到審美情感如何從符號中釋放意義，釋放意義的方式、手段、效果，以及在現當代審美情感問題如何成為一種社會事實及現象等問題。

符號學視域下的創作環節，重點是探討審美情感的「加載」，以及和文學話語實現「同步傳輸」過程和問題。作為符號的發送環節，至少要為作家創作預設兩個輸入性的「端口」，即「文學話語」和「審美情感」。這是因為，一方面，作家要以「文學性」手段創造文學話語，其間必須使用大量「形象化」處理方式；另一方面，作家又要把審美情感適時加載到文學話語之上。這是一項貌似簡單卻很複雜瑣碎的工作。前面提到，審美情感經作家大腦處理最終也會轉換一種結構化、形式化、符號化的狀態，但這種狀態與文學話語的符號化、結構化狀態還有不小的差距，因此中間還需要一個連接的「中介」實現其轉化功能，這「中介」就是「意象」。「意象」審美情感與文學話語之間的轉化進程大體是：先將審美情感轉化為「意象」，再與文學話語發生對接。審美情感如何轉化為「意象」？一般處理的方式，就是採用以景寫情、以物寫人，或者人物、動作、情節、細節等手段，將其轉為一個個攜帶情感

的「物象」或「圖像」。與之對應，文學文本中的一個個詞、人物形象、情節、細節等，在很大程度上就要與一個個的「物象」「圖像」等實現某種對接。正是在這些「意象」的連接、「中介」作用下，審美情感與文學話語之間完成了某種程度上的對接轉化。

從上面可以看出，審美情感經「意象」的中介作用而轉化爲文學話語的過程，既是一種漸變式的符號式「滑動」轉化過程，也是一種從「無形」到「有形」的「物化」過程。正因爲「意象」作爲中介才能實現某種對接，所以「意象」中介作用的強弱，發揮作用的好壞等，也在很大程度上決定了審美情感與文學話語之間的眾多認知模式。比如，有些作家的對接手段和文學技巧較爲熟練，能在「意象」對接過程中使審美情感向文學話語實現全面的轉化或傳輸，也能讓人感受到一種自然而然、天人合一的感覺，成就了「言爲心聲」的經典傳奇。也有一些作家，或因文學樣式的局限，或因文學技巧的原因，使審美情感傳輸受到對接阻礙，因而產生了「心畫心聲總失眞」的感慨。

符號學視域下的文本傳播環節，重點考察文學文本的媒介狀況及其傳播狀態。趙毅衡指出，符號依託於一定的物質載體才能被人感知，而傳送感知的物質即媒介，它是儲存與傳送符號的工具，並可進一步分爲「心靈媒介」「呈現性媒介」「記錄性媒介」三類。因此，審美情感在文學藝術作品中的生成，既需要採用多樣化的媒介形式，也依賴於多樣化的媒介方式。所以朱光潛指出，「藝術上風格的變遷，媒介往往是一個主因」〔註 6〕。審美情感過程中，多樣化的媒介方式，往往也爲審美情感的傳輸預設了多樣化的「通道」或「接口」，比如舞蹈、繪畫、戲劇、詩歌、小說等樣式。通常情況是，不同的審美情感，需要不同的文學樣式；不同的文學樣式，所傳遞出的審美情感又各不相同。比如，小說《紅高粱》與電影《紅高粱》就有顯明的媒介形式／形象的差異，媒介所傳遞出的審美情感、文學意義等也大不相同。而將《三國演義》改編成舞蹈、連環畫、戲劇、電影、電視連續劇等，作者所傳輸的審美情感與讀者所接收到的審美情感，也將產生很大差異。但往往是文學話語所傳遞出的審美情感要豐富得多。這是因爲，在某種程度上，文學話語既是審美情感的媒介，也是作家思維的工具，既與語言抽象思維的一面相關聯，也

〔註 6〕朱光潛著：《朱光潛美學文集》（第一卷），上海：上海文藝出版社 1982 年版，第 214 頁。

與心靈意象等方面相關聯，在表現作家、創作者的審美情感方面，相較於其他媒介形式而言，以語言文字為媒介的文學作品，就顯得更為從容、更為豐富和意味無窮了。

審美情感被「物化」為文學話語後，又進一步進入「商品化」的流程。與舞蹈、戲劇被納入劇院，電影、電視劇被納入票房一樣，文學作品也被納入出版社、雜誌社，被轉化為一種「功利性」視野下的一種「無功利」事物。其結果就是使審美情感在「功利性」的裹攜下，在其外圍滲入了「商業化」、「資本化」等元素。審美情感的傳輸，有時不得不受「商業化」、「資本化」元素的影響，甚至在特定情況下建構為一種「主導」因素。比如，「商業電影」的製作，「網絡文學」、「快餐文學」的出現等。當然，由於審美情感「超功利性」，使其在本能上又拒絕排斥這樣一種「商業化」、「資本化」元素。這也在事實上造成了作家、出版商、讀者三者之間的博弈。對作家、讀者而言，作家所傳輸的審美情感，以及讀者想要接收的審美情感，在很大程度上並不帶「功利目的」，但現實是，商業化的模式又使得作家不得不考慮審美情感傳輸如何適應這種商業化模式；商業化模式過濃，又在很大程度上會影響到作家、讀者對文學作品的接受度，影響經濟利益。因此，最好的辦法，就是使審美情感、商業化元素之間，在某種程度上達到一種「平衡」狀態，這是使審美情感在商業化模式中實現順利傳輸的重要保證。

符號學視域下的讀者接受環節，重點是考察審美情感的「輸出」問題。也要為其預設兩個「出口」：一是大眾讀者，一是專業讀者。這是因為，大眾讀者與專業讀者屬於兩個不同的閱讀群體，使用的閱讀手段、釋放意義的目標、方式、程度等方面，都各不相同。總體來看，無論是大眾讀者的閱讀，還是專業讀者的閱讀、評論等，都是審美情感與文學意義不斷釋放的過程。一般而言，大眾讀者從文學作品中釋放出來的審美情感或愉悅比較有限，更多是文學字面意義或淺深層的研究，缺乏更加深入的思考和挖掘；而專業讀者、文學評論家，一般會從某種特定的理論、角度，對文學作品進行較為深入的解讀，從文學作品中釋放出來的審美情感及愉悅，也就比大眾讀者要專業、深刻得多。

文學審美情感的「輸出」，同時也是一種「去物質化」、「去商業化」的過程。與作家創作過程相反，讀者閱讀是將「審美情感」從被「物化」了的文學話語中釋放出來。在這個過程中，「意象」再次起到了強烈的「中介」作用

和效果。按照伊瑟爾的說法，讀者需要能動參與文學閱讀之中，要充分利用自己的想像和虛構，來填補文本中的「空白點」和「不定點」。其中，作家的想像和虛構，就是「意象」創造的過程。無論是大眾讀者，還是專業讀者，都會自覺不自覺在閱讀中產生大量「意象」或想像。值得一提的是，作為讀者，他最想獲得的是一種「無功利」性的審美情感或愉悅，因為只有這樣，才能帶給他一種心靈的平復和寧靜的感覺，這是文學的主要功能。而作為專業讀者和文學評論家，他又不可能對文學融入「商業化」、「功利性」色彩熟視無睹，在很大程度上是持否定的態度，因而也在極力推進「去商業化」的進程，讓更多文學意義及審美情感能夠呈現在讀者面前。

綜上所述，在符號學視域下，文藝審美情感其實是以一種結構化、形式化、符號化狀態存在的，這不僅是一種客觀存在的事實，而且也極大改變了我們對文學審美情感的傳統認識。中國古代文學理論抽離出完全、部分、超越和隔離四種審美情感的符號化認知模式。在現當代，審美情感的符號化涉及到文藝創作、文本生產和接受等重要的環節。作家的審美情感通過文學話語「輸出」，在傳播環節，「文本」作為一種媒介進入「商業化」流程之中，在文本接受環節，審美情感經讀者閱讀而得到釋放，經專業讀者的解讀、評論、互動而得到昇華，體現為一種「去物質化」「去商業化」的過程。因此，文藝審美情感整個過程的順利傳輸，是作者、出版商、讀者三者博弈，以及審美情感和商業化元素之間平衡協調作用的結果。

第二節　消費文化的符號學批判

20 世紀的法國的符號學獲得了世界性的聲譽，這已成為不爭之事實。在法國，不僅僅湧現了一大批的符號學理論著作，誕生了一批頗具影響的符號學家，而且還出現了一些很有影響的符號學的應用研究，尤其是形成了以羅蘭・巴特（Roland Barthes）、讓・波德里亞（Jean Baudrillard）等為代表的當代文化的符號學研究的態勢。但是人們對列菲伏爾（Henri Lefebvre）的類似研究並沒有引起重視。事實上，列菲伏爾從語言學、符號學的角度切入到了當代文化的核心層面，從符號學層面探討了消費、權力等意識形態。其既受到了巴特的研究模式的影響，又有意識地借鑒了 20 世紀自索緒爾以來的符號學理論，這既是對馬克思主義對社會文化批判的持續，又體現出當代語言學、

符號學轉向的姿態。我們試圖從符號學維度來清理列菲伏爾的文化批評的思路，探討其對當代消費文化結構及其文化革命可能性的思想。

一、當代社會的符號學形態特徵

列菲伏爾的興趣不在於探討嚴格意義上的符號學理論，而是在索緒爾（Saussure）、葉姆斯列夫（Hjemslev）、格雷馬斯（A. J. Greimas）、巴特、雅各布森（R. Jakobson）等的符號學理論的基礎上展開應用性研究，從符號學角度來展示當代社會的符號學的形態特徵，這些特徵主要表現在元語言、能指與所指的關係、符號系統的演變方面。

在列菲伏爾看來，當代社會是一個語言現象或者符號的時代。20 世紀以來，語言符號成為唯一的參照物（referential）。詞語遊戲成為文學創作、社會實踐、日常生活的重要的媒介。符號成為當代世界的表徵，正如有學者看到的，「我們這個世界充滿了符號，數量如此之多，以至於有時失去了意義。」〔註7〕在當代社會，符號到處蔓延，到處漂浮。這是一個充滿元語言的時代，列菲伏爾對這種現象進行了揭示。按照巴特的理解，「元語言是這樣一個系統，它的內容層面本身由一個意指系統組成，甚至還可以這麼講：它是研究符號學的符號學。」〔註8〕列菲伏爾認為，元語言理論建立於邏輯的、哲學的與語言學的研究的基礎之上，「它被定義為：一種控制相同的或者另外的信息的符碼的信息（符號群）。」〔註9〕當一個人吐露他一部分符碼，定義一個詞語或者概括來解釋一個意義時，他正在使用元語言。列菲伏爾十分重視雅各布森的元語言理論，認為元語言的運作是言語的正常的、當前的、本質的運作，「元語言，關於詞語的詞語，隔了一定距離的言語，出現於普遍的言語之中，其程度如此，以至於如果言語沒有這種符碼的最初的傳送或者沒有言語經驗的成分的元語言，那麼言語就是不可思議的。借用一個形而上學的隱喻，語言被包括在元語言的殼裏。語言學的功能就是解釋、解碼並組織上述的運作。」〔註10〕在列菲伏爾看來，元語言與參照物功能之間有一種矛盾，元語

〔註 7〕路易‧讓‧卡爾韋：《結構與符號——羅蘭‧巴爾特傳》，車槿山譯，北京大學出版社 1997 年版，第 269 頁。

〔註 8〕羅蘭‧巴特：《符號學原理》，王東亮等譯，生活‧讀書‧新知三聯書店 1999 年版，第 84 頁。

〔註 9〕Henri Lefebvre. *Everyday Life in the Modern World, trans.* Sacha Kabinovitch (New Brunswick, U.S.A and London: Transaction Publishers, 1984）. P.127.

〔註 10〕Ibid., P.128.

言功能腐蝕著參照物功能並取代它，參照物愈模糊，元語言就變得愈清晰愈重要。在 20 世紀，參照物日益萎縮，元語言卻日益突出。以前，處於社會語境的詞語與句子建立於可靠的參照物的基礎之上，這些參照物彼此連接在一起，如果邏輯上不連貫那麼也是黏在一起的，沒有構成表達的單一的系統。並且，這些參照物具有一種來自物質知覺的邏輯的或者共同感的統一體。但是 20 世紀以來，「參照物在多種壓力（科學、技術與社會變化）之下一個接一個地崩潰了。共同感與理性失去了它們的統一體，最終消解。」〔註 11〕在這種情況下，元語言就日益彰顯，符號變成主導的世界圖像，並組織社會生活，甚至建構起日常生活。列菲伏爾看到，「對象實際上變成了符號，符號變成了對象；『第二自然』取代了第一自然，取代了可感知現實的最初層面。」〔註 12〕參照物的萎縮使得語言與言語成為新的參照物，每一次參照物的消失就預示了向元語言的一次延伸，結果元語言取代了語言。所以列菲伏爾認為：「如果語言的沉醉統治著當今的場景，那麼這是因為我們已經無意識地從語言過渡到元語言。」〔註 13〕如果符號學本身就是一種元語言〔註 14〕，那麼列菲伏爾所言及的這種轉變表明：當代社會是一個符號學的時代。

　　元語言的盛行也關涉到能指與所指關係的變化。列菲伏爾認為，每一次參照物的消失就解放了一個能指，並使能指成為可以獲得的，而元語言就迅速地對之進行了挪用。而且，隨著可感知的現實的參照物的消失，能指與所指的統一被分割，表達就過渡到意指過程。這些現象在 20 世紀的藝術中得到了明顯地表現。一個中歐的畫派賦予所指第一要位，觀眾盡可能地貢獻能指，而一個巴黎的畫派強調能指，允許觀眾來填充所指，這就是畢加索、布拉克（Braque）的立體主義。由於能指與所指的斷裂，藝術作品可以指向更為精妙的能指，這無疑促進了對能指本身的重視，藝術作品的創作就成為不斷發現與組織新奇能指的過程。列菲伏爾在喬伊斯的意識流小說中認識到能指與所指的辯證關係。他認為，對別人能指與所指是純粹形式的地方，對喬伊斯卻是辯證的，「能指變成所指，反之亦然。」〔註 15〕在喬伊斯的作品中，女性由流動性、河流、水來意指，但是當兩個洗衣女工在黃昏喚起河流的傳說時，

〔註 11〕 Ibid., P.112.

〔註 12〕 Ibid., P.113.

〔註 13〕 Ibid., P.130.

〔註 14〕 羅蘭·巴特：《符號學原理》，第 86 頁。

〔註 15〕 Henri Lefebvre. *Everyday Life in the Modern World*, P.5.

它們就脫離了能指，變成所指。而在法國的新小說中，詞語是冷酷的。這種客觀的零度的寫作成爲無調的聲音，正如有著固定音高的音樂間奏曲一樣，意義成爲精緻的純粹的形式，取代了以往的表達。詞語符號的意義，不管是比喻的、專有的、類比的還是解釋的意義在寫作過程中消失了。結果，「符號在差異中區別，這種差異在意指過程中得到完全地揭示。」〔註 16〕對此，波德里亞幾乎同時認識到，他說：「我們便從以所指爲中心的信息——過渡性信息——過渡到了一種以能指爲中心的信息。」〔註 17〕列菲伏爾看到，能指與所指的斷裂導致的是能指的氾濫，所指的空乏，「在這個世界上，你恰恰不知道站住何處；當你把一個能指與一個所指聯繫起來時，你被海市蜃樓迷失了方向。」〔註 18〕因而，當參照物缺失時，人們不能再像以往那樣從能指推出所指，從所指推出能指，不確定性就成爲當代文化核心的範疇。

當代社會的符號學形態特徵也在符號學系統內部的演變中得到表徵。列菲伏爾認識到整體的語義學發生了引人注目的變化。這主要體現在由象徵（symbols）到符號（signs），再到信號（signals）的轉變。對這三個概念的辨析是符號學的重要內容之一，巴特根據瓦隆、皮爾士、黑格爾、榮格的區分認爲，信號是不具有心理再現的相關物，而在與之相對的象徵與符號那裏，心理再現是存在的，並認爲信號是直接並具實在性的，而象徵所表現的關係是類比性及互不相符，而在與之相對的符號中，這種關係是無理解的、相符的。〔註 19〕事實上與列菲伏爾同樣研究日常生活的哲學家阿格妮絲・赫勒（Agnes Heller）也對這三者進行了區別，她認爲，「符號是在社會活動中所發揮的功能的承擔者，即是說，它擁有意義。」〔註 20〕而象徵不僅僅與意義相關，而且總與價值和價值複合體相關，它是這些價值複合體的語言的或實質的表現，所以符號是呈現（present），而象徵是再現（represent）。赫勒認爲，信號是約定的，它可以獨立。列菲伏爾對三者的認識與巴特、赫勒的區分有類似之處，尤其是與赫勒極爲相同，但是他更注重符號學這三者的轉變的歷史性的考察。在他看來，在許多世紀，象徵在語義學領域佔據突出地位，它

〔註 16〕 Ibid., P.10.
〔註 17〕 讓・波德里亞：《消費社會》，劉成富、全志鋼譯，南京大學出版社 2001 年版，第 133 頁。
〔註 18〕 Henri Lefebvre. *Everyday Life in the Modern World*, P.25.
〔註 19〕 請參見羅蘭・巴特：《符號學原理》，第 27～28 頁。
〔註 20〕 阿格妮絲・赫勒：《日常生活》，衣俊卿譯，重慶出版社 1990 年版，第 150 頁。

來自於自然，包含著確定的社會意義。在我們文明的早期，隨著書面語的權威性與日俱增，尤其是在發明了出版業之後，象徵就向符號過渡。而在當代社會，正在發生著從符號到信號的轉移。列菲伏爾頗爲看重這第二次轉移，他說：「雖然信號在語義學領域與象徵和符號一起形成，但是它不同於那些，這在於它的唯一的意義是約定的，由相互的認同來賦予它。」〔註21〕因此，語義學領域的轉移使得人們難以直接獲得信號的意義，有時信號甚至沒有意義，就如組成分節單位的字母一樣。對列菲伏爾來說，信號要求著、控制著行爲舉止，並由對立性因素構成。信號能以符碼的形式聚集，從而形成了壓抑系統。所以他說，語義學領域向信號的轉變涉及到感受屈服於壓制與日常生活的普遍的調控，它通過消除語言所有其他的維度，消除象徵、對比等意義，從而還原爲一個單一的維度，這樣，「信號與符碼爲人們與事物的操縱提供了實際的系統。」〔註22〕語言的核心吸引活動，「剝奪這種活動的自發性，以適應性爲代價把行爲與技術轉變爲符號與意指過程。」〔註23〕不過，值得注意的是，雖然列菲伏爾對象徵、符號、信號進行了區分，但是在具體的論述中，他並沒有嚴格地進行區分，而是統攝在符號這一整體的範疇之中。這表現出他作爲非嚴格意義上的符號學家的弊端。

　　總之，列菲伏爾通過符號學的切入認識到當代社會的符號學形態特徵。在這個世界，對象成爲符號，成爲一個物，「一個純粹的形式」〔註24〕，正如波德里亞所說，「我們生活在物的時代。」〔註25〕日常生活也成爲彌漫符號的物體的世界以至於成爲一種物質文化。這種世界的符號學結構不同於傳統的，而是元語言、信號佔據主導，表現出能指與所指的斷裂。但是作爲一個馬克思主義哲學家，列菲伏爾不僅僅在於揭示這些形態結構，而是進一步從符號學的這些結構性特徵來剖析當代社會，探討符號的意識形態功能。其中最主要的是對符號與消費意識形態、恐怖主義等關係的揭示。

二、符號與消費意識形態

　　當代社會的符號學形態特徵也是與消費意識形態緊緊相關的。消費意識

〔註21〕Henri Lefebvre. *Everyday Life in the Modern World*, P.62.
〔註22〕Ibid., P.62.
〔註23〕Ibid., P.100.
〔註24〕Ibid., P.7.
〔註25〕讓‧波德里亞：《消費社會》，第 2 頁。

形態在當代不是赤裸裸的金錢或者貨幣，而是一個文化問題，一個美學問題。波德里亞說：「商品（服裝、雜貨、餐飲等）也被文化了，因為它變成了遊戲的、具有特色的物質，變成了華麗的陪襯，變成了全套消費資料中的一個成分。」〔註26〕詹姆遜（Fredric Jameson）也看到：「在商品生產與銷售的這種意義上，經濟變成了一個文化問題。」〔註27〕但是在當代，商品與文化都成為一個符號，因此要深入地展開當代消費文化的研究就必須探討這種現象的符號結構。列菲伏爾就是從符號與消費的問題來切入當代消費文化，來揭示符號的消費意識形態功能。並且，隨著大眾傳媒的日益猖獗，不斷地散播各種符號，使得當代人置身於由符號構成的第二自然之中，尤其處身於由流行構成的符號系統之中，最終符號成為當代人的圖騰。列菲伏爾不是充當這些符號的虔誠的膜拜者，而是成為當代神秘符號的積極的解釋者，從而揭示了當代符號與消費的共謀的實質。

在列菲伏爾看來，「現代世界」是工業化與控制的產物，這些使工人社會化並調節消費。現代社會可以稱為技術統治的社會，休閒社會，但是在 1950 年以來，「消費社會」日益盛行。據統計學證明，在高度工業化的國家，物質的、文化的物品的消費不斷增加，所謂像小車、電視機等耐用的物品正獲得新的，甚至愈來愈大的意義。生產者完全意識到市場，不僅僅意識到有償付能力的要求，而且意識到消費者的欲望與需要。這樣一個社會列菲伏爾稱之為「控制消費的官僚社會」。不過列菲伏爾主要結合符號學思想，尤其結合當代社會的符號學形態特徵來分析消費問題的，也就是認識到消費意識形態體現在符號之中，體現在圖像的形式之中。因此符號在當代的消費中也得到了充分地挖掘與運用。無數的能指解放了或者不充分地聯繫所指，這使廣告與宣傳品成為可能。一個微笑是日常幸福的象徵，是消費者的象徵，如波德里亞說：「『某種微笑』是消費的必須符號之下。」〔註28〕

社會文化符號化了，商品、消費品也符號化了。宣傳品通過符號的偽裝（make-believe）不僅僅提供了一種消費意識形態，不僅僅創造了消費者「我」的一個圖像。它還使消費者在行為中意識到自己，從而與自己的理想調和。

〔註26〕同上，第 5 頁。
〔註27〕弗雷德里克·詹姆遜：《論全球化的影響》，王逢振譯，《馬克思主義與現實》
　　　　2001 年第 1 期。
〔註28〕讓·波德里亞：《消費社會》，第 129 頁。

它建立在事物的想像存在的基礎之上，並涉及到「強加於消費技術與內在於圖像之中的修辭與詩」〔註 29〕，這種修辭不局限於語言而是浸入到經驗，Faubourg Saint-Honoré 或一齣時裝表演中的展示櫥窗是修辭的偶發藝術，是事物的語言符號。列菲伏爾認為，宣傳品是一種語言符號，是一種符號亞系統，是一種具有象徵、修辭與元語言的交換語言。但是通過符號，交換的對象與交換價值共存，交換價值也成為一種符號系統。列菲伏爾這種分析整合了符號學與馬克思在《資本論》中所談及的經濟的交換是一種脫離了內容的形式的思想。對列菲伏爾來說，宣傳品意在促進消費，它是消費品的第一，它創造神話，它借助於現存的神話為雙重的目的輸送能指，即提供能指普遍的消費與激起一種特殊的對象的消費。因此，宣傳品挖掘神話並重新調控微笑、展示等神話。列菲伏爾說：「宣傳品用作意識形態，對一種對象傳授一種意識形態主題，並賦予它一種真實與偽裝的雙重的存在。它挪用意識形態術語，把被挖掘的能指與重新調控過的所指聯繫起來，而沒有進一步涉及到神話學。」〔註 30〕這種意識形態在列菲伏爾看來主要是消費意識形態，「宣傳品獲得一種意識形態的意義，交換的意識形態，它取代了曾經是哲學、倫理學、宗教與美學的東西。」〔註 31〕但是宣傳品在形成消費意識形態的主導時，又挪用了美學與倫理價值。

在列菲伏爾看來，當代消費的失望感的原因是多方面的，但是其中之一就是事物的消費與來自這些事物的符號與圖像消費的聯繫。他認為，當今的消費行為既是一種現實的行為，又是一種想像的行為，既是隱喻的，又是轉喻的。這樣，在想像的或者偽裝的消費與現實的消費之間就沒有本質性的分界線，只存在一種流動的分界線。所以列菲伏爾認為：「消費品不僅僅被符號與『好』增添榮耀，因為它被意指；消費主要涉及到這些符號，不涉及到這些消費品本身。」〔註 32〕年輕人消費現在、立刻，消費年輕、女性、流行這些符號系統；工人階級置身於消費符號之中，消費過度氾濫的符號；知識分子與修辭、語言、元語言隨波逐流，偽裝的符號形態永遠取代了經驗，這種取代使知識分子忽視了他的條件的平庸，忽視了權力與金錢的缺乏，並成為社會階梯晉升的標籤。在當代，女性意識形態成為一種與消費意識形態和技

〔註 29〕 Henri Lefebvre. *Everyday Life in the Modern World*, P.90.
〔註 30〕 Ibid., P.106.
〔註 31〕 Ibid., P.107.
〔註 32〕 Ibid., P.91.

術意識形態的另一種形式，時裝、烹飪就如巴特所說的成為一種符號的亞系統。所以語言、符號的變化與消費構成了同謀，符號促進著消費，這尤其表現為列菲伏爾對汽車這一符號亞系統的分析。他認為，汽車是「對象」的象徵，是主導對象（Leading-Object），「它從經濟學到言語多方面地引導行為。」〔註33〕汽車作為一種公路交通工具，其實際意義僅僅是其社會意義的部分，這種極為特權化的對象具有第二位的，更加鮮明的意義，這種意義比第一種更為模稜兩可，因為現實的與象徵的，實際的與偽裝的被象徵主義表達、暗示、支撐與強化。所以，「汽車是一種地位象徵，它代表舒適、權力、權威與速度，除了其實際的使用之外，它被作為符號消費。」〔註34〕它是魔術般的東西，是一種來自偽裝土地上的公民。當涉及到汽車時，言語變成了修辭的與非現實主義的，這種意義的對象具有一個意義的隨從，即語言、言語、修辭，其各種意義彼此涉入、強化與中立化，因為它代表了消費並消費了象徵，它使幸福象徵化，即通過象徵實現幸福。

可見，當代社會出現的是展示的消費、消費的展示、消費的展示的消費、符號的消費、消費的符號。符號的消費成為列菲伏爾關注的焦點。這種符號的消費具有確定的特徵，例如脫衣舞，它是色情象徵的儀式化的消費。在這個社會，文化也是消費的項目，藝術作品與風格也為了快速的消費被分配、傳播。事實上所有能夠被消費的成為一種消費的象徵，消費者被熟練與財富的象徵，被幸福與情愛的象徵所養育，符號與意義取代了現實。尤其是參照物缺乏時，能指被大量地無區別地在符號消費中消費，兩者以任何方式，在任何地方媾和。

列菲伏爾還談及了元語言的消費。這也是一種文化消費。他認為，絕大多數的文化消費意在消費藝術作品與風格，但事實上僅僅是消費象徵，消費藝術作品的象徵，「文化」的象徵，也就是說「消費者消費元語言」〔註35〕。去威尼斯的遊客不吸收威尼斯，而是吸收關於威尼斯的詞語，手冊的書面語與演講、揚聲器、錄製品的口語，他聽聽看看，他用金錢換來的商品、消費品、交換價值就是關於 San Marco 廣場、Palazzo dei Dogi 或者丁托列托（Tintoretto）的語言評論。因而大眾文化與旅遊業是關於詞語的詞語的消費，

〔註33〕 Ibid., P.100.
〔註34〕 Ibid., P.102.
〔註35〕 Ibid., P.133.

即元語言的消費。列菲伏爾看到，當代文化消費甚至沒有消費許多藝術作品，消費的僅僅是二手的作品、評論、注釋、論文、手冊與指南，即元語言。可以說，當代消費的是語言符號，符號的能指就如商品一樣渴求著交換，「能指準備著消費。」〔註36〕這些語言符號的消費以偽裝為特徵，表現在電視遊戲、競爭、廣告、宣傳等方方面面，而且偽裝的商品以高價出售。這種現象滲透到日常與非日常生活之中。列菲伏爾的研究就是意在揭示這種秘密的神話，他說：「我們的目的事實上是把非日常的暴露為偽裝的日常，非日常的回到日常來掩藏自己；這種運作通過語言消費（或元語言消費）得到完美地運行，甚至這比通過展示遊戲更為成功。」〔註37〕因此，符號在當代被消費充分地運用，這是一個抽象的過程，也是一種審美的過程，其實質是貨幣神秘化的過程。

可以看到，列菲伏爾把符號學與消費意識形態的探討結合了起來，揭示了符號與消費共謀的現象。其既持續著法國由巴特開創的流行文化的符號學批判的模式，又注重從意識形態層面來揭示消費文化的神話本質，表現出馬克思主義與符號學的結合的當代傾向。

三、符號與恐怖主義

列菲伏爾不僅僅揭示了當代符號社會的消費意識形態，更進一步剖析了符號與恐怖主義權力的深層次關係。事實上從象徵到信號的轉變已經透視出壓抑的結構系統的特徵。元語言的盛行又剝奪了活動與行為的自發性因素，正如列菲伏爾所說，「我們被空虛籠罩著，但是這是一種充滿符號的空虛。」〔註38〕這意味著現實的抽象化、形式化，意味著使用價值的萎縮，經驗價值的喪失，這恰恰是當代社會異化的經典的形式。因此，如果當代社會是一個符號化的時代，那麼也是一個壓抑的社會，即一個恐怖主義社會。在列菲伏爾那兒，符號與恐怖主義形成了同謀關係。

列菲伏爾認為：「一個恐怖主義社會是一種過份壓抑的社會的邏輯的、結構的結果。」〔註39〕他首先分析了寫作與恐怖主義的關係，認為書面語的意義出現於對壓制的批評的分析。如果說日常生活的歷史是適應與壓制的辯證

〔註36〕Ibid., P.140.
〔註37〕Ibid., P.142.
〔註38〕Ibid., P.135.
〔註39〕Ibid., P.147.

運動的話，那麼在恐怖主義社會，後者勝過了前者，其中寫作就發揮重要的角色，「壓抑的非暴力的寫作——或書面材料——建立了恐怖。」〔註40〕寫作制定法律，事實上是法律，它是強制的，它強加一種態度，固定文本與語境。這與赫勒對極權主義社會的批判有異曲同工之妙，赫勒說：「意義不與文本有關，而是被統治的解釋有關。它強迫地規定這種解釋一直是眞實的，並且這是唯一眞實的解釋。因而對文本解釋的平等權被禁止。」〔註41〕對列菲伏爾來說，書面語作爲原初的制度化而進入社會經驗，通過組織創造與活動來固定它們。從符號學角度說，書面語指向別的「某物」，諸如習俗、經驗、事件，然後成爲獨立的所指。寫作的事件替代了寫作的所指，書面語就傾向於充當元語言，它就拋棄了語境與所指。這樣，「一個建立於寫作與書面材料的社會傾向於恐怖主義。」〔註42〕書面材料通過心靈的運作加密與解密從而具有了元語言的權力。

流行作爲一種符號體系，也是恐怖主義的一個維度。這不是說僅僅是流行才使恐怖佔據突出的地位，而是說它是恐怖主義社會的一個有機整體的部分。流行通過排除日常生活而統治日常生活，因爲日常生活不能是流行的。準神（semi-gods）沒有一種日常生活，它們的生活每天在流行領域中從驚奇到驚奇，但是日常生活仍然在那兒，這在列菲伏爾看來「就是恐怖的統治，特別是當『流行』現象散播到理智、藝術、『文化』各個領域時。」〔註43〕流行抓住力所能及的一切，具有一種沒有特別的壓力群體的壓力，從而影響整個社會及其行爲領域，干預並貫穿不同的領域，這樣，「整個社會由一些系統（或亞系統）指定與委託，這些系統比得上原型系統、元語言，並完成了它。」〔註44〕流行的主要特徵不關注適應，其目的既不是人類身體，也不是社會活動，而是事物的變化與過時。它在現代的意義上與流行雜誌一同誕生，其統治來自於元語言。它建立於波德萊爾的審美現代性的特徵的基礎之上，不斷地尋求變化，今天流行的已經準備了明天的流行，流行始終在其自己的毀滅中繁榮昌盛。然而對局外人來說，流行具有永恆的樣子，局外人不能理解昨天穿的是什麼，也不知道明天會穿什麼，昨天的流行是可笑的，明天的不可

〔註40〕Ibid., P.152.
〔註41〕Agnes Heller. Dictator over need, Oxford: Basil Blackwell, 1983. P.188.
〔註42〕Henri Lefebvre. *Everyday Life in the Modern World*, P.156.
〔註43〕Ibid., P.165.
〔註44〕Ibid., P.166.

思議，但是今天被永恆化，它是唯一存在的。寫作、元語言同樣具有這種永恆性的特徵，具有明顯的非歷史性，但是恐怖內在於其中。因此，流行在現代是建立於元語言、書面語之上的制度，它具備巴特所說的符號的武斷性。在巴特看來，在流行體系中，符號是相對武斷的，每年它都精心修飾，不是靠使用者群體，而是絕對的權威，即時裝基團或者書寫服裝中，或者就是雜誌的編輯。所以流行時裝符號屬於獨一無二的寡頭概念與集體意象的結合點上，巴特看到：「流行符號的習慣制度是一種專制行為。」〔註45〕事實上列菲伏爾充分考慮了巴特的認識，其流行符號的恐怖主義的認識與巴特的符號的專制性的觀點具有一致性，不過列菲伏爾展開了更為具體地也更具意識形態地批判。

同樣，年輕性也作為一種元語言被制度化了，從而散播著恐怖。列菲伏爾認為，年輕性帶著商業化的屬性與特徵，確證了特殊對象的生產與消費。它這種實體在普遍的消費上設置了一種體面與「可愛」的靈韻，因而在當代世界，年輕之星最高、最明亮。誰害怕看起來年輕？誰害怕成為年輕呢？列菲伏爾認識到年輕性帶有組織與制度這種運作環境，它是現實年輕的殘餘物，它能夠使這些年輕人挪用現存的象徵，通過像歌曲、報刊、論文、宣傳品等這些明確闡明了的元語言消費幸福、色情、權力與宇宙的象徵。因此，在年輕人的迷醉、瘋狂之中，元語言徹頭徹尾地發揮作用，這是一個沒有芳香世界的芳香，空虛的能指所意指的就是年輕本身：年輕性，「年輕是成為年輕快樂的證據，是成為年輕的證據，因為人的年輕。」〔註46〕性的欲望也如此，性作為實體被建立，它挪用欲望的象徵。為了組織欲望，性的能指必須被抓取，被意指，它必須被符號激勵，被視力，更準確地說被裸露的行為、回憶欲望的折磨的形式刺激，也就是說必須使性的欲望符號化。但是欲望拒絕被意指，它創造自己的符號，這樣，欲望的符號或象徵只能激起欲望的滑稽模仿，只是現實事物的一種偽裝。所以列菲伏爾認為，性的符號化使性被還原為一種精緻化的社會與理智的實體，最終搗毀了日常生活，從而促進了恐怖主義。

可以說，在當代，流行、年輕性、性的欲望成為了消費的對象，成為了符

〔註45〕羅蘭・巴特：《流行體系——符號學與服飾符碼》，敖軍譯，上海人民出版社
2000 年 7 月版，第 243 頁。
〔註46〕Henri Lefebvre. *Everyday Life in the Modern World*, P.171.

號化的元語言。而且這些元語言構成了強制性的符號系統，滲透到日常生活的各個維度，這導致了空間的純粹形式化，導致了「符號的暴力」，事實上這對列菲伏爾來說就是導致了恐怖主義社會的產生。列菲伏爾清楚地看到：「一種純粹的（形式的）空間界定了恐怖的世界。如果顛倒這種觀點，那麼它仍然保持其意義：恐懼界定一個純粹形式的空間，它自己的權力空間。」〔註47〕形式的純粹抽象是形式的權力的運作過程，這種純粹抽象的欲望賦予了形式以恐怖化的權力。純粹的形式就其純粹性而言獲得了一種可理解的透明性，成為可以操作的，成為一種分類與行為的媒介，但是它本身並不存在，「形式與內容的任何分離涉及到某種幻象與表面性」〔註48〕。作為一種形式，它只是一種抽象，而被感覺到存在的是形式與內容辯證的矛盾的統一。所以列菲伏爾認為：「分離開內容（或者參照物）的形式被恐怖主義強化。」〔註49〕這表明，在當代社會，消費文化的符號化、形式化與恐怖主義構成了內在的同一性，它們彼此強化。純粹的形式以偽裝的形式設置了自己的自律權力，而恐怖主義也維持著幻象，維持著批判思想的零度。形式與來自形式的制度的恐怖主義功能就是維持透明性與現實的幻象。日常生活中的人們拒絕相信他們自己的經驗，並且拒絕理所當然，他們不必按照這種方式行動，沒有人強迫他們，但是他們自己強迫自己，列菲伏爾認為這是「恐怖主義社會的典型特徵」〔註50〕。按照伊格爾頓的理解，列菲伏爾這種認識恰恰就是審美的領導權的實踐，如果說「審美只不過是政治之無意識的代名詞」〔註51〕，那麼在列菲伏爾這裡，符號就是恐怖主義權力之無意識的代碼。

可見，列菲伏爾對符號的意識形態功能進行了較為深入地思考。這種思考表現出他對當代審美文化的批判，對製造這些符號的權力主體的批判。符號的運作導致了當代日常生活的審美化，促進了當代社會的消費意識形態的日常生活化，加劇了當代恐怖主義的自然化，這事實上是當代消費社會的典型的異化現象。既然符號形式是日常生活危機的根本原因之一，既然符號成為消費與恐怖主義社會的重要中介，那麼一種可能性的新社會就必須消除或

〔註47〕Ibid., P.179.

〔註48〕Henri Lefebvre. "Foreword", in *Critique of Everyday Life*, Volume one.trans. John Moore, (London, New York: Verso, 1991). P.81.

〔註49〕Henri Lefebvre. *Everyday Life in the Modern World*, P.180.

〔註50〕Ibid., P.187.

〔註51〕特里·伊格爾頓：《美學意識形態》，王杰等譯，廣西師範大學出版社 1997 年版，第 26～27 頁。

者轉變這種符號中介。因此，對當代社會的符號學批判就成為列菲伏爾的文化革命、日常生活批判的重要維度。他說：「我們的激進分析以形式主義、結構主義與功能主義來反對它們自己，以一種形式的分類攻擊著迷的分類，揭露它們的普遍內容，既是由恐怖維護的日常生活。」〔註52〕這樣，文化革命的一部分就是消除恐怖主義，探討反恐怖主義的可能性，這是探尋或者張揚一種與生產主義、經濟主義、恐怖主義相對的價值範疇，列菲伏爾說：「文化革命實現的最本質的條件之一就是藝術、創造、自由、適應、風格、經驗價值、人類這些概念被恢復並重新獲得它們完全的意義。」〔註53〕這離不開語言符號的轉型的探討與實踐，這涉及到一種語言的發明，因為日常生活語言的轉變意味著形成一種不同的日常生活，「日常生活的轉型是某種新東西的，要求新詞語的東西的創造。」〔註54〕列菲伏爾這種尋求形式與內容的辯證統一，反對寫作的元語言的思想事實上透視出他「尋求對話，面對面的交往，為普通人改善生活的質性」〔註55〕。雖然他與德里達的思想存在頗多之分歧，但是與德里達一樣，都意在「拯救語言」，「去轉變一種存在霸權的情景」，「去叛逆霸權並質疑權威」。〔註56〕列菲伏爾力圖通過言語來拯救書寫符號系統的權威性，對抗著虛擬的當代意識形態的符號學結構。列菲伏爾這種學術思路儘管存在一些問題，但是在20世紀70年代，這已經具有世界性、當代性，它即持續了自50年代起巴特所開創的流行文化的符號學批判，又直接影響到他的教學助手波德里亞的研究。波德里亞在列菲伏爾傳統的基礎上繼續著對當代文化的符號學研究〔註57〕，其成效卓然可見。因此，列菲伏爾的研究模式即體現了法國符號學應用研究的主流趨勢，又體現了馬克思主義對當代文化批判的新維度，他與巴特、波德里亞構成了法國馬克思主義的當代消費文化的符號學批判的重要的學術範式。不過，人們過多的是關注列菲伏爾日常生活批判理論，而忽視了這一重要的維度。

〔註52〕Henri Lefebvre. *Everyday Life in the Modern World*, P.180.

〔註53〕Ibid., P.199.

〔註54〕Ibid., P.202.

〔註55〕Philip Wander. "Introduction to the Transaction Edition", in *Everyday Life in the Modern World*, P.xi.

〔註56〕請參見德里達：《書寫與差異》，張寧譯，生活·讀書·新知三聯書店2001年版，第15頁，第24頁。

〔註57〕請參見 Mark Poster. "Jean Baodrillard (1929～)", *Routledge Encyclopedia of Philosophy*, Vol.1. P.662.

第三節　藝術的必然性

恩斯特・費歇爾（Ernst Fischer，又譯爲恩斯特・費舍）是極爲著力的一位當代馬克思主義審美人類學研究者，他重新論述了藝術存在的必然性的歷史哲學的使命，對審美意識形態進行了深入的人類學探究。伊格爾頓在總結當代馬克思主義文學理論的四種批評模式即人類學的、意識形態的、經濟的、政治的模式時，把費歇爾視爲人類學批評中繼普列漢諾夫、考德威爾之後的重要代表。〔註 58〕國內學者對費歇爾的文藝理論與美學的研究由於資料的缺乏難免偏頗，尤其尚未深入探討 1959 年出版的著作《藝術的必然性》（英譯本 1963 年）以開放的眼光與詩性的體驗對機械化、簡單化的庸俗馬克思主義美學的超越。筆者試圖從審美人類學的角度對《藝術的必然性》進行闡釋，考察其對藝術起源和功能、內容與形式等美學核心問題的解答，並在後現代語境中反思其宏大敘事的美學建構的價值與缺陷。

一、勞動作爲巫術：藝術起源與功能的實踐基礎

人類學是最集中思考人類的存在與價值的學科，哲學人類學與文化人類學構建了人類的價值與事實的兩重維度。馬克思主義審美人類學是從人類學的視野對藝術或者審美的經驗與價值進行意識形態的分析，提出文藝的起源、功能、發展以及存在形態的根本問題，並試圖對這些問題做出本質性的馬克思主義的回答。這在 20 世紀國外馬克思主義審美人類學研究中是頗爲突出的，費歇爾就是其中之一。他立足於普羅米修斯的高度通過藝術存在的人類學的闡釋回答了當代西方社會的藝術危機問題。在《藝術的必然性》開篇，他就明確指出：「藝術曾經是，現在是，將來仍然是必然的。」〔註 59〕要理解這種必然性就不能繞開藝術的起源和功能的命題。

費歇爾對藝術的起源和功能的考察是結合馬克思關於勞動（工作）的哲學人類學和文化人類學推進的。其提出問題的原點是把遙遠的古代視爲理想的原型，將古代視爲藝術活動展開的蓄水池。作爲一位馬克思主義文藝美學家，費歇爾充分吸收文化人類學關於巫術研究的成果來理解或深化馬克思主

〔註 58〕 請參見伊格爾頓：《馬克思主義文學理論》，載《歷史中的政治、哲學、愛欲》，馬海良譯，中國社會科學出版社 1999 年版，第 110 頁。

〔註 59〕 Ernst Fischer. *The Necessity of Art——a Marxist Approach*, trans. Anna Bostock, Penguin Books, 1963. P.7.

義的哲學與美學問題，解決長期充滿疑問的藝術起源的命題。這關鍵在於解
決巫術與勞動（工作）的關係問題。在 20 世紀 60 年代，這也是盧卡奇所關
注的核心問題之一，但是兩者的認識有所不同。費歇爾把巫術融入到勞動（工
作）的解釋之中，對馬克思的勞動學說進行了文化人類學的闡釋。工作是專
屬於人類的活動，它使自然發生轉變，本身是一種巫術。工作通過巫術的手
段改變對象，並賦予這些對象以新的形式。人類通過製造工具與使用工具才
成其爲人，不斷生產與再生產自己，超越自己。一根木棍不僅是一根棍子，
而且增添了巫術力量。人類在製造工具的過程中擁有了模仿的能力，製造出
更有價值的工具，帶來了對自然的掌握，因此「傚仿是一種力量的武器，是
巫術的武器。」〔註60〕工作也促進了語言體系的形成。語言既是表達又是交流，
具有巫術的功能。它作爲人類強有力的工具，不僅可以理性地整理人類活動，
描述和傳達經驗，從而提高效率，而且通過賦予對象以詞語來選擇對象，從而
把對象納入人類的掌控之中，這雖然導致了人類對自然的畏懼但是賦予了人
類以控制自然的能力，這種巫術功能「正是所有藝術的實質」。〔註61〕第一個
製造工具的人賦予了石頭以新形式，使之服務於人類，他是第一個藝術家；
第一個給事物命名的人，第一個組織者也都是藝術的先行者。「藝術是一種巫
術的工具，它使人類掌握自然並發展社會關係。」〔註 62〕費歇爾通過對勞動
實踐這一人類本質的分析，確立人類優越於動物的哲學人類學基礎，賦予人
類以征服自然、控制自然、延伸自身能力的勞動工作形式，這正是馬克思主
義的實踐觀。但費歇爾富有創見的探索則是：這種實踐融合了巫術的起源與
功能，實踐在某種程度上是巫術活動，勞動等於巫術，勞動者等於巫師，工
具就是魔棒。如此就形成勞動＝巫術＝藝術的三位一體，三者可以互相闡釋，
藝術的起源也隨之得以理解。勞動本體意義仍然存在，但是與巫術的理解達
成了內在的一致性，藝術的內在本質也就是勞動的巫術性。盧卡奇在《審美
特性》中也如費歇爾一樣分析從宗教、藝術、科學的統一體走向科學、藝術
等高級形式的演變過程，而且認爲人類最初的日常生活都與巫術相關。盧卡

〔註60〕 Ernst Fischer.*The Necessity of Art——a Marxist Approach*, trans. Anna Bostock,
　　　　 Penguin Books, 1963. P.29.

〔註61〕 Ernst Fischer.*The Necessity of Art——a Marxist Approach*, trans. Anna Bostock,
　　　　 Penguin Books, 1963. P.33.

〔註62〕 Ernst Fischer.*The Necessity of Art——a Marxist Approach*, trans. Anna Bostock,
　　　　 Penguin Books, 1963. P.35.

奇在清理弗雷澤、泰勒關於巫術觀念基礎上，接受了湯姆遜（George Thomson）關於原始巫術是反映現實的一種幻象技術的觀念。但是對盧卡奇而言，本體論基礎是日常生活，巫術僅是日常生活過渡到藝術的中介：「巫術和審美的交織，巫術爲現實的審美反映的形成所作的準備首先在於，把一個統一的自身完整的生活過程的映像作爲目標，由此開始自發地形成一些重要的審美範疇如情節、典型等。」〔註63〕巫術活動與日常生活相關但是又超越了日常生活，孕育了藝術的審美發生。盧卡奇僅僅是把巫術作爲藝術起源的中介而沒有如費歇爾那樣把勞動視爲巫術，進而把巫術視爲藝術的起源、功能、本質，視爲在人類社會的藝術中持續存在的實質。不過，他們都沒有忽視人類的本質性力量的存在，這種力量的形成來自於勞動，這應該說是馬克思主義實踐美學的人類學基礎。

巫術既是藝術起源的問題，也是藝術功能的問題。費歇爾認爲，藝術的功能是融合個體與集體的手段。人類欣賞藝術是超越自己的特殊性走向完美，把自己與群體存在聯繫起來，使個體成爲社會的人。藝術對自然施加力量，強化了集體的經驗，它是個體回歸集體的路徑，從「我」進入「我們」。「藝術能夠把人類從碎片狀態提升到一種整體的有機的存在。」〔註64〕在石器時代圖像不可能具有審美創造的快樂，而是涉及到集體的生與死，存在與不存在的問題。在巫術模仿儀式中，個體被同化到集體之中，生產的經驗、性的經驗、規則和義務都因此而賦予給年輕人，部落的年輕人在儀式中飽受折磨，甚至留下一生的創傷印記，最後與不朽的集體，與祖先融爲一體。現代個體雖然擺脫了集體合唱，但是合唱的回音仍然迴蕩在個體人格之中。集體的因素雖然以「我」的形式主觀化，但是人格的實質仍然是社會的，甚至最主觀的藝術家也是以社會的身份而工作的。現代詩歌以語言來表達個體的經驗是如此主觀，以至於所有慣例被搗毀，與他人聯繫的紐帶也被割裂，這似乎與詩歌的功能背道而馳，但是即使不可表達的最主觀性的經驗也仍然是人類的經驗、社會的經驗。即使當今最典型的藝術家的孤獨，也是一種社會經驗。這種認識與考德威爾的觀點有直接的聯繫。後者認爲，藝術不是個體的孤芳自賞，而是具有群體性、社會性，表達著集體的共同感情。詩成爲集

〔註63〕盧卡奇：《審美特性》第一卷，徐恒醇譯，中國社會科學出版社 1986 年版，第 353 頁。

〔註64〕Ernst Fischer. *The Necessity of Art——a Marxist Approach*, trans. Anna Bostock, Penguin Books, 1963. P.46.

體智慧的共同媒介，凝聚了集體節慶中激越的感情，有著它自己的集體生命。它是活著的群體和所有祖先的陰魂，共同創造維繫傳統的源泉。「詩同舞蹈、宗教、儀式和音樂融爲一體，成爲部落的本能能量的巨大的轉換開關，它把這些本能能量引導到一系列集體性的活動中。」〔註 65〕費歇爾沒有關注心理本能與集體融合的問題，而是從巫術的文化人類學闡釋來觸及藝術作爲個體與集體的中介。

費歇爾認爲，雖然藝術的功能隨著世界的滄海桑田不斷嬗變，亞里士多德和布萊希特的藝術功能觀是不同的，階級社會的藝術的功能不同於原始時期的藝術的功能，但是在藝術中仍然有一種不變的眞理，仍然能夠在時間性和歷史變遷中尋覓到永恆不變的價值。史詩被馬克思視爲非發達的史前的藝術形式，作爲正常的兒童體現出永恆的魅力，超越了時間。這種不變的永恆性的眞理對費歇爾來說來自於巫術形式的本質意義。

二、藝術形式的人類學基礎

內容與形式的問題在 20 世紀文藝理論、美學中重新得到討論。在語言學轉向的語境下人們對形式倍加關注。但是費歇爾始終把形式與內容、意識形態結合起來，挖掘形式的意識形態性及其人類學的基礎。

一方面，費歇爾認爲內容是形式的決定性因素。自柏拉圖、亞里士多德開始，形式是最重要的，質料屈居次位。在阿奎那看來，事情的秩序是最終的結構，秩序的觀念是最終的原則。因而「形式等同於事物的本質，質料被降格於次要的非實質的地位。」〔註 66〕資本主義時代的藝術家也信奉這種觀念。費歇爾反對這種形式決定論，認爲雖然水晶在無機界中是最完美的形式，但這種形式不是形式的形而上學的原則的最終決定，而是爲原子的特性所決定，水晶的原子不是靜態的而是處於不斷的動態之中，運動狀態影響溫度，進而改變形式。因此，形式是物質在一定條件下暫時變化的結果。對稱不是追求最終的形式，而是傾向於「能量的守恆」，是能量穩定狀態的表現，最穩定的原則也就是最高級的對稱。內容不斷在變化，就突破現有的形式，創造新的形式，被改變的內容再一次得到穩定，這是內容與形式的動態關係。費

〔註 65〕Christopher Caudwel. *Illusion and Reality*, New York: International Publishers, 1937. P.27.
〔註 66〕Ernst Fischer. *The Necessity of Art——a Marxist Approach*, trans. Anna Bostock, Penguin Books, 1963. P.117.

歐爾把形式視爲保守的而把內容視爲革命的。在有機物世界，遺傳是保守的，變化是革命的。在人類社會，生產關係，即生產的形式是保守的，而生產力即所有社會結構的經濟內容則是革命的。資本主義不言說民主的內容，而是言說其民主的形式，事實上是維護其永恆的統治地位。藝術形式主義不僅是藝術表達的問題也是社會現實的形式的問題，聯繫著意識形態的權力結構問題。不過，費歐爾指出，社會現實影響藝術形式不是簡單化的，而是一個間接的過程，社會的、技術的、意識形態的因素是如何共同創造新的風格的，難以得出準確的答案，因爲社會現實如豪瑟爾所說的是複雜的綜合體，具有從不同方面發展的可能。但是，藝術表達的需要和方式是受階級控制的。觀看和聆聽的新方式不僅是精緻化的感覺的結果，而且是社會現實的需要。

另一方面，形式對藝術具有獨特性、本體性。費歐爾指出，雖然內容決定形式，但是斷言形式不在藝術之中，斷言藝術所有問題直接聯繫著社會條件，這是對藝術本質的完全誤解。不能從純粹進步或反動的立場簡單地看待藝術作品。費歐爾充分考慮了俄國形式主義的研究成果，認爲藝術的本質就在於形式。他認爲，只關注內容而把形式降格於次要地位是愚蠢的，因爲「藝術是形式的賦予，只有形式才使一件產品成爲藝術作品。」〔註 67〕費歐爾不僅認識到形式對藝術的本質性規定，而且深入闡述了形式的人類學基礎。形式是人類自身存在與發展的社會經驗的凝聚，是控制自然的人類力量。形式不是偶然的、武斷的、非本質的。形式的法則和慣例是人類支配自然的體現。在形式中，被傳達的經驗得以保持，偉大的成績處於安全中，故形式是藝術和生活必須的秩序。要理解自然或社會現象，就必須探尋它們是如何存在的。社會產品的形式直接聯繫著其社會功能。「形式是社會目的的表達」，「形式是固定化的社會經驗」。〔註68〕一座房屋的比例和對稱不是走向形式的審美意願的結果，而是被材料的結構和造房者過去的經驗所決定的，對稱是能量均衡的表達，是原始人的經驗的表達。形式在原始人那裏體現了巫術的效果，作爲巫師的人類通過類似性等方式控制自然，通過巫術方式影響現實。湯姆遜認爲，圖騰和禁忌是維護部落集體生存的植物或動物，隨著生產力發展它們失去了原初的意義，但是形式如此根深蒂固以至於在人類歷史中仍然保留

〔註 67〕 Ernst Fischer. *The Necessity of Art——a Marxist Approach*, trans. Anna Bostock, Penguin Books, 1963. P.152.

〔註 68〕 Ernst Fischer. *The Necessity of Art——a Marxist Approach*, trans. Anna Bostock, Penguin Books, 1963. P.152.

著，部分被賦予新的內容。它們維護著傳統的社會結構，保護著部落及其財產，調節著性關係。圖騰和禁忌等巫術信仰產生了許多的形式。「只有認識到原始人把自己等同於以之爲食的動物和植物，即等同於自然，只有意識到形式和形式的類似性對原始人的重要性，我們才能有希望理解那些不能理解的東西。」〔註 69〕雖然費歇爾不完全認同現當代文化人類學家的觀點，但仍然充分吸納了他們關於形式對原始人的重要性的描述。一個非洲部落的帶有獅子或豹子的皮和頭的泥像是最初的雕塑，其目的是以圖像的方式支配現實，並不斷走向精緻化。巫術要求圖像與模範對象達成同一化程度。最初的同一化是通過動物的皮和頭，當沒有皮和頭又要製造圖像的時候，巫術就來承擔這一使命。原始人接受部分是整體的法則，把血視爲眞實的生命實體。非洲的科爾多番斯（Kordofans）這個狩獵部落相信，如果狩獵人把被殺死的動物的血倒進了巫術角里，那就完全控制了獵物。弗雷雷斯（Trois Freres）洞穴是扮演巫術儀式的地方，巫師和他的助手是生產巫術圖像的藝術家，他們使用可以獲得的最有效的形式，最大限度與原物類似，「他們的職責就是想像盡可能像的現實，越相像效果就越好。」〔註 70〕人類學的描述可以說明，早期藝術形式的起源的理解不是神秘的或形而上學的假設，而是具有哲學人類學與文化人類學的基礎，具有超越現實與控制自然的力量以讓人類能夠得以生存與發展。

可見，對費歇爾而言，藝術形式本質上具有巫術的意義，而且這種巫術形式具有傳承性。形式具有極爲保守的特徵，當人們忘卻原初的巫術意義時，仍然敬畏地依附於古老的形式：「所有詞語形式、舞蹈形式、圖畫形式等曾經具有特殊的社會意義，現在仍然保留在先進的高度發達社會的藝術之中。巫術—社會的法則極爲緩慢地淡化，然後形成審美的法則。」〔註 71〕資產階級所有的拜物教特徵、異化、專業化、分化等都是對起源的懷舊。詩人討厭日常詞語，但是詩人突然喚起長期掩埋在日常語言渣滓下的聯想，把一塊銅幣變成一枚熠熠閃爍的純金。「詩歌的詞不僅是客觀的意義，而且具有巫術的意

〔註 69〕 Ernst Fischer. *The Necessity of Art——a Marxist Approach*, trans. Anna Bostock, Penguin Books, 1963. P.156.
〔註 70〕 Ernst Fischer. *The Necessity of Art——a Marxist Approach*, trans. Anna Bostock, Penguin Books, 1963.pp.163～164.
〔註 71〕 Ernst Fischer. *The Necessity of Art——a Marxist Approach*, trans. Anna Bostock, Penguin Books, 1963. P.165.

義。」〔註 72〕原始人借助事物命名來創造對象，並把對象視爲自己。詩歌中的許多詞語直接從「起源」中產生。一首詩的詞語是充滿朝氣的、純淨的、沒被沾染過的，好像濃縮了一個隱秘的現實。抒情詩是無用的、天眞的，因爲它不局限於明白曉暢的陳述而是依賴於巫術，因爲它和詞語打交道，因爲它遠遠脫離了現時的習慣用語。詩人不是使用日常交往的規範語言，「每個詩人渴求創造一種能夠直接表達的完全新的語言，或者回歸到『起源』，回歸到古老的、沒有磨損的、具有巫術力量的語言的深度。」〔註 73〕諸多抒情詩給語言增添了從沒聽說過的新詞語，發現被遺忘的詞語，恢復普遍詞語的原初而鮮活的意義。波德萊爾詩歌對城市的孤獨的發現不僅是把一種新的顫動帶入了世界，而且在上百萬人無意識適應這種體驗的心靈裏敲擊了一串喚起共鳴的音符。爲了產生這種共鳴，詩人使用了現有的語言手段，但是每一個詞都獲得了新的意義。這種新穎性在於詩中詞語的辯證法、詞語的交互性，也在於詩中的每一個詞語不僅傳達了內容，而且事實上就是內容本身，是一種自律的現實。詩歌中的每一個詞語就像水晶中的原子，具有自己的空間：這構成了詩歌的形式與結構。「藝術作品的形式不僅是其內容的恰當的工具：它原本地、『優雅地』解決了內容的困難，解決了藝術家對形式掌握的純粹愉快的困難。形式始終是一種勝利，因爲它是問題的解決辦法。因而審美的質性被轉變爲道德的質性。」〔註 74〕正是形式的獨創性，有時構成了藝術作品的本質。馬雅科夫斯基使用新的節奏使得其紅軍之歌成爲詩，獲得自身的質性。可見，費歇爾不是固守形式主義的觀點，而是與社會歷史批評、人類學批評深入結合了起來。

　　費歇爾通過原始藝術與現代藝術的理解，把握了形式對藝術的重要性，認識到形式本身的人類學價值與事實存在，藝術本身就是形式的問題，形式是藝術審美的特性，同時他又把形式視爲內容的凝聚，視爲社會經驗的表達，內容與形式的相互滲透不可分離，這樣審美與意識形態在藝術中獲得了高度的統一，這正是文藝的審美意識形態理論的重要的合法性根據。

〔註 72〕Ernst Fischer. *The Necessity of Art——a Marxist Approach*, trans. Anna Bostock, Penguin Books, 1963. P.167.

〔註 73〕Ernst Fischer. *The Necessity of Art——a Marxist Approach*, trans. Anna Bostock, Penguin Books, 1963. P.168.

〔註 74〕Ernst Fischer. *The Necessity of Art——a Marxist Approach*, trans. Anna Bostock, Penguin Books, 1963. pp.193～194.

三、資本主義與社會主義藝術的必然性

　　費歇爾還從人類的歷史、現狀與未來探究藝術存在的可能性，具體分析了藝術與資本主義、社會主義或共產主義的問題。

　　就藝術與資本主義而言，費歇爾認識到藝術在資本主義的必然性同時也揭示了其悖論。資本主義把一切都變成了商品。以前藝術家爲特有的委託人而工作，現在爲無名的購買者生產，藝術成爲商品，藝術家成爲商品生產者。藝術作品越來越屈從於競爭規律，藝術家成爲自由的，自由到荒謬的程度。資本主義敵視藝術但是又需要藝術，並產生了巨大的藝術力量，產生新的情感和觀念，賦予藝術家以新的藝術表達手段，帶來了藝術的發展與繁榮。這是一種悖論。費歇爾指出，波德萊爾作爲「爲藝術而藝術」的代表，設立了神聖的美的雕塑來對抗自鳴得意的資產階級世界，他在不再有任何尊嚴的社會裏宣揚詩人的尊嚴。他對現實的厭惡使之退入爲藝術而藝術之中，從而使現實恐怖化，拒絕爲資本主義購買者生產藝術作品，但是他又信賴文學市場，爲之生產文學產品，「試圖孤立地突破資產階級世界，但同時又確信其『爲生產而生產』原則。」〔註 75〕爲藝術而藝術導致了最後的虛無，抗議轉變爲沉默的退卻。費歇爾還從異化、去人格化、神秘化方面剖析資產階級時代的藝術特徵及其問題。異化概念最早被盧梭在《社會契約論》中提出，如果一個人被別人代表，就出現了異化。黑格爾和馬克思在哲學上對異化進行了解釋。當人通過工作和生產與自然分離的時候，人的異化就開始了。人控制自然，就超越了自然，成爲自然的陌生人。但是人類可以克服這種異化，「創造性的藝人就能夠在工作中感到在家，對其產品懷有個人的情感。」〔註 76〕在工業社會勞動的分工和商品社會中，異化就不可能克服了。工人與其創造的產品相疏離，迷失在生產行爲之中，產品控制了生產者，客觀對象比人更強有力，人因爲專業化和分工而成爲破碎的，失去了與整體的聯繫。總體的異化感受轉向了總體的絕望，轉向了虛無。虛無主義遵循了退化的邏輯，激進虛無主義對資本主義社會進行激進批判，但他沒有意識到又被掌控在資產階級手中。在異化的世界，只有物才有價值，人已經成爲物之一，這種去人格化在藝術中也得到了表現。晚期資本主義文學藝術以神秘性來掩蓋現實。社會現

〔註 75〕Ernst Fischer. *The Necessity of Art——a Marxist Approach*, trans. Anna Bostock, Penguin Books, 1963. P.70.

〔註 76〕Ernst Fischer. *The Necessity of Art——a Marxist Approach*, trans. Anna Bostock, Penguin Books, 1963. P.81.

實與關係都被轉變爲非時間的幻覺，轉變爲永恆的原初存在。文學藝術去社會化，逃離災難的現實社會，擺脫任何社會現實的形式，以試圖達到純粹的本眞的存在，巫術般地關注單一對象，使之轉變爲物本身。但是，在異化的資本主義社會，藝術是必然的，它顯示了對異化社會的反抗，表達了人類對非異化的理想存在的設想，探尋人類存在的本眞現實。藝術本質是批判的：「在資本主義社會，所有重要的藝術家和作家的共同特徵就是不能與他們周圍的世界和諧相處。」〔註 77〕藝術是對社會現實的否定，是一種虛幻的反抗。世界變爲虛假的事實、詞語、廣告、慣例的幻想世界，脫離了事物本身。現代藝術家搗毀了這種虛假的現實世界，堅持尋找和觀看是其所是的事物，重構眞正的現實。薩林格爾（Salinger）的小說通過奇特的方式發現了眞實的現實，愛森斯坦、卓別林、卡夫卡、布萊希特、喬伊斯、福克納、畢加索等文學藝術家拒絕陳詞濫調，不斷探索新的「世界圖像」。本雅明在《歷史哲學提綱》中談及天使面向過去與未來的兩副面孔，喚起了這些藝術家的靈感，使之重新構造了新的現實。「在商業力量強大時代，藝術的功能之一就是顯示出，自由仍然存在著，人能夠創造出他想要和需要的情景。」〔註 78〕

那麼，社會主義藝術何爲呢？費歇爾認爲，批判現實主義是個體浪漫地反抗資本主義社會，但是社會主義藝術家採用了工人階級的歷史視角，從今天來描述明天，不是浪漫主義的烏托邦幻想。社會主義藝術不是最終消除矛盾，仍然「不能缺乏批判的因素」，「因而眞正的社會主義現實主義也是批判現實主義。藝術家的人格不再沉醉於對周圍世界的浪漫的反抗，『我』與共同體的平衡從來不是靜止的；它必須借助於矛盾與衝突不斷被建構起來。」〔註 79〕布萊希特認爲，社會主義藝術必須發現新的形式來描繪新的現實。當代社會主義藝術家和作家的任務就是用適當方式表現新的現實，使大眾進入文化生活之中。社會主義藝術市場的雙重任務，一是滿足人民的眞正的藝術的欣賞，二是強調藝術家的社會責任。這種責任不是遵循主流統治者的趣味，而是意味著藝術家最終是被社會所賦予使命的。他不僅爲自己也爲他人找到

〔註 77〕 Ernst Fischer. *The Necessity of Art——a Marxist Approach*, trans. Anna Bostock, Penguin Books, 1963. P.101.

〔註 78〕 Ernst Fischer. *The Necessity of Art——a Marxist Approach*, trans. Anna Bostock, Penguin Books, 1963. P.204.

〔註 79〕 Ernst Fischer. *The Necessity of Art——a Marxist Approach*, trans. Anna Bostock, Penguin Books, 1963. P.113.

新的現實，他們生活在哪種世界，從何而來，到什麼地方去。這種現實已經在資本主義世界裏消失了，但是在古希臘藝術和哥特式藝術中存在著，這些藝術實現了人格的自由和集體的綜合。每一次重大的革命就是一次綜合，動態平衡的干擾不斷發生，在新的條件下獲得新的平衡。社會主義藝術就是表明，在不斷進步的動態統一中，「所有異化的症狀最終被消除」。〔註80〕社會主義藝術家設置了一個理性的、人性的世界的可能性。在權力是如此巨大和運作是如此朦朧的情況下，「社會主義藝術的核心問題就是描繪無名的客觀對象後面的人，體現人戰勝這些對象的可能性。」〔註81〕

雖然當代科學技術超越了詩人的想像，藝術面臨死亡，但是科學技術也導致了不完美，藝術仍然是必然的。即使在充滿人性的共產主義社會，藝術仍然有所作為。費歇爾指出：「人類始終需要科學，以便從自然中獲得各種可能的秘密和特權。並且，人類始終需要藝術，以便在自己的生活中處於在家狀態，也在其想像力仍然無從支配的那部分現實中處於在家狀態。」〔註82〕在人類發展的最初的集體時期，藝術是和神秘的自然力量做鬥爭的重要的輔助武器。在階級衝突的社會，藝術成為理解社會衝突、想像可以改變的現實、征服個體的孤獨的主要手段。在社會主義國家，藝術成為啟蒙和宣傳的手段。在共產主義社會，藝術的本質功能不再是巫術的也不再是啟蒙的。這個社會沒有民族或者階級的中心，藝術存在於社會生活之中。「藝術的永恆的功能就是把每個人還沒有的完美，把普遍人類的完美重新創造成其自己的經驗。通過這種重新創造的過程，顯示了藝術的巫術：現實能夠被變革、被掌握，能夠被轉變為遊戲。」〔註83〕藝術最終把人類和人類種族、整個世界統一起來。藝術的經驗不再是一種特權而是自由積極之人的普遍的恩賜。因此，藝術始終具有必然性：「人類通過勞動工作而變成了人，……人類走出了動物王國，並因此造就成魔術師，人也就成為社會現實的創造者。人類也將成為偉大的魔術師。一直將是把火種從天國帶到地球的普羅米修斯（Prometeus），一直將

〔註80〕Ernst Fischer. *The Necessity of Art——a Marxist Approach*, trans. Anna Bostock, Penguin Books, 1963. P.210.

〔註81〕Ernst Fischer. *The Necessity of Art——a Marxist Approach*, trans. Anna Bostock, Penguin Books, 1963. P.215.

〔註82〕Ernst Fischer. *The Necessity of Art——a Marxist Approach*, trans. Anna Bostock, Penguin Books, 1963. P.219.

〔註83〕Ernst Fischer. *The Necessity of Art——a Marxist Approach*, trans. Anna Bostock, Penguin Books, 1963. P.223.

是以音樂使自然相形見拙的俄耳甫斯（Orpheus）。只有人類自身消亡，藝術才消亡。」〔註 84〕費歇爾把藝術的必然性與人的必然性內在統一起來，挖掘出藝術的人類學本體基礎，這種基礎也是審美意識形態的基礎。

四、價值與缺失

《藝術的必然性》體現出馬克思主義審美人類學的特色。費歇爾借助 19 世紀以來的文化人類學研究成果，接受了 20 世紀語言學轉向的形式主義的文論觀點，對藝術與審美的基本問題進行了人類學的闡釋，在馬克思哲學人類學的普遍價值角度思考藝術的起源、功能、歷史發展及其未來走向，其價值與意義是卓著的。

首先，費歇爾把文化人類學的成果和馬克思主義的實踐哲學結合起來思考藝術的起源、功能、本質等問題，避免了對藝術問題的簡單、機械的認識。對於藝術起源的問題，一些馬克思主義文藝理論家僅僅從勞動決定意義，或者直接從社會存在決定社會意識，從經濟基礎決定上層建築來理解。這是把馬克思主義的哲學原理應用於文藝研究之中，無疑忽視了重要的中介因素與複雜機制，從而導致了馬克思主義文藝思想的庸俗化，無法有效闡釋人類社會中豐富多彩的文藝現象。這也是馬克思之後的馬克思主義文藝美學家所面臨的問題。普列漢諾夫試圖以「社會心理」的範疇解決藝術與經濟基礎的中介問題，西方馬克思主義美學家從不同的視角切入這個中介機制之中。費歇爾在考德威爾的美學基礎上對文藝與勞動的關係展開了細緻的辨析，尤其借助於巫術的理解，借助於勞動的巫術性的闡釋，對人類的藝術性訴求以及藝術的巫術性、勞動實踐性深入開掘，反思了藝術的起源、功能、本質等核心問題，促進了馬克思主義文藝美學的建構，同時也增強了馬克思主義文藝美學闡釋人類文藝現象的有效性與活力。萊恩說：「在赫魯曉夫領導下的『解凍』時期，某些西方的共產黨作家也以更為激進的態度對社會主義現實主義的原則給予重新評價。這些人中影響最大的是羅傑·加洛蒂（1963）和恩斯特·費歇爾（1963）。」〔註 85〕所羅門認為：「費舍的《藝術的必然》是繼芬克爾斯坦的《藝術與社會》之後第一部重要的馬克思主義美學通俗介紹。它的作

〔註 84〕 Ernst Fischer. *The Necessity of Art——a Marxist Approach*, trans. Anna Bostock, Penguin Books, 1963. P.225.

〔註 85〕 見馮憲光：《「西方馬克思主義」美學研究》，重慶出版社 1997 年版，第 111 頁。

用是表明完全有可能寫出非日丹諾夫主義的共產黨美學。在論述藝術的作用時，費舍基本上是考德威爾派（雖未提及考德威爾的名字），他的主要目的是使那些禁錮著馬克思主義藝術理論的概念（特別是現實主義的概念）擺脫僵化。」〔註86〕

　　第二，費歇爾立足於人類學，從人存在的境遇、人類的文化價值追求、人類的自由性、個體性與集體性來思考藝術的起源、功能、發展，確立了藝術的必然性，體現出對人的關注。人類學視角在原始族群中體現爲人類作爲物種與自然的關係，在這種關係中藝術作爲支配自然、控制自然、增強人類的生存與發展的能力而具有必然性，作爲個體與集體的融合的媒介而與人類相伴隨。在階級社會，藝術作爲人類本性的非異化的生存理想和異化的社會現實形成對立關係，在這種關係中藝術亦是必然的，它作爲發現新的現實，作爲對異化的否定與批判而賦予人類以價值。因此，費歇爾的馬克思主義審美人類學是立足於人類文化的事實和價值，有著馬克思主義哲學人類學的鮮明特色。這種強調自由的人的藝術觀點在當代資本主義社會和現存社會主義社會仍然是有價值的。可以用伊格爾頓的話說，人類本身就是文化的存在，人類的「『物種的存在』帶著結構性的斷溝或者空缺，如果想繁衍和繁榮，就必須在其中植入某種文化；文化可以是多種多樣的，但文化的必要性是不變的。」〔註87〕因此。這種賦予藝術永恆的文化價值的人道主義美學對於建設社會主義以及共產主義藝術美學是有啓發的。

　　第三、從內容與形式方面切入藝術存在的必然性，探究藝術形式的人類學基礎，深化了馬克思主義文藝理論關於內容與形式的關係的認識。費歇爾既堅持內容產生形式的現實主義美學觀念，同時又充分肯定形式對藝術具有的本質性地位，深入地揭櫫現代主義藝術的形式價值。藝術形式不僅是一種策略、手段，同時融合了社會經驗與意識形態，形式本身就是內容，審美本身就是意識形態，這可以深化文藝的審美意識形態論的思考，避免簡單地把審美意識形態視爲審美與意識形態的相拼、相加，作爲內容與形式的簡單關係的湊合。費歇爾的分析與伊格爾頓、詹姆遜等提出的「形式的意識形態」

〔註86〕梅·所羅門編：《馬克思主義與藝術》，杜章智、王以鑄等譯，文化藝術出版社 1989 年版，第 277 頁。

〔註87〕特里·伊格爾頓：《馬克思主義文學理論》，載《歷史中的政治、哲學、愛欲》，馬海良譯，中國社會科學出版社 1999 年版，第 111 頁。

有內在的一致性。這是西方馬克思主義文藝美學的顯著特色,同時也是其深化文藝美學的建設,更關注現代主義藝術的表現,彰顯出馬克思主義美學的開放的視野。

費歇爾的馬克思主義審美人類學具有重要的價值和意義,可以為我國的社會主義文藝理論建設提供一些啓發,尤其可以促進對「以人為本」的觀念的研究,深化文學是人學的命題的探討。但是其人類學的模式是有缺陷的。伊格爾頓在總結包括費歇爾在內的馬克思主義人類學批評時指出:人類學批評提出一些「令人生畏的根本性問題」,對藝術的重大問題設置了「某些永久的同一性」,「往往用進化代替歷史」,「代表了某種原教旨主義的唯物主義」。〔註88〕在後現代的多元主義的文化格局中,費歇爾的馬克思主義審美人類學的模式面臨著困境,這就是他的宏大敘事的總體化的美學形態的困境、進化論的歷史哲學的困境、人類中心主義的傲慢姿態的困境。費歇爾始終以人類物種範疇作為價值尺度,探尋藝術與勞動、巫術的內在一致性關係,以獲得人類支配自然、掌握自然的本質力量,在階級社會藝術成為尋求自由的表達媒介,在未來的共產主義社會藝術成為人走向完美的必然形式,它建構了以人類物種為中心的進化論的文藝美學。這種人類中心主義的文藝美學忽視了人與自然、客觀現實的互惠性的對話。人與現實對象的審美關係不僅是人控制自然、文化優越於自然的問題,而且涉及自然與文化,自然與人類的複雜關係。藝術作為人類的必然文化形式應該與自然進行對話,而不僅僅是支配力量的獲得。人既是文化的存在同是也是肉體的自然存在,是價值與生命的複合體,是人自身與世界關係的複合體。馬克思主義審美人類學在思考物種的普遍性功能時理應充分考慮人的物種的脆弱性、有限性、歷史性、偶然性、性別身份,在堅守人類普遍的自由的同時意識到人類面臨的諸種牢籠與困惑,避免人類物種的中心主義、進化論色彩的歷史哲學與最後救贖的浪漫情結,而使人類學在解決馬克思主義文藝美學的基本問題方面更深入,更具有活力,更能有效地闡釋現當代的文藝現象,使文藝的意義之泉持續不斷地湧入人類個體。

〔註88〕 特里·伊格爾頓:《馬克思主義文學理論》,載《歷史中的政治、哲學、愛欲》,馬海良譯,中國社會科學出版社1999年版,第110頁。

下篇
文藝批評實踐

第四章 傳統文化與意識形態

第一節 儒俠文化精神互補

在文化多元化的網絡時代，面對殖民主義文化的嚴峻挑戰，對民族文化精神進行挖掘與探討並去粗取精的任務日益顯得迫切重要。儒文化以其尚理性、穩定性、富有彈性的優勢一直主宰著中華文化，這是有目共睹的。近年來，不少研究者對俠文化探本求源並極力弘揚其精髓，加之武俠小說與電影電視研究的推波助瀾，使得俠文化精神愈是彰明，引起了不少國人的重視。進一步，人們開始清理並審視儒俠文化精神的深層結構，但意見頗不一致，或曰儒俠對立，或曰俠出於儒，等等。筆者認為儒俠文化共同植根於中華民族深層的心理結構中，有著其內在的契合點與背離點，兩者在現實中交織影響，構成複雜的互動的關係，以影響著中國的文化精神。深入考察兩者的這種複雜關係，對弄清各自的文化結構以及對於中國優秀的文化精髓的現代性轉化無疑是十分必要的。

一、儒俠文化精神結構

儒俠文化不僅僅徒具外在的軀殼，更有其內在性，它們以亙古已久的行為模式、風俗習慣、言語符號無意識地積澱在炎黃子孫的心裏。實際上，它們已形成了兩種文化理念，或者說具有思辯性的形而上的哲學精神，有各自的文化系統結構。

儒文化雖已為古今論者所深究，而對其文化系統結構的研究還有待於借

西方文化理論之利器加以科學化。因筆者學識所限，只能作一粗淺的嘗試。我僅以孔孟的儒家經典爲據，以盡可能地把握儒文化的原初性與純粹性，並以之辯駁對儒之精髓的「誤讀」，如荀子嚴責的「俗儒」，孔子所謂的「小人儒」，胡適所言的「懦弱」等，從而達到較爲全面系統地審視儒家文化精神。在《論語》、《孟子》這兩部儒家經典中已經明顯地概括了儒文化結構，即「仁」「義」、「禮」、「智」、「勇」、「信」、「樂」。這些文化因子是儒家論君子、成人、全人的標準。試舉幾處：「君子義以爲質，禮以行之，孫以出之，信以成之，君子哉」（《論語·衛靈公》）；「知者不惑，仁者不憂，勇者不懼」（《論語·子罕》）。孟子強調人之四端仁、義、禮、智，它們猶如人有四體，十分重要，他歸結爲：「惻隱之心，仁之端也。羞惡之心，義之端也。辭讓之心，禮之端也。是非之心，智之端也」（《孟子·公孫丑上》）。諸如此類，不乏列舉。雖然孔孟的思想有些出入，但上面歸納的文化因子都是兩者所倡導的，只是有些側重點稍異而已。而且，孟子反覆說自己是繼承孔子之說，並數次借用孔子之言來論辯。這兩部經典已形成了一種全方位的修身治國平天下，修身立道，既靈活又有掛制力的儒家文化結構。需注意的是，這種結構不是靜止的，而有極大的彈性，具有生成的功能和較強的適應性，因而它擁有較爲頑強的生命力。當「仁」、「禮」、「樂」結合時，它就產生高雅而「溫柔敦厚」的儒文化子系統，這種文化對歷代文人、知識分子、上層社會產生了極爲深刻的影響。當「仁」、「義」、「智」、「勇」、「信」凸現時，它便形成以義勇爲核心的剛性文化。這種儒之子文化常爲眾人忽視，以貶儒爲「懦弱」。豈不知，孔孟多次談及「勇」、「剛」，並十分重視。如「勇者不懼」（《論語·子罕》），「剛毅木訥，近乎仁」，「仁者必有勇」（〈論語·憲問〉）等。「勇」是君子，成人，全人必備的標準，孔子痛惜當時「勇」的消失，「吾未見剛者」。（《論語·公冶長》）只不過，孔子強調「勇」的適當體現，應符合「禮」、「義」，不能亂施，否則「勇而無禮則亂」（《論語·泰伯》），「君子有勇而無義爲亂，小人有勇而無義爲盜」（《論語·陽貨》）。可見孔子極富有理智，即使你有神仙般的「勇」，倘使不仁不義，去亂殺無辜，荼毒生靈，亦無人譽之。因此，儒家文化具有剛柔相濟的特性。由這些文化因子的不同組合，它就生成多種文化子系統，從而使儒文化體現出多樣化的精神品格。

相比之下，要弄清俠文化精神結構就困難得多。儒文化有大儒爲代表，有經典著作爲之言說，其縱使博大精深，也較好把握，而對俠之文化精神的

看法從古到今眾說紛紜，莫衷一是，甚至截然對立。特別是僞俠、小人俠、雜俠、盜俠等等異質因素的現實存在，給俠之文化精神的建構帶來不少困擾。一些人因一己之見以偏概全，對俠之精神作了極爲不公允的評價。如韓非貶「俠以武亂禁」（《五蠹》），荀悅說「立義氣，作威福，結私交，以立強與世者，謂之游俠」（《漢紀》）。這些對俠的界定一則沒有道出其本質，二則過於偏頗，不足信。我們說過，重要的是發掘俠之精神，俠爲人們古往今來崇拜的內在精髓。因此，我們必須去粗取精，除去現實中的俠客的言行以及論俠者觀念中俠的不軌之處，挖掘俠的閃光點並確定其文化結構，以達到爲俠正名，發揚俠之精神的目的。首先爲之正名的無疑是司馬遷，他贊許道：「今游俠，其行雖不軌於正義，然其言必信，其行必果，已諾必誠，不愛其軀，赴士之阨困，既已存亡死生矣，而不矜其能，羞伐其德。」我們知道，在西漢，批著俠的不少現實人已開始變質，如「北道姚氏，西道諸杜，南道仇景，東道趙他，羽公子，南陽趙調之徒，此盜跖居民間者耳」（《史記·游俠列傳》）。司馬遷嚴屬地批評了這種現象，認爲「這是俠之羞，不足道」。他們圖私利，殺無辜，「其實皆爲財用耳」（《史記·貨殖列傳》）。更有甚者，「至如朋黨宗彊比周，設材役貧，豪暴侵凌孤弱，姿欲自快，游俠亦醜之」（《游俠列傳》）。可見，司馬遷在雜色人物以俠之名而躍居的時代，能以理性的認識來辯其眞僞，較爲公允地提煉出俠之精華，爲後代更深入地探討它開掘了先河。自漢以降，司馬盧、李贄、章太炎、梁啓超、馮友蘭、鄭振鐸、魯迅等都從不同的角度探討了俠。湯增璧和吳小如也有對俠之精神的研究。前者把俠之道分爲三個組成部分，即「堅持正義」、「投之艱巨」、「外事爽捷」〔註1〕。後者把俠義傳統概括爲三個特徵，即「一、有血性，有強烈的正義感和責任感，二、言行深得人心，有群眾基礎，三、有超人武藝」〔註2〕。鄭春元指出俠的本質在於「利他性」，認爲「具有急人之難，捨己爲人，伸張正義、自我犧牲精神的人就是俠」〔註3〕。武俠小說家梁羽生認爲「俠就是正義的行爲」〔註4〕。這說到了點子上。相比之下，我認爲海外學者龔鵬程的提煉更爲精當，他提

〔註1〕 湯增璧：《崇俠篇》，載張丹、王忍之編《辛亥革命前十年間時討論集》第3卷，三聯書店1960年版，第82、84、88頁。

〔註2〕 《古典小說漫稿》，上海古籍出版社，第140～141頁。

〔註3〕 冬碩之：《金鏞梁羽生合論》，載《梁羽生及其武俠小說》，偉青書店1980年版。

〔註4〕 鄭春元：《俠客史》，上海文藝出版社1999年版，第4頁。

出：「俠是一個急公好義，勇於犧牲、有原則、有正義感，能替天行道，紓解人間不平的人」〔註5〕。綜上所述，我們把上述論述到有關俠客身上的優秀的行爲模式、精神品質加以概括，可以看到，俠之文化精神的因子爲：正義、勇、信、濟。也就是說，這幾個文化因子的結合就生成了俠之文化精神。注意，這不是現實中的俠客形象，而是集他們的精華而成的較爲內在穩定的文化精神，它比具體的俠客精神更精粹。

二、儒俠文化精神的契合點

從上面論述我們可以看到儒俠文化存在著一致性。對於此，不少學者已有所注目。而章太炎甚至認爲俠出於儒。我們這兒不必去探究這種俠的起源說是否合理，但不能抹煞的是作爲國學研究者，他清晰地意識到儒俠文化精神在一定程度上有著契合點，如他說：「世有大儒，固舉俠士而並包之。」〔註6〕他還認爲儒學八派之一的浮雕氏「不色撓，不目逃，行曲則違於藏獲，行直則怒於諸侯」〔註7〕，以至於游俠興。浮雕氏體現出的儒俠精神的同一是不言而喻的。海外學者夏志清也有類似的看法，在研究中國古典小說的過程中，他發現：「受天之命起而推翻腐敗王朝的義民首領，以寡敵眾捍衛邊疆而譴誹謗的將軍，直言諍諍的忠臣，判案入神明的法官，以及除暴安良的劍客……都是滿懷奉獻理想的儒家英雄的典範。」〔註8〕這兒，夏志清把儒俠相提並論，並對其同一的精神實質加以釐定，即「滿懷奉獻理想」。爲了更深入地把握兩者的一致性，我們十分有必要來分析其文化結構的契合處。

儒俠文化結構因子如下：

儒：「仁」、「義」、「智」、「勇」、「信」、「禮」、「樂」。

俠：「正義」、「濟」、「勇」、「信」。

不難看出，兩者文化結構的一致性在於「仁」（「濟」）、「義」、「勇」、「信」。儘管他們在措詞上不完全相同，但是其文化精神的終極目的卻是一樣的。儒文化以「仁」爲核心，有「殺身成仁」的說法。何謂「仁」？乃是「恭、寬、信、敏、惠」（《陽貨》）。又說「仁者愛人」。所以儒之精神的目的是善，孔子

〔註5〕龔鵬程：《大俠》，臺灣錦冠出版社1987年版，第3頁。
〔註6〕章太炎：《檢論儒俠》，《章太炎卷》，河北教育出版社1996年版，第223頁。
〔註7〕章太炎：《檢論儒俠》，《章太炎卷》，河北教育出版社1996年版，第223頁。
〔註8〕夏志清：《中國古典小說導論》，胡益民、石曉林、單坤琴譯，安徽文藝出版社1988年版，第28頁。

說：「死守善道」（《泰伯》）。而「濟」又是「仁」的一個重要方面，當子貢對孔子說：「有博施於民，而能濟眾，何如，可謂仁乎？」孔子答曰：「何事於仁，必也聖乎，堯舜其猶病諸」（《雍也》）。孔子認爲廣施博濟之人，不僅僅算得上仁人，甚至還是聖人，哪怕像堯舜那樣的能人也恨做不到這點呢！孟子提倡「男女授受不親」之禮，但是如果一個人見「嫂溺不援」，他則斥之爲「豺狼」（《孟子離婁上》）。可見，儒家是推崇「濟」的。俠更是如此，如在「人之緩急」的時候，「路見不平，拔刀相助」；「爲人排患，釋難、解紛亂而無所取」；「千里贍急，不吝其生」；「赴士之厄困」等等，不勝枚舉。實際上，司馬遷已看到儒俠共同追求的「濟」：「救人於厄，振人不贍，仁者有採」（《太史公自序》）。不難看出，儒俠都較爲注重「濟」這一善的精神性行爲。

「義」是一個複雜而抽象的概念，其內涵與外延很難確定，宋代洪邁說：「人物以義爲名者，其別最多」〔註9〕。但是，在以孔孟爲代表的儒家經典中，儘管「義」的使用比較寬泛，與俠之文化結構中的「義」也有一些類似，甚至相互契合。孔子說：「與朋友言而有信。」有子說：「信近於義，言可復」（《學而》）。這表明，朋友之交，不單注重「信」，更要重「義」，只有這樣才可以實踐諾言。孔子又說：「君子喻於義，小人喻於利。」這兒「義」是與「利」相對的一種價值觀念，而這正是俠所崇尙的重義輕利的理念。如「重義輕生一劍知」〔註10〕；朱家「先以貧賤始」，「行俠仗義」，「決不圖報」。孟子更推崇「義」：「羞惡之心，義之端也」（《公孫丑上》）；「義，人之正路也」（《離婁上》）；「舍生取義者也」（《告子上》）；「路惡在，義是也」（《盡心上》）；「義之實，從兄是也」（《離婁上》）。雖然孟子有「有義之義」與「非義之義」之辯，還有君臣父子兄弟之義之別，甚至把義與仁、禮交織起來，但是，從上面引述中可以看出，孟子所倡導的在處理人與人的關係中，知羞恥憎惡之心，以義來爲自己走正路廣行四海的倫理價值觀念，成爲君子、聖人、俠客共同的內心信念。進一步看，兩者的「義」還有更高程度的契合。俠是伐社會之不平，尋求正義，即龔鵬程所說的「替天行道」，最終在於讓「天道」充滿人間。儒亦有類似的說法，「行義以達其道」（《季氏》）。因此，兩種文化精神在形而

〔註9〕 《容齋隨筆》卷八，「人物以義爲名」條，（宋）洪邁：《容齋隨筆》，中國世界語出版社1995年版，第67頁。

〔註10〕 （唐）沈彬：《結客少年場行》，《全唐詩增訂本》，中華書局1999年版，第七四三卷，第8544頁。

上的極點上握手了。俠之精神為歷代上層下層人民所欽慕與實踐同俠的這一特質是分不開的。

除這些核心文化因子有著某種程度的一致性之外，他們都看好實施的手段即「勇」。但相對而言，這種文化因子處於兩種文化圈的外層。常以「和」為貴的儒強調「勇」，而一貫以「勇」「武」著稱的俠並不一定有「武」，如朱家、郭解、季禮等都不喜武好勇，關鍵在於能否行俠仗義。所以梁羽生說：「『俠』比『武』更為重要，『俠』是靈魂，『武』是軀殼。『俠』是目的，『武』是達成『俠』的手段。與其有『武』無『俠』，毋於有『俠』無『武』」〔註11〕。雖然如此，但如果武俠、勇義並舉，將更為儒俠所認同。

綜上所述，儒俠兩種文化結構有著一些共同的文化因子，從而使得兩種文化精神相契合，「俠的傳統，與儒的傳統並非對立的，而是本來合一的」〔註12〕。正是這種契合使中國文化有彈性和適應性。俠文化因儒文化而得到隱形的張揚（雖然不少人對俠嗤之以鼻），發揚儒文化剛烈純粹的一面；另一方面，儒文化因有俠之精神的加盟而不斷地審視自身，使為上層統治階層、高雅文人所選擇接受的溫柔敦厚的軟性文化受到俠文化的拊制力，也矯正了這些人的心裏失衡。這樣儒俠文化就體現出較為複雜的動態性。與此相應，儒俠同體也就出現了。忠義之俠在《水滸》中得到體現，清官之俠也有之。武俠小說盟主金庸筆下的郭靖說：「為國為民，俠之大者。」可見，儒俠文化精髓濡染國人甚深，俠借儒在儒文化中延續，儒借俠而在俠文化中演進。也正是這種一致性，使得這些人沒有構成內心的文化衝突。

三、儒俠文化精神的離異

儒俠文化系統中除具有相同或相似的文化因子之外，還含有各自不同的文化因子，這就導致了兩者的離異。儒文化系統中的多種要素猶如 DNA 基因一樣，它們的不同建構便生成不同的文化子系統，從而使儒文化成為囊括自身—家庭—國家這樣全面的社會人生的一個文化精神。在和平時代，「禮樂」文化被凸顯出來；在國難民危之際，「義勇」文化得到強化。而且，因為儒文化的因子中還包容更細更多樣的文化因子，如「仁」又有「恭、寬、信、敏、

〔註11〕 冬碩之：《金鏞梁羽生合論》，載《梁羽生及其武俠小說》，偉青書店 1980 年版。

〔註12〕 何新：《俠與武俠小說源流研究》，《文藝爭鳴》，1988，第 1 期。

惠」等，「義」有君臣之義、父子之義、兄弟之義，「禮」更含君臣之禮、父子之禮、夫妻之禮、兄弟之禮、朋友之禮，這樣，儒文化就具有極大的包容性和較強的適應性。尤其值得注意的是，一些文化因子如「禮」「恭」「敬」「畏」等由於長期實踐而內化爲人們自身信念後被建構起來的儒文化子系統，就背離了儒文化之精華，成爲壓抑人性的無形枷鎖。這時，「仁」「義」「濟」被抽空了，再沒有俠文化那種以義行道的精神，儒俠文化那種純粹的姻緣被拆解了，甚至針鋒相對。現實中的儒俠接受更多的異質文化，他們的離異更爲明顯。如在國難之際，如果儒文化背離了「仁」「濟」「正義」之精神，無疑會面臨著俠文化的嚴峻挑戰。這時，俠就成爲「文化離軌者」，並「常常形成對文化穩定性的某種衝擊而被視爲社會的離心力量」〔註13〕。這就是社會新生的徵召，也是俠之精神得到張揚的時候。

　　最後，我們來探討一下儒俠文化的特性。儒文化是全方位文化，外部具有多方面的包容性，其內部又存在動態性，一種子文化系統很容易受其他文化因子的制約，從而使儒文化精神具有約束力。這種結構特性使得它比較穩定，同時又有較強的修復能力。它通過行爲言語風俗儀式等符號積澱於中國人的意識中，既形成了十分深沉的隱性文化結構，又時時地在社會生活中「現身」。俠文化是一種尋求正義的剛性精神，它從遠古以來就紮根於中國人的意識深處並爲人們追慕，因此，它也有較穩定的隱性結構。但是，在現實中，它並不像儒文化那樣處處「現身」，它只得靠俠客來外化，又特別是在人之於厄、家之於困、國之於難時，俠義精神才活躍於世。所以，俠文化的外顯機率較之於儒文化相對少一些，缺乏儒文化那種較強的現實依附性和修復能力。

　　不難看出，儒俠各自的文化結構是很複雜的，而它們之間的離異也呈現出互動的複雜的態勢。就此，我們必須以客觀而科學的態度來挖掘探討。取其精髓，去其糟粕，並加以現代性的轉化，以迎接滾滾而來的文化霸權主義的嚴峻挑戰。

第二節　沉鬱頓挫的審美意識形態分析

　　陶開虞在《說杜》中感慨，杜詩注者多必曰「關係朝政」，以彰顯其憂國

〔註13〕陳山：《中國武俠史》，上海三聯出版社 1992 年版，第 42 頁。

憂民之抱負，因而引來諸多問題，顯得「牽合附會」。〔註14〕其之所以感慨，在於那些注解者忽視了杜甫詩歌的審美特性。我們試圖從文本的審美性與意識形態性來理解杜甫詩歌的「沉鬱頓挫」之風格，清理意識形態與詩歌文本、審美意象的結構性關係，通過杜詩「遊」和「舟」的意象的分析揭示出，杜詩可以視為儒家知識分子意識形態困境的隱喻。

一、儒家意識形態矛盾張力的審美呈現

杜甫詩歌中的抒情主人公形象是極為突顯的，與小說的敘述者一樣承擔了詩歌的言語行為的意義訴求，但是抒情主人公作為儒家意識形態載體，矛盾性與張力內涵於審美化的詩歌文本之中。這些張力主要表現為對儒家意識形態的堅守與怨刺，儒家意識形態與現實君臣關係的一致與對立，從而構成了儒家知識分子的個體生存經驗與意識形態的複雜糾葛。

儒家意識形態作為國家主要權力話語對儒家知識分子起著根深蒂固的規訓作用，從個體修身到齊家治國延伸，內聖外王，形成儒家知識分子的有機統一的文化身份與心理結構，從道德的個體力量進入想像性的「治國」的抱負。這種意識形態把偶然的個體提升到必然性的國家君王權力的想像空間。杜甫詩歌所體現出來的憂國愛民之志典型地透視了儒家知識分子這一心理歷程，表達治國之抱負的理想，以堯、舜、稷、契等先賢為偶像，「致君堯舜上，再使風俗淳」（《奉贈韋左丞丈二十二韻》），「死為星辰終不滅，致君堯舜焉肯杇」（《可歎》），「致君堯舜付公等，早據要路思捐軀」（《暮秋枉裴道州手箚率爾遣興寄近呈蘇渙侍御》），「竊比稷與契」（《自京赴奉先縣詠懷五百字》）。這不僅是詩歌抒情主人公自身的意識形態的選擇，不僅是杜甫個體的自由的人生選擇，更重要的是，這是儒家知識分子話語作為意識形態對其個體政治身份的塑造。個體有意識地選擇儒家意識形態，「蒙恩早廁儒」（《大曆三年春白帝城放船出瞿塘峽久居夔府將適江陵漂泊有詩凡四十韻》），而儒家意識形態以及與之相關的審美意識形態「溫柔敦厚」「興觀群怨」也就融入個體的血液之中，影響其看世界的態度與詩歌的表達、詞語的選擇、意象的抓取，「法自儒家有」（《偶題》），「風流儒雅亦吾師」（《詠懷古蹟五首》）。杜甫年少游泰山所作《望嶽》，其中詩句「會當凌絕頂，一覽眾山小」，此雖為一虛景，則表達了抒情主人公作為一個儒家意識形態話語影響的少年的出世積極的宏偉志向，而不是持有超脫世

〔註14〕　（清）仇兆鰲：《杜詩詳注》第五冊，中華書局 1979 年版，第 2338 頁。

俗的虛無主義情懷。廣德元年，年過五十的杜甫仍然心繫國之安危，撰《爲閬州王使君進論巴蜀安危表》。故左峴於《杜工部草堂集》中說：「杜少陵當天寶之亂，干戈騷屑，間關秦隴，崎嶇巴蜀，於成都浣花里種竹植樹，結廬枕江，縱酒賦詩，與田父野老相狎侮，彼其心曷嘗須臾忘國哉！」〔註15〕儒家意識形態所彰顯的仁愛使杜甫詩歌表現出對民的體恤和同情。故有「兵戈猶在眼，儒術豈謀身」（《獨酌成詩》）之志。杜甫詩歌的抒情主人公對儒家知識分子也是倍加同情和憂思的，「世儒多汩沒，夫子獨聲名」（《贈陳二補闕》），「儒衣山鳥怪，漢節野童看」（《送楊六判官使西蕃》），「紈袴不餓死，儒冠多誤身」（《奉贈韋左丞丈二十二韻》），「山中儒生舊相識，但話宿昔傷懷抱」（《乾元中寓居同穀縣作歌七首》），「傷哉文儒士，憤激馳林丘」（《送韋十六評事充同穀郡防禦判官》）。當時廣文館博士鄭虔，「道出羲皇」，「才過屈宋」，但是「官獨冷」、「飯不足」，杜甫作爲抒情主人公不得不感慨：「儒術於我何有哉，孔丘盜跖俱塵埃」（《醉時歌》）。在喪亂的時代，儒家知識分子是被邊緣化的，杜甫詩歌揭示得很清楚，「健兒寧鬥死，壯士恥爲儒」（《送蔡希魯都尉還隴右因寄高三十五書記》，「時危棄碩儒」（《哭台州鄭司戶蘇少監》），「天下尚未寧，健兒勝腐儒」（《草堂》）。「腐儒」一詞既表達了對儒生的同情，又微含對君國之怨意。《江漢》一首：「江漢思歸客，乾坤一腐儒。」仇兆鰲曰：「思歸之旅客，乃當世一腐儒，自嘲亦復自負。」〔註16〕《黥布傳》曰：「治天下安用腐儒爲。」〔註17〕

　　杜甫詩歌的魅力不僅在於儒家意識形態的表達，更在於詩歌內涵意識形態的張力結構。儒家意識形態和君臣權力關係構成了張力，使抒情主人公的個體生存經驗與意識形態的集體性紐帶發生扭曲。君臣關係是儒家意識形態的倫理政治的體現，臣對君的忠與君對臣的信，是儒家政治意識形態理想的權力紐帶，形成儒家意識形態的穩定的內在的結構模式，但是杜甫詩歌所呈現的君臣關係是疏離的。抒情主人公作爲儒家知識分子，作爲一個君之臣，而終身不遇，少壯科舉失意，四十四歲授河西渭而不拜，爲疏救房琯向君主開罪卻遭來君主之大怒，故國收復卻被逐金光門，「無才日衰老，駐馬望千門」（《至德二載甫自京金光門出間道歸鳳翔乾元初從左拾遺華州掾與親故別此門有悲往事》）。「近得歸京邑，移官豈至尊」（同上），詩句頗有怨情，而傅庚

〔註15〕 （清）仇兆鰲：《杜詩詳注》第五冊，中華書局1979年版，第2254頁。
〔註16〕 （清）仇兆鰲：《杜詩詳注》第五冊，中華書局1979年版，第2029頁。
〔註17〕 （清）仇兆鰲：《杜詩詳注》第三冊，中華書局1979年版，第1116頁。

生解作「移官遠至尊」更具意味，從一個「遠」字上體現出無比的愴涼，正是杜詩的沉鬱之處。〔註18〕其實，聯繫前句的「近侍」，詩歌的張力更突顯，更有意味，更顯「沉鬱頓挫」。杜甫的詩歌不僅呈現了抒情主人公的詩人形象，而且展現出一個張力結構，君臣關係的穩定權力結構被消解了，這種消解導致了杜甫形象作爲抒情主人公的孤獨性，其形象不是一個純粹聯繫君臣的忠信的集體性，而是成爲孤獨的個體性，從哈貝馬斯所謂的展示性公共領域中退卻到個體私人領域，個體性的生命體驗因而得到格外鮮明和具體的彰顯。抒情主人公回歸故里見妻兒，親見白骨露於野，小兒死於飢餓，妻子更見情誼，鄰里風俗淳厚，與朋友遣興唱和，飲酒作樂，登臺觀景。這些個體性體驗與君臣之間的權力關係割斷了。杜甫詩歌的審美力量不僅是來自於與儒家權力意識形態的疏離與斷絕，而且在於似斷非斷，在斷絕的邊緣又突然呈現出儒家意識形態的強大感召力量，從而形成複雜而頗具力量的結構。這種結構使得抒情主人公處於悲劇性的生存境遇之中，處於人生漂浮的張力之中。同時抒情主人公作爲理想化的儒家意識形態話語的堅守者又構成對現有君王、當權者的批判，但是又不能脫離對君王的念想，如此既懷君王，又怨之，「生逢堯舜君，不忍便永訣」（《自京赴奉先縣詠懷五百字》），眞是「仕既不成，隱又不遂，百折千回」。〔註19〕《遠遊》說「似聞胡騎走，失喜問京華」，掛念君王；《釋悶》則是「天子亦應厭奔走，群公固合思昇平」，怨刺可見。

詩歌的意識形態的張力結構構成了文本的審美力量，讓人反覆玩索，韻味無窮。也可以說，詩歌文本中體現了意識形態的張力，意識形態的張力創造了詩歌文本，二者渾然一體，從而構成杜甫詩歌文本的動感，充滿複雜性和悲劇性，可以用王國維的「有我之境」的「宏壯」言之，「無我之境，人惟於靜中得之。有我之境，於由動之靜時得之。故一優美，一宏壯也。」〔註20〕這可以說是杜詩「沉鬱頓挫」之風格的文本特性。事實上已經有杜詩的注釋者對這種張力進行探究，清代楊倫在《杜詩鏡詮》《自序》中談及涵詠杜詩而得其人，因人以論其世，「雖一登臨感興之暫，述事詠物之微，皆指歸有在，不爲徒作。計公生平，惟爲拾遺侍從半載，安居草堂僅及年餘，此外皆飢餓窮山，流離道路，及短詠長吟，激昂頓挫，蒿目者民生，繫懷者君國，所遇之困厄，曾不少

〔註18〕傅庚生：《杜詩散繹》，陝西人民出版社1979年版，第97頁。
〔註19〕（清）楊倫：《杜詩鏡詮》上，上海古籍出版社1962年版，第109頁。
〔註20〕徐調孚、周振甫注：《人間詞話》，人民文學出版社1960年版，第192頁。

芥蒂於其胸中。」〔註21〕君國與民生皆是儒家意識形態的權力話語，而流離、饑餓、困厄則爲個體孤獨之經驗，國家權力對杜甫而言只是一種想像的虛構，難以進入小我之血肉之軀，然而儒家權力意識形態的憂君憂民作爲抒情主人公杜甫形象的情結又是無法根除，沉浸於無意識之深處。這構成了杜詩的「沉鬱頓挫」的風格的一個重要因素。楊倫論杜詩言簡意賅，可謂切中肯綮，但是尚未從權力意識形態所構成的張力來讀解杜詩。事實上，以此視角重讀杜詩，不難發現微詞之大義，正如周樽所說：「顧公詩包羅宏富，含蓄深遠，其文約，其詞微，稱名小而指極大，舉類邇而見義遠。」〔註22〕杜詩的反諷、隱喻式的話語，增添了含蓄蘊藉的審美效果，同時也飽含了意識形態的張力。《麗人行》盡寫麗人之美，飲饌之豐，音樂之精，讓人沉湎其中而自樂，而「楊花雪落覆白蘋」，一句隱語透射出反諷，故有「痛之深而詞益隱」之說。〔註23〕

　　由此可見，杜詩之「沉鬱頓挫」，杜甫譽爲「千古第一詩人」，獨爲眾詩人之首，不僅是憂國憂民的儒家政治情結。白居易曰：「古今詩人眾矣，而子美獨爲首者，豈非以其流落饑寒，終身不用，而一飯未嘗忘君歟？」〔註24〕應該說，杜甫詩歌的成功在於將意識形態的矛盾性張力融入審美話語之中，融入詩歌文本的醞釀生成，融入嚴羽論詩歌之品格、用工、意象的醞釀以至於「詩而入神」的境界。〔註25〕鄭印在《杜少陵詩音義序》中說：「比類賦象，渾涵天成。」〔註26〕杜甫以詩歌之集大成者超出群雄，獨成一絕，體現了詩歌之自身的規律、規則的繼承與超越，「無一字無來處」（黃庭堅語），「古今作者代不同，都來涵孕神明中」（鄭日奎語）〔註27〕，「窮高妙之格，極豪邁之氣，包冲澹之趣，兼峻潔之姿，備藻麗之態，而諸家之作，所不及焉。然不集諸子之長，子美亦不能獨至於斯也。」（秦觀語）〔註28〕這也是杜甫作詩悟詩之道而又用之甚勤的結果，「爲人性僻耽佳句，語不驚人死不休」（《江上值水如海勢聊短述》）。其作詩之勤苦內在地得力於其貧困不得志之怨恨，以窮工對抗窮寒不遇，故能在字詞音韻的吟詠中飽含自身命運的體驗和超越，

〔註21〕　（清）楊倫：《杜詩鏡詮》上，上海古籍出版社1962年版，第8頁。
〔註22〕　（清）楊倫：《杜詩鏡詮》上，上海古籍出版社1962年版，第6頁。
〔註23〕　（清）楊倫：《杜詩鏡詮》上，上海古籍出版社1962年版，第58頁。
〔註24〕　（清）仇兆鰲：《杜詩詳注》第五冊，中華書局1979年版，第2318頁。
〔註25〕　郭紹虞校釋：《滄浪詩話》，人民文學出版社1961年版，第8頁。
〔註26〕　（清）仇兆鰲：《杜詩詳注》第五冊，中華書局1979年版，第2245頁。
〔註27〕　（清）仇兆鰲：《杜詩詳注》第五冊，中華書局1979年版，第2297頁。
〔註28〕　（清）仇兆鰲：《杜詩詳注》第五冊，中華書局1979年版，第2318頁。

彰顯出生命意味和意識形態的複雜性，可以從「遊」與「舟」的審美意識形態分析來審視這種幽婉的張力結構。

二、「遊」的審美意識形態張力

懷才不遇所表現的「遊」體現了古代儒家知識分子的境況，這是一種類似於曼海姆所謂的現代「自由漂浮的知識分子」或者阿爾弗雷德·韋伯的「無社會依附的知識分子」〔註29〕的生存境況。杜甫詩歌呈現的是一個傳統的儒家知識分子漂泊無定與審美經驗的融合的文本。《全唐詩》中，杜甫詩句中出現「遊」的次數爲 129 次，李白的詩句中出現的次數爲 136 次，兩個「遊」的主體雖然有共同之處，但是杜詩的抒情主人公作爲一個「遊」的知識分子，是「飄搖」之遊的知識分子，想進入政治權力體制而又不能，欲實踐儒家意識形態而又無奈，在政治權力想像與個體困苦生存之間飽受掙扎。這種人生經驗與倫理政治的選擇在唐代必然是悲劇性的，但是抒情主人公「遊」的審美經驗阻止了悲劇性的蔓延，也構成了其詩歌文本的張力。杜甫詩歌的抒情主人公通過遊觀自然之美、耽沉酒、吟詩遣興觀藝獲得的審美經驗打造了儒家知識分子的審美之「遊」的生存，這與儒家倫理政治構成了巨大的張力，因爲審美生存不僅是對抗超越了儒家倫理政治，而且兩種選擇最終皆不可能達到，審美自由之「遊」淪爲生存困境。

自然景物之美的遊觀與人世構成衝突，這是審美與意識形態衝突的表現之一。自然景物在杜甫詩歌中不是客觀之物，而是成爲審美對象，與詩歌中的抒情主人公達成物我合一的境界，從而萌生愉悅之心境，「不嫌野外無供給，乘興還來看藥欄」（《賓至》）。《北征》敘寫「我」歸家途中所寫之景，在悲苦與淒慘中帶來了心裏的寬適，「菊垂今秋花，石戴古車轍。青雲動高興，幽事亦可悅。山果多瑣細，羅生雜橡栗。或紅如丹砂，或黑如點漆。」這種自然美帶來的愉悅與現實人生的困難和痛苦形成鮮明對照，「乾坤含瘡痍，憂虞何時畢。」百姓的生死、家室的貧窮、疾病流瀉無藏，這是戰亂中痛苦而淒涼的現實，也是非人的現實，自然的審美構成對戰爭以及當權者的批判。詩歌中就形成了對立性的結構因素，抒情主人公不是克爾凱郭爾的或此即彼的選擇，而是交織一起，在入世與出世的二難之中：「緬思桃源內，益歎身世

〔註29〕（德）卡爾·曼海姆：《意識形態與烏托邦》，姚仁權譯，九州出版社 2007 年版，第 319 頁。

拙」，想逃逸現實但又抱有竭力侍君爲國之心。正是自然與人世的對立結構的
生成導致了杜甫詩歌文本的審美元素的張力，導致曲折之致，悲中見蘊藉，
而不是純粹的直接的悲慟。這種對立性因素包含了該詩歌的意識形態選擇，
既是對君王意識形態的擁護，同時也是對君王的批評，故王嗣奭說：「『聖心
頗虛佇』，微含風刺。」〔註30〕

　　酒在中國傳統詩歌中大多成爲情感的寄託之物，也是發洩與消解憂愁的
良藥，還是引發詩興之物，成爲審美意識形態的意象。杜甫耽於酒，「痛飲眞
吾師」（《醉時歌》）。其詩歌中「酒」的次數在《全唐詩》中位居第二（160 次），
比李白還多 8 次，題目中和詩歌中出現「酒」的次數合計爲 178 次，比李白
相差 6 次，位居第三。

《全唐詩》「酒」字統計表（前 9 位）

詩人名稱	題目中「酒」的次數	詩中「酒」的次數	次數合計
白居易	20	567	587
李　白	32	152	184
杜　甫	18	160	178
姚　合	3	128	131
許　渾	12	98	110
岑　參	8	98	106
杜　牧	4	91	95
劉禹錫	14	79	93
元　稹	6	83	89

　　杜甫詩歌中酒的意象是複雜的，有貶義的，如「朱門酒肉臭，路有凍死
骨」（《自京赴奉先縣詠懷五百字》），有寫酒之濃香的，「山瓶乳酒下青雲，氣
味濃香幸見分」（《謝嚴中丞送青城山道士乳酒一瓶》），也有超脫現實之痛苦，
抒發懷抱的，「濁醪必在眼，盡醉攄懷抱」（《雨過蘇端》）。酒的意象在杜甫詩
歌中主要體現爲抒情主人公的審美經驗的沉醉。但是酒之沉醉還飽含擔憂，
借酒澆愁愁更愁，《醉時歌》曰：「得錢即相覓，沽酒不復疑。忘形到爾汝，
痛飲眞吾師。清夜沉沉動春酌，燈前細雨簷花落。但覺高歌有鬼神，焉知餓

〔註30〕　（明）王嗣奭：《杜臆》，上海古籍出版社 1983 年版，第 59 頁。

死填溝壑。」明代王嗣奭詮釋說：「此篇總是不平之鳴，無可奈何之詞，非眞謂垂名無用，非眞薄儒術，非眞齊孔、跖，亦非眞以酒爲樂也。杜詩『沉醉聊自遣，放歌破愁絕』，即此詩之解，而他詩可以旁通。」〔註31〕「因其喜飲，謂爲酒徒，因其放歌，號爲狂客，此皆皮相者也。」〔註32〕杜甫在《雲安九日鄭十八攜酒陪諸公宴》中的詩句「萬國皆戎馬，酣歌淚欲垂」表達了這種酒的意識形態的複雜性。酒之樂與心之痛，酒之昏與心之醒相交織，「酒盡沙頭雙玉瓶，眾賓皆醉我獨醒。乃知貧賤別更苦，吞聲躑躅涕淚零」（《醉歌行》）。杜甫詩歌中的抒情主人公最終無法因酒而沉醉，而是飽含憂思苦恨，身處「酒」和「淚」動盪之中，位在出世與入世之間的激烈衝突中，這種衝突最後在詠詩之生存中穩定下來，「此身飲罷無歸處，獨立蒼茫自詠詩」（《樂遊園歌》）。可見，杜甫的詩歌文本包孕著動盪的張力。

酒也和吟歌起舞、遣興聯繫一起，所謂「李白一斗詩百篇」（《飲中八仙歌》），「樓頭吃酒樓下臥，長歌短詠迭相酬」（《狂歌行贈四兄》），「甫也諸侯老賓客，罷酒酣歌拓金戟」（《醉爲馬墜諸公攜酒相看》）。杜詩一個重要特點是突出作詩行爲，「純粹文人詩的寫作行爲」，〔註33〕突顯抒情主人公的作詩的過程與體驗，作詩成爲一種審美的生存。杜甫以「遣興」爲題的詩歌就有25首，居《全唐詩》之首，與之相關的詠、歌等的詩篇更多。「杜詩頻繁使用『歌』、『行歌』、『長歌』、『高歌』、『狂歌』、『悲歌』、『哀歌』等詞，在大部分場合是指作詩、歌詩。」〔註34〕這是抒情主人公的主動的有意識選擇的審美生存：「寬心應是酒，遣興莫過詩。此意陶潛解，吾生後汝期」（《可惜》）。不過，詩歌中的抒情主人公作詩的言語行爲不僅是興的審美體驗，而且還體現出作詩的憂愁之情狀，「賦詩獨流涕」（《昔遊》），「作詩呻吟內，墨澹字欹傾。感彼危苦詞，庶幾知者聽」（《同元使君舂陵行》）。「愁極本憑詩遣興，詩成吟詠轉淒涼」（《至後》），「照我衰顏忽落地，口雖吟詠心中哀」（《晚晴》），「賦詩新句穩，不免自長吟」（《長吟》）。「吟」之涕淚、淒涼、哀傷、悠長均顯示出作詩的言語行爲，雖然杜甫以「詩史」的現實主義創作爲學界所認同，

〔註31〕（明）王嗣奭：《杜臆》，上海古籍出版社1983年版，第23頁。

〔註32〕（明）王嗣奭：《杜臆》，上海古籍出版社1983年版，第35頁。

〔註33〕錢志熙：《「百年歌自苦」——論杜甫詩歌創作中「歌」的意識》，《中國文化研究》2004年春之卷。

〔註34〕錢志熙：《「百年歌自苦」——論杜甫詩歌創作中「歌」的意識》，《中國文化研究》2004年春之卷。

但是這種彰顯言語行為的方式已經具有現代主義的意味，同時這種方式也更突顯出抒情主人公憂鬱的真實心境。

因此，杜甫詩歌中的抒情主人公充滿動態的情感張力，悲鬱之不平，詩歌之怨情，和自然美的流連、酒的沉醉、詩藝的行為等審美經驗所構成的「遊」的情懷構成張力，後者的虛無性、超然性、無我性與愁悶、怨刺、窮愁形成對照。這是儒家知識分子進與退的選擇，進取而入世的儒家意識形態是明顯的，而退卻的怨恨亦為昭然。儒家詩歌之怨刺通過文本的生成最終消解為溫柔敦厚，趨於平靜，不平則鳴，鳴後則平。杜甫詩歌不平之鳴之後，悲慟之情發生轉移，作詩的審美經驗消解了自身的憂愁，心靈趨於穩定，詩歌遣興、述懷、飲酒、神遊自然都成為撫慰痛苦心靈之良藥。如此可謂溫柔敦厚。但是杜詩的複雜性在於，悲愁最終無法消解，詩歌文本始終脫離穩定性，遊最終不是釋家、老莊的空或無，寧靜以致遠，而是遊動、動盪，進亦憂，退亦憂，最終無法消憂，身無定所，遊蕩人生。這不是自由的遠遊，不是超然之遊，而是在出與入之河道中「飄」游，這是杜甫意識形態選擇的困境，也是儒家知識分子難以消解的生存困境，「汨乎吾生何飄零，支離委絕同死灰」（《晚晴》）。所謂達者兼善天下，窮者獨善其身，這只是儒家知識分子的理想的生存狀態，杜甫詩歌文本可以視為儒家知識分子意識形態困境的隱喻。這種困境在「舟」的意象中更集中地體現了出來。

三、「舟」的審美意識形態張力

根據《全唐詩》統計，杜甫詩中「舟」字出現的次數為 154，詩歌中與題目中的次數合計為 172，均為唐詩之冠。

《全唐詩》「舟」字統計表（前 9 位）

詩人姓名	題目中「舟」的次數	詩中「舟」的次數	次數合計
杜　甫	18	154	172
白居易	20	115	135
劉長卿	5	74	79
許　渾	12	54	66
李　白	7	55	62
孟浩然	13	45	58

詩人姓名	題目中「舟」的次數	詩中「舟」的次數	次數合計
岑 參	8	31	39
王昌齡	0	34	34
儲光羲	3	30	33

　　許慎《說文解字》曰：「舟，船也。古者共鼓貨狄刳木爲舟，剡木爲楫，以濟不通。」〔註35〕杜甫詩歌中的「舟」作爲審美意象，其意義更爲豐富，而最有意味的是表達飄搖之意蘊，成爲杜甫一生的生存狀態的隱喻，成爲意識形態的矛盾性的審美表達。杜甫於天寶十二年（年42歲）作的《渼陂行》把「舟」的意象的意義幾乎全呈現出來。第一、舟作爲彼岸目標之工具，成爲杜甫和岑參泛舟賞美景的載體，如在《渼陂西南臺》中所言：「從此具扁舟，彌年逐清景」。第二、舟也成爲自然之景中一部分，與「遊渼陂」之情致融爲一體，猶如《絕句》中的意境「兩個黃鸝鳴翠柳，一行白鷺上青天。窗含西嶺千秋雪，門泊東吳萬里船。」第三、舟中有危險，「天地黯慘忽異色，波濤萬頃堆琉璃。琉璃汗漫泛舟入，事殊興極憂思集。鼉作鯨吞不復知，惡風白浪何嗟及。」興與憂交替，何況渼陂水深莫測，故興難定哀思迭湧，「湘妃漢女出歌舞，金支翠旗光有無。咫尺但愁雷雨至，蒼茫不曉神靈意。少壯幾時奈老何，向來哀樂何其多。」雖然仇兆鰲談及此詩歌，說杜甫善於摹古，但是我們認爲，朱鶴齡的解釋可謂中肯：「始而天地變色，風浪堪憂，既而開霽放舟，冲融裊窕，終而仙靈冥接，雷雨蒼茫，只一遊陂時，情景迭變已如此。況自少壯至老，哀樂之感，何可勝窮，此孔子所以歎逝水，莊生所以悲藏舟也。」〔註36〕《莊子·大宗師》曰：「夫藏舟於壑，藏山於澤，謂之固矣，然而夜半有力者負之而走，昧者不知也。」悲藏舟即是悲事物不斷變化不可固守，人的存在是變化中的偶然性存在，也是一種冒險，「故聖人將遊於物之所不得遁而皆存」。但是與杜甫詩歌中的舟意象把人的存在變化「遊於變化之途」（郭象《莊子注》）和儒家知識分子的困境結合了起來，成爲具有豐富意義的隱喻意象。

　　在杜甫詩歌中舟成爲出入世界的形象載體，成爲抒情主人公超脫凡俗舊事的意象，「扁舟空老去，無補聖明朝」（《野望》），「乾元元年春，萬姓始安

〔註35〕　（漢）許慎：《說文解字》，天津古籍出版社1991年版，第176頁。
〔註36〕　（清）仇兆鰲：《杜詩詳注》第一冊，中華書局1979年版，第182頁。

宅。舟也衣彩衣，告我欲遠適」（《送李校書二十六韻》）。「渴日絕壁出，漾舟清光旁」（《望嶽》）。舟成為志嚮之載體，與杜甫之狂傲之性情，與其尚「遊」相契合，「密竹復多筍，清池可方舟。雖傷旅寓遠，庶遂平生遊」（《發秦州》）。這舟雖是自由的超然，但也是杜甫不可選擇的生存狀態，舟的意象成為杜甫的不可選擇之選擇，因而自由變為不自由，不知欲投何處，「平生江海心，宿昔具扁舟」（《破船》），「漾舟千山內，日入泊枉渚。我生本飄飄，今復在何許」（《宿青溪驛奉懷張員外十五兄之緒》）。「更欲投何處，飄然去此都。形骸元土木，舟楫復江湖」（《舟出江陵南浦奉寄鄭少尹審》）。況且，「江湖多風波，舟楫恐失墜」（《夢李白二首》），「入舟已千憂」，「遠遊令人瘦」（《水會渡》），「永繫五湖舟，悲甚田橫客」（《贈司空王公思禮》），「孤舟增郁郁，僻路殊悄悄」（《聶耒陽以僕阻水書致酒肉療饑荒江詩得代懷泊於方田》），「泛舟慚小婦，飄泊損紅顏」（《草閣》），「繫舟身萬里，伏枕淚雙痕」（《九日五首》），「吹帽時時落，維舟日日孤」（《纜船苦風戲題四韻奉簡鄭十三判官》），「寂寂繫舟雙下淚，悠悠伏枕左書空」（《清明二首》）。據研究，杜甫的絕筆也是抒寫疾風之舟的意象的《風疾舟中》。〔註37〕舟的意象不僅是自由的遊蕩，不獨為生存之飄搖、貧瘠、憂鬱和孤獨的流露，還情繫儒家知識分子的憂國思家之政治倫理，「叢菊兩開他日淚，孤舟一繫故園心」（《秋興八首》），「東西南北更誰論，白首扁舟病獨存。遙拱北辰纏寇盜，欲傾東海洗乾坤」（《追酬故高蜀州人日見寄》）。「親朋無一字，老病有孤舟。戎馬關山北，憑軒涕泗流」（《登岳陽樓》）。「風疾舟中伏枕書懷」，卻是「故國悲寒望」（《風疾舟中》），一「望」字足見悲與憂。舟的意象契合杜甫的人生選擇的焦慮與意識形態的矛盾性，既體現其狂傲性情的內驅力，又含蓄地表達憂國愛民之儒家意識形態的情懷，既不免遠離倫理政治之重負，同時又飽含困頓的個體體驗，可以說舟的意象集矛盾的意義為一體，融合著張力，詞之微而意義深遠，可謂沉鬱頓挫。

　　杜甫的詩歌文本是儒家知識分子意識形態困境及其審美困境的反思，不惟是憂國憂民、懷才不遇之感慨，而且呈現出審美與意識形態，審美個體生存與倫理政治責任的張力結構，這也是「沉鬱頓挫」的內在結構。杜甫在《進〈雕賦〉表》中首先指出自己創作風格為「沉鬱頓挫」：「臣之述作，雖不能

〔註37〕莫礪鋒：《重論杜甫卒於大曆五年冬》，《杜甫研究學刊》1998年第2期。《風疾舟中》即《風疾舟中伏枕書懷三十六韻奉呈湖南親友》。

鼓吹六經，先鳴數子，至於沉鬱頓挫，隨時敏捷，揚雄、枚皋之徒，庶可企及也。」〔註38〕雖然關於這種風格的解釋可謂眾說紛紜，但是仍然不乏眞知灼見。有學者認爲，杜甫首次將「沉鬱」與「頓挫」組合在一起，「並非稱許自己的文學技巧，而是強調自己的作品具有足與揚雄作品相比的深刻的諷諭意義，有益於國家政教。」〔註39〕但是品讀杜詩，沉鬱頓挫難道沒有審美技巧的交融？其本身就是充滿張力結構的審美意識形態的表達。

〔註38〕（清）仇兆鰲：《杜詩詳注》第五冊，中華書局 1979 年版，第 2172 頁。
〔註39〕張安祖：《杜甫「沉鬱頓挫」本義探原》，《文學遺產》2004 年第 3 期。

第五章　現代性與文學形式

第一節　雅俗敘事之互動

　　如果說 20 年代雅俗小說在主題模式的互動只是體現創作主體的思想文化的相互滲透、彼此影響的話，那麼兩者在敘事模式的互動就體現了主體的審美傾向相互影響的態勢。實際上，後者才是文學之為文學，小說之為小說的東西。因為前者通過文學的其他樣式如詩歌、戲劇也能體現，而後者只能在敘事性作品中體現，其典型樣式就是小說。正因為如此，馬克·肖勒說：「現代批評家已經向我們證明，談論內容本身根本不是談論藝術，而是談論經驗；僅僅當我們談論實現的內容，即形式，即作為藝術作品的時候，我們才能作為批評家在說話。內容，或經驗，與實現的內容，或藝術，之間的不同在於技巧。因而，當我們談論技巧時，我們幾乎就談到了一切。」〔註 1〕肖勒強調藝術的自律性，是頗有價值的，尤其對於一些現代主義、後現代主義小說藝術的研究很有用。但是對中國 20 年代的小說研究，這種觀念就不免偏頗。20 年代的雅俗小說家還沒有擺脫內容與形式的二元對立統一的審美意識。他們在理論上與創作主張上很強調思想主題的重要性，如魯迅談到：「倘若思想照舊，便仍換牌不換貨：才從『四目倉聖』面前爬起，又向『柴明華老師』腳下跪倒；無非反對人類進步的時候，從前是說 no，現在是說 ne；從前寫作『啡哉』，現在寫作『不行』罷了。所以我的意見，以為灌輸正當的學術文藝，改

〔註 1〕　（美）華萊士·馬丁：《當代敘事學》，伍曉明譯，北京大學出版社 1990 年版，
　　　　　第 2 頁。

良思想，是第一事。」〔註 2〕在「改良思想」，救亡圖存的特定的歷史文化背景中，思想主題模式是不容低估的。但是，處於中西審美文化，尤其是中西小說激烈碰撞下，20 年代雅俗小說中的敘事模式既存在著激烈的角逐與嚴峻的對峙，又在一定程度上發生變化，甚至出現相互轉化的現象。下面擬從講聽模式與寫讀模式、情節模式與情調模式等方面考察中國 20 世紀 20 年代雅俗小說敘事模式的互動。

一、講聽模式與寫讀模式的互動

綜觀中國通俗小說，講聽模式十分顯著。這種模式尤其物化在宋元話本、彈詞基礎上發展起來的章回小說中，不斷隨作家的小說作品被傳承，同時又促進通俗小說家的有意識或無意識地模仿，影響著眾多通俗小說的敘事。講聽模式的源頭是原始人的口耳相傳。它注重在集體性的大眾場合說者與聽者面對面的交流，因而比較看重大眾普遍關心的問題與事件，注重大眾的審美趣味，而且多是親切的口語。儘管它有時要尖銳地批判社會、人物、事件，但是敘述者（講者）是與敘述接受者（聽者）一般處於共謀關係中。按敘事學說，兩者是在故事之外的另一敘述層。因此這種模式為大眾喜愛而成為通俗小說的典型敘事策略之一，這種追求便使得小說文本具有擬說書的口味。

五四引進與創作的新小說則與之不同，體現出寫讀模式的特色。在寫讀模式中，以前表現在文本中的說書味消失了，敘述者不再承擔宣講的語氣，而是退場隱居起來，即非個人化敘述；或由小說中的人物代述，與人物融為一體；或者敘述者不時出場顯身，但其敘述行為不是講，而是寫，具有書面語色彩，除了評述人物事件外，還可傳達敘述者的個人化的內心活動。結果，敘述者與接受者就是非直接的關係，或者有直接關係，這只是兩者心靈上的私人化的默契而已。因此，寫讀模式的出現使作者的創作與讀者的解讀均引起了巨大變化。「紙頁是一個場地，在這裡，與不同的文化環境連在一起的不同的談論方式可以並排放置。」這樣寫作就可運用「無聲言語」，「保存具體的、個別的事項」〔註3〕，使作者可以自由地敘述其內心想法。因此寫是個體的私人的。同樣，讀也個體化、私人化了。正如本雅明所說：「即使讀故事的

〔註 2〕 魯迅（唐俟）：《渡河與引路》，載 1918 年 11 月《新青年》第 5 卷第 5 號「通訊欄」。

〔註 3〕 （美）華萊士·馬丁：《當代敘事學》，伍曉明譯，北京大學出版社 1990 年版，第 33 頁。

人也是有人陪伴的。然而，小說讀者卻是與世隔絕的，而且比其他藝術形式的讀者與世隔絕更深。在這種孤寂之中，小說讀者比任何人都更小心翼翼地守著自己的材料。他時刻想要把材料化爲他自己的東西。」〔註4〕可見，講聽模式與寫讀模式有著本質的小說觀念的區別。同樣，在20年代，通俗小說的講聽模式與新小說的寫讀模式是有著質的區別，兩者是對峙的。如趙毅衡說：「五四文學……不但保持而且加強了文類等級，那就是雅俗共賞之分。小說這現代文學最重要的文類，現在截然分成雅俗兩個陣營。雅俗之分，壁壘分明。」〔註5〕（86）但是，這並不意味著他們在面對傳統面對現代的深層審美文化意識也是如此。實際上在這個文化轉型特定而複雜的語境中，兩者又有意無意地受到傳統積澱的審美文化與引進的現代審美文化的影響，從而在小說中表現了出來。這種影響之一就是雅俗小說在講聽模式與寫讀模式方面的不同程度的相互滲透。

　　通俗小說的講聽模式的弱化與向新小說的寫讀模式的借鑒之程度可分爲漸進的與激進的兩種。漸進的方式主要體現爲對章回小說的改良。章回小說是典型的講聽模式的載體，說書味是十分濃鬱的。敘述者的「講」小說、「說」小說的特徵在文本中明顯地表現出來，如「且說」，「欲知後事如何，請聽下回分解」都已成爲其固定的模式。這種模式在20年代的通俗小說中不乏其例。《留東外史》、《俠義英雄傳》、《清代十三朝演義》等長篇小說大多有章回小說的程序化特色。不過，這種模式在當時並非沒有變化。趙煥亭的武俠小說的說書味是十分濃厚的，但是也體現出變化的特徵，尤其是《大俠殷一官軼事》，其敘述者已經不同於清代的說書語氣，顯示出新的特色，即「用說書語氣來袒露他自身的存在，這種自身的存在的自覺，更是一般說書藝人所不具備的。即使他筆下常常流露出的那種嘻嘻哈哈的反諷味，便不是偶然或自然現象，也不同於一般的展示作者願望，理想或性格，他是經過嚴肅自審的結果。」〔註6〕張恨水的長篇小說由講聽模式向寫讀模式的變化比較明顯。這尤其體現在他20年代創作的《春明外史》、《金粉世家》、《劍膽琴心》等長篇小說中。其轉變主要有三種形式：一是講說痕跡的淡化，寫讀模式萌生，「請

〔註4〕陳永國、馬海良編：《本雅明文選》，中國社會科學出版社1999年版，第307頁。

〔註5〕趙毅衡：《苦惱的敘述者》，北京十月文藝出版社1994年版，第265頁。

〔註6〕張贛生：《民國通俗小說論稿》，重慶出版社1991年版，第192頁。

看下回」屢屢出現，二是每回結尾「欲知後事如何」已隨小說的故事的自然發展而變化，如「欲知他爲什麼著嚇」「要知他有什麼憑據」「要知此人是誰」等，三是根本就沒有章回小說開頭結尾的程序化。這三部小說的講聽模式愈來愈淡化。需注意的是，他20年代末創作的蜚聲南北的《啼笑姻緣》重返到傳統的章回小說的講聽模式。這表明張恨水在改良傳統模式中的矛盾心態，也透視出講聽模式的巨大生命力。華萊士‧馬丁說：「寫作／閱讀直到最近也沒有完全取代口頭傳統；二者並行不悖，不斷交流著材料與方法。」〔註7〕口頭傳統的講聽模式與現代意義的寫讀模式並非有優劣高低之別。通俗小說家徐卓呆的長篇小說也表現出講聽模式的淡化，他的滑稽名篇《萬能術》每回的回目不是對句，只是一個詞語，「欲知……」被去掉，「且說」只偶而出現，而他的《甚爲佳妙》《愛情代理人》幾乎沒有了說書味。這種淡化是有意識的，他已意識到章回小說的弊端，認爲這種形式已經不合時宜，他說：「若是要把『欲知後事如何，且聽下回分解』來刺激讀者興味，推廣下期銷場，那恐怕現在的讀者，這種低度刺激，是不會興奮的了。」〔註8〕

眞正完全消解講聽模式，激進地追求寫讀模式的作品主要體現在通俗作家創作的一些短篇小說中。不少的通俗小說家大膽拋棄了傳統的小說中的說書味，去努力試驗新小說那具有現代性的寫讀小說模式。中國以往不乏短篇小說創作，如唐代的傳奇小說，馮夢龍的「三言二拍」，蒲松齡的《聊齋誌異》以及民初的一些短篇等，但大多與長篇並無什麼區別，甚至有人說：「中國無短篇小說，有之，乃是短型的長篇小說也。」〔註9〕20年代的通俗短篇小說這種「短篇長製」的作品依然不少，文本中的說書味也依然存在。但一些小說已發生了變化。葉勁風的《懦人》中的敘述者表現出說小說與寫小說的矛盾心態，如「諸位讀者請莫怪，我是要說一個懦人的故事，但不知怎麼提起筆來，卻寫了這一段事情。呵呵，我自己也解不透。」敘述者的尷尬是顯而易見的：既然是寫的，現實接受者一定是獨自一人拿著一本小說讀，怎麼說是「諸位」，這豈不可笑；既然是稱「讀者」，是提筆在寫，怎麼又在「說」故事？

但是眾多作品完全走向了寫讀模式。通俗作家在翻譯短篇與新小說的影

〔註7〕（美）華萊士‧馬丁：《當代敘事學》，伍曉明譯，北京大學出版社1990年版，第33頁。

〔註8〕徐卓呆：《小說無題錄》，載《小說世界》1923年第7期。

〔註9〕袁珂：《神話論文集》，上海古籍出版社1982年版，第209頁。

響下，注重截取人生片段，取消了敘述者向接受者口語交談宣講的語氣，敘述者的地位發生了顯著的變化，如趙毅衡說的，文本「降低了敘述者的主宰地位，或是變成全隱身，或是參與式敘述者，即變成作品中的人。敘述者也不再用大量干預控制釋讀方向。」敘述控制就全面解體了，從而「使整個敘述文本開始向釋義歧解開放。」〔註 10〕這樣一來，敘述者就再也不爲敘述行爲的不相稱而尷尬苦惱了。如葉勁風的《你還要活在世上嗎》全在「展示」敘述者兼人物「我」一個私生子的痛苦與自信交織的內心世界。《指著我的手》也是展示各種無形的手給「我」造成的心理反應。《深閨夢裏》中的敘述者也與主人公的視野一致，展示主人公催子斌在戰場上奮勇殺敵時的心裏活動：對新婚妻子的思念，對建功立業的渴望，對被他殘酷殺死同他有一樣抱負的那個敵人的懺悔，對戰爭的厭惡，等等，說書味無疑就沒有了。同時，通俗小說中的敘述者與隱含作者的價值觀念的一致性也發生了變化。趙苕狂的《鏡》、《茶匙》、《從良後的第一天》、《人生》，胡寄塵的《癩蛙蟆之日記》、《心上的影片》，顧明道的《沉悶的人》，徐卓呆的《舊洋傘》，張碧梧的《無母之心》等短篇小說都表現出這種寫讀模式的敘事特色。這樣一來，小說文本就呈現出歧義性與多義性，使得讀者在解讀小文本時必須發揮想像，進行體味思考，從而表現出私人化的特色。也就是說，作者可以自由地表現，敘述事件，彰顯出敘述的智慧，以表達其內在的主體心態，讀者也可自由地進行多種解讀與闡釋。可見，寫讀模式體的興起表現著 20 年代的個性主義的哲學文化思潮在小說文本中的藝術表現方式中得到了客觀化。當然，報刊雜誌的繁榮也是促成小說書面化、文人化的寫讀模式的重要因素。

另一方面，新小說不同程度地吸收了通俗小說的講聽模式。魯迅的《阿Q正傳》具有寫讀模式的特色，作者開篇就寫到是在給阿 Q 作傳。而「要做這一篇速朽的文章，才下筆」，就出現了困難。作者寫小說的行爲是很明顯的，然而在敘述進行中，說小說的行爲就顯露了出來，諸如「不能說是」、「即使說」、「上文說過」、「不必說」、「穿鑿起來說」，等等。這樣，寫小說與說小說的不協調敘述就產生了，細心的讀者會感到敘述者這可笑的敘述行爲。《社戲》、《祝福》說小說的影子依然存在。郁達夫的小說寫讀模式是十分徹底的，純淨的，但標誌他巨大轉變的小說《過去》還是帶有說小說的痕跡，敘述者的講故事行爲特徵體現了出來，如「說起這 M 巷……」，而且在小說中還出

〔註 10〕趙毅衡：《苦惱的敘述者》，北京十月文藝出版社 1994 年版，第 191 頁。

現了講述者與接受者的直接對話，如「說到那雙腳……，這世界雖說很大，實在也很小，兩個浪人，在這樣的天涯海角，也居然再能重現，你說奇不奇。」需注意的是，即使這裡有說書的語氣，而說的對象是一個單獨的個體，而且表現得比較隱蔽，類似兩人談心，與通俗小說中講述者向集體大眾的宣講是有一定區別的。在許欽文的《鼻涕阿二》中，敘述者的「說」小說的敘述行為不時流露出來，試舉幾例：「已經說過，菊花鼻涕阿二從拒絕糞少年的親吻……」「說不定也許有人以為這拒吻悲劇的發生……」「再說菊花……」等。這些可以說是章回小說「且說」的變體。葉鼎洛的《前夢》的說書味更濃鬱。其突出的特色是敘述者兼人物的「我」與敘述接受者「你們」面對面地直接講述故事，發表意見。並且，兩者像處於說書場一樣的親切隨便氣氛中：「你們願意知道我的姓名嗎？說出來也辱沒煞人，告訴不得你們的……你們也就不妨叫我流氓罷。」講述者不僅要傳達他的信息，還需求著讀者的理解與參與，注重兩者的對話。不僅如此，講述的對象是一個集體性的「你們」，大眾宣講色彩也是明顯的。閱讀此小說，我們還能感受到敘述者的詞語更接近與日常交流的口語化的語言詞匯，敘述者的腔調也是日常談話的隨和語氣，缺少寫讀模式那種文人化、「陌生化」的語言模式。這就增添了說書的特色。在老舍20年代創作的《老張的哲學》中，敘述者以親切通俗的日常口語與敘述接受者談話：「只要你穿著大衫，拿著印官銜的名片，就可以命令他們，絲毫不用顧忌警律上怎怎麼麼。」這裡，敘述者通過與接受者的共謀，拉攏讀者，以達到諷刺警察與社會現實的目的。「聽故事的人是由講故事的人和他作伴的」〔註11〕，這種說故事的特色在此小說中得到了表現。這些敘事特色與老舍受我國古代傳奇、話本和《儒林外史》《紅樓夢》等章回小說的影響相關。新感覺派小說家之一的穆時英在20年代創作的《黑旋風》《咱們的世界》也帶有講聽模式的特色。尤其是前者，敘述者「我」以操江湖人的口吻講述「我們」的大哥「黑旋風」不愛錢、不貪色、講義氣的俠義品格。講小說的語氣豪爽，粗俗，霸道，口語化。

　　20年代雅俗小說在講聽模式與寫讀模式方面存在不同程度的相互影響與滲透現象。這種變化又有意無意地透視了雅俗小說家審美文化的旨趣。如果說通俗小說逐漸向寫讀模式的轉變彰顯出作者對西方個人主義獨立意識的認

〔註11〕陳永國、馬海良編：《本雅明文選》，中國社會科學出版社1999年版，第307頁。

同，那麼，新小說中講聽模式的不同程度的流露則潛在地表明創作主體對傳統審美文化、對通俗民間文化的眷念。所以，這兩種敘事模式的互動表現了雅俗小說家對中西審美文化，傳統與現代審美文化的複雜選擇。

二、情節模式與情調模式的互動

寫讀模式對敘事的最大影響是使小說「從傳統的情節走向無情節」。〔註12〕通俗小說是十分注重情節模式的。作者憑著人們對故事有著本能的興趣的優勢，通過敘述者對故事機智的操縱，如製造懸念、埋下伏筆、設置誤會、注重偶然等，來吸引大眾讀者。在 20 年代的通俗小說中，這種模式依然佔據著重要的地位，但是在新小說與翻譯小說的影響下，一些通俗小說的情節模式開始弱化，甚至向新小說的富有先鋒性的情調模式靠攏。情調模式是新小說的典型特色之一，甚至被一些作家奉為小說之正宗，被認為是現代小說的主要特徵。其注重內心世界的展示，營造詩化的散文化的意境，多用第一人稱敘事，詩詞、書信、日記等抒情樣式大量引入小說文本，使得故事線性發展的結構被打亂。但是，新小說的眾多作品還是或多或少地承續著通俗小說的情節模式。尤其是在寫實方法的影響下的人生派的小說中，這表現得更為明顯。新潮小說的作品存在著舊小說、通俗小說的注重情節的巧合等影響，如魯迅說：「技術上是幼稚的，往往留存舊小說的寫法和語調；而且平鋪直敘，一瀉無餘；或者過於巧合，在剎時中，在一個人上，會聚集了一切難堪的不幸。」〔註 13〕而當時新小說中為數不多的長篇小說也多注重情節，正如趙毅衡說，它們「大部分讀來很像傳統小說，而不像五四小說，其中較優秀者，如楊振聲的《玉君》、葉鼎洛的《前夢》、張資平的《沖積期化石》等，敘事方式與鴛鴦蝴蝶派小說相當接近。」〔註 14〕因雅俗小說在情節模式與情調模式方面也存在明顯的互動現象。

先看通俗小說向情調模式的轉化。通俗長篇小說大多強調故事情節模式，求奇求怪，追求情節大起大落，但有一部分作品受到新小說和翻譯小說注重人物心理活動的展示和注重描寫富於情感色彩的景物的影響，情節模式

〔註12〕　（美）華萊士·馬丁：《當代敘事學》，伍曉明譯，北京大學出版社 1990 年版，第 34 頁。

〔註13〕　魯迅：《中國新文學大系·小說二集》導言，《且介亭雜文二集》，人民文學出版社 1973 年版，第 19 頁。

〔註14〕　趙毅衡：《苦惱的敘述者》，北京十月文藝出版社 1994 年版，第 8 頁。

有所淡化，情調模式開始萌發。張恨水的轉化是有意識的，也有代表性。他曾說：「我仔細研究翻譯小說，吸取人家的長處，取人之有，補我所無，我覺得在寫景方面，舊小說中往往不太注意，其實這和故事發展是很有關的。其次，關於人物的外在動作和思想過程一方面，舊小說也是寫得太差。……尤其是思想過程寫得更少。以後我自己就盡力之所及寫了一些。」〔註15〕正是基於此，其20年代的幾部長篇小說在情節演進中滲入很多「景」和人物「內在思想過程」，注重小說的情感性。例子頗多。《春明外史》中作者對楊杏園遇梨雲後的矛盾複雜心態作了細膩展示：他既有從來不涉足花柳的迷惑心態，又有迷途知返的絕決打算，還有見影憐愛梨雲的欲望，更有對自身的責備。作者把一個既想愛又不能愛的矛盾思想細膩地展示了出來。而這種展示就突破了故事情節發展的時間線性與因果邏輯結構，故事敘述因「定格」在人物內在世界而延宕，情調色彩得到突顯。作品中大量引入富有情感性的詩詞與展示人物真實內心的書信，也是突破故事情節模式而強化情調的重要策略。據統計，《春明外史》以男女情書為主的書信來打斷敘事的有 43 處，以感時傷懷、傳達人生、婚戀糾葛等情緒的詩詞打斷敘事的有 61 處。陳平原認為：「選擇書信體形式，可能『無事實的可言』，不外是借人物之口『以抒寫情感與思想』，不再以情節而是以人物情緒結構中心。」並說「『詩騷』之影響於中國小說，則主要體現在突出『作家的主觀情緒』。」〔註16〕因而這些具有濃鬱情感性的嵌入語就極大地消解了故事情節模式，情調感染力增強了。而這些都是20年代新小說所熱衷的小說寫作方式。以渲染景物，使之染有人物的內在情緒，在小說中注重於意境氛圍的營造，從而使小說情調化，詩化，散文化，這是新小說的典型表現之一。張恨水對小說中意境的追求也是有意識的，這與他眷戀傳統的「詩騷」審美觀念有直接的聯繫，他「自小就是個弄詞章的人」，對章回小說的回目的「完美」有著刻意的追求，盡可能向古典詩詞的抒情性傳統靠攏。他曾說；「彼一切文詞所具之體律與意境，小說中未嘗未有也……小說如詩。」〔註17〕其小說中不乏其例的意境渲染便是他這種

〔註15〕張恨水：《我的創作和生活》，《文史資料選輯》第 70 輯，中華書局 1980 年版，第 153 頁。
〔註16〕陳平原：《中國小說敘事模式的轉變》，上海人民出版社 1988 年版，第 218 頁，224 頁。
〔註17〕張恨水：《張恨水文集：春明外史（上冊）》前序，華中師範大學出版社 1997 年版，第 3 頁。

小說美學觀念追求的結果。如《劍膽琴心》第一回展示柴競眼中的月下圖：河心月影，蘆叢銀沙，颯颯晚風，意趣盎然，形成了人中景，景中人的意境氛圍。這時候，敘述者也融進了對意境的無功利觀照中，中斷了故事的敘述。《金粉世家》中的冷清秋在想到與燕西離婚的那晚上，愁悶的情緒與淡淡的月景，連著她的名字冷、清、秋融爲一體。這就消解了一些情節的外在敘述，在減緩的敘述或空間性的展示中，讀者玩味著，思考著人物與自身。

　　而眞正完全突破情節模式步入新小說的情調化的領域的是一些通俗小說家的短篇小說創作。因此，從某種意義上說，這些小說不再是通俗小說，而是新小說。這在胡寄塵、趙苕狂、張碧梧、葉勁風等的一些小說中表現得頗爲明顯。主要表現爲：一是書信式、手記式、自述式小說的大量出現。葉勁風的《一封不合時宜的信》的形式是一個深愛未婚妻但又擔心其離開而萌生痛苦並走向自殺的一封絕命書。《深閨夢裏》中絕大部分是主人公在戰場上寫的信和敵人的日記。澤珍女士的《苦女的自述》敘寫「我」一個苦女在父親去世、母親被軍閥砍死後向人間的自述；胡寄塵的《癩蛤蟆之日記》以日記的形式展示對自由戀愛的追求。而這些都爲新小說家所探索。二爲內心世界的展示，甚至無意識的自然流露的小說創作開始出現。葉勁風的《指著我的手》展示的全是各種手指著「我」而產生的內心世界：一會兒是父母嚴厲的責罵和父親的死，一會兒是沒衣穿冷得發抖的小兒，一會兒是無數的手，毛茸茸的手，一會兒又是責罵聲，污辱，恥笑，一會又是一聲轟鳴。故事的外在敘述就只剩下不斷重複的富有象徵意味的「手指我」，情節模式被內在世界的展示消解，甚至內在世界的理性因素也被打破了。胡寄塵的《心上的影片》展示的是「我」的無意識的自然流動。小說截取「我」意識不能控制而自然流露出的三個片段：一是十年前的父親關心「我」的幻象；二是多年前「我」傾慕的倩影，她沉默無語，時隱時現；三是才三歲就夭折的小女兒笑嘻嘻地向「我」走來。這三個畫面不是「我」理性化的回憶或聯想出現的，而是難以避免的無意識的流瀉，「我」根本就不能控制它們，它們不管「我」怎樣避免就輕易地凸顯出來了。小說也展示了「我」的理性心裏活動，當倩影出現時，「我」很想通過「內視」把她看得更清楚，但馬上就消失了，走來一小女孩。可見，理性內在世界的活動被非理性的無意識主宰著。這實際上是意識流小說的寫法，情節模式的特色幾乎不復存在。可見，通俗小說作家這種新穎的探索是獨特的，其精神是可貴的。

向情調模式靠攏，注重引日記、書信、詩詞入小說，注重展示內在世界，對通俗小說作家來說，有著重要的敘述學意義和哲學意義。從敘述學的角度說，它顛覆了傳統情節模式的連貫的緊湊的快節奏敘述，使得故事的敘述在不時中斷，延宕。結果敘述的速度就變得緩慢了。並且，這些傾向情調模式的小說多是人物視角，大多以第一人稱敘述「我」顯身，敘述者與人物合一，從而使敘述者獲得鮮明的角色身份，打破了傳統情節模式小說的全知敘述。小說中的「我」或是一位苦女，或是一個士兵，或是一個青年，或是一個兒童，這打破了傳統小說中隱含作者與敘述者的直接一致性，從而為敘事的策略，為敘述的虛構性，假定性的探索提供了啓示。從哲學層面看，這種緩慢的敘事與人物視角（尤其是「我」的敘述，使得讀者在接讀文本時易於把敘述者或人物內化為讀者自身）促使讀者在閱讀時進行自我思索與自我創造。並且，因為敘述者與隱含作者的不一致，就使得文本中作者的神聖地位被瓦解，結果，現實作者就有了更多創作選擇的自主權，讀者也是如此，這實質就是五四自由主義與個性主義哲學思潮在小說敘事方面的深層反映。

另一方面，20 年代的新小說並非完全瓦解情節模式。小說離不開故事情節，故事的淡化固然使小說更富有彈性和抒情色彩，然而當故事情節完全在小說中銷聲匿跡時，讀者的審美需要不僅得不到滿足，情感的深度也得不到展示。實際上，一些新小說作家在來自對故事情節本能的興趣與驅使下，有意無意地不同程度地顯露出對情節模式的青睞。茅盾把故事的地位提得很高：「最高等的小說是包括兩者的：故事，而故事即為人物之心裏的與精神的能力所構成。」〔註18〕他不是輕視「故事」，而是使它與人物的性格連在一起。即使眾多最為激進的新小說，也離不開以心理邏輯推演的故事。如《沉淪》中「他」偷看房東女兒洗澡，竊聽情人私語，奔向妓院的情節性是很強的。而且整篇小說又有著故事的大致時間線性的特色。在該小說情節發展也有一些偶然性。《過去》情節模式也是明顯的，還以倒裝的敘述與人物偶然相遇的巧合來增添小說的懸念與趣味性。魯迅小說的情節模式的色彩很濃鬱。王富仁認為：「中國反封建思想革命的需要和魯迅對中國社會意識形態狀況的關注，導致了魯迅小說的故事情節的弱化。」〔註19〕這對魯迅的《吶喊》到《徬

〔註18〕沈雁冰：《人物的研究》，載 1925 年 3 月《小說月報》第 16 卷第 3 號。
〔註19〕王富仁：《中國反封建思想革命的一面鏡子——〈吶喊〉〈徬徨〉綜論》，北京師範大學出版社 1986 年版，第 381 頁。

徨》的敘述模式的變化的把握無疑是準確的，但是從 20 年代魯迅的總的創作考察，其《故事新編》中的《鑄劍》《奔月》等小說的情節模式比《吶喊》更爲明顯。題目「故事新編」就是標誌之一。作者也說其中一些是對「神話，傳說及史實的演義」。〔註 20〕可見魯迅是有意識地向傳統故事情節模式的回歸。《鑄劍》講述的是眉間尺與宴子敖向大王復仇的故事，它有開端，發展，高潮，結局。故事的傳奇性，神秘性，偶然性，趣味性，曲折性，緊張急迫，都表現得極爲鮮明。尤其是宴子敖在大王前戲玩眉間尺之頭、大王頭與眉間尺頭的搏鬥以及宴子敖削頭助戰場面，煞是驚奇。可以說，這種敘事設置大大勝過了不少通俗小說的荒誕與趣味。在他前兩部短篇集中，雖然情節模式沒有這麼顯著，但依然是存在的，這已爲一些研究者所肯定，如有人說「《徬徨》與《吶喊》中的小說絕大部分都具備較爲完備的故事因素。」〔註 21〕《阿Q 正傳》最具典型。小說敘述阿 Q 的優勝故事，戀愛故事，革命故事，有連貫的情節脈絡，情節波瀾起伏，不乏巧合，頗有趣味，如阿 Q 被誤爲盜賊的情節，與王胡捉蝨子，與小 D 打架等。不過，魯迅的功績更在於在故事的講述中體現對阿 Q 的同情，並寄予對國民性的批判與反思。這種效果的獲得就是憑藉隱含作者設置的敘述者的反諷式故事敘述。魯迅的創作表明，情節模式並非只是求情節故事性，還可以通過敘事策略的巧妙設置，表達更深層的意味，從而使小說的敘述技巧獲得了本體性的審美意義。正是這樣，《阿Q 正傳》可以說是「嚴肅性與通俗性相統一的典範」〔註 22〕，它在通俗性的故事講述中表現深刻的內涵，是寓言式的小說。如果不是敘述者語言過於「陌生化」，其影響力還會更大。此外，魯迅的《故鄉》、《社戲》、《祝福》、《藥》等的故事情節模式的因素也是較爲明顯的。老舍對故事是極喜愛的。同一故事即使多次被講述，在老舍看來，依然是那麼美，那麼有趣。他談到：「7 月 7 日剛過去，老牛破車的故事不知又被說過了多少次；小兒女們似睡非睡的聽著；也許還沒有聽完，已經在夢裏飛上天河去了；第二天晚上再聽，自然還是怪美的。」〔註 23〕本著對故事和講故事的喜好，他在「寫著玩」的自我內

〔註 20〕 魯迅：《南腔北調集·〈自選集〉自序》，人民文學出版社 1973 年版，第 33 頁。

〔註 21〕 黃佳能、陳振華：《故事的張力與 20 世紀中國文學》，《文學評論》2000 年第 5 期。

〔註 22〕 張夢陽：《從〈阿Q 正傳〉看通俗文學的嚴肅性與通俗性》，人大複印資料《中國現代、當代文學研究》2001 年第 1 期。

〔註 23〕 老舍：《我怎樣寫〈老張的哲學〉》，1935 年 9 月 16 日《宇宙風》創刊號。

在驅使下，完成了他第一部長篇《老張的哲學》。在《二馬》中，作者對故事的講述策略更加有意識地注意，還接受康拉德講故事的技巧的啓發，他說：「首先把故事最後的一幕提出來，像康拉德那樣把故事看成一個球，從任何地方起始它總會滾動的。」〔註24〕這種有意識的追求使得他的小說創作一開始就體現出較明顯的故事情節性，如《老張的哲學》是以老張的故事爲線展示現實諸多有趣的故事，有頭有尾。在三四十年代，這種重故事情節模式更被強化了。許地山小說中的故事情節模式也是很突出的。不少小說還保持著傳統小說、通俗小說注重傳奇性、曲折性的特色。其代表作《綴網勞蛛》的主人公尚潔搭救受傷的盜賊，卻被丈夫碰到被誤爲不潔，繼而被丈夫刺殺，幸好沒死，離家出走。故事的進展有著明顯的巧合和曲折性。《商人婦》是一個印度婦女講述她幾次異域尋夫的曲折而富傳奇的故事。一次她好不容易尋到了，丈夫卻另有所歡，還被賣掉。她得到好人相助，逃了出來。幾年後她又去尋夫。實際上，這種曲折的故事就成了人生命運的隱喻：人的一生總是曲折的，艱苦的。作者的故事模式的選擇與濃厚的宗教觀念聯繫了起來。此外，張資平的《苔莉》，巴金的《滅亡》，魯彥的《柚子》，沈從文的《三個男人和一個女人》，葉聖陶的《倪煥之》，茅盾的《蝕》，蔣光慈的《短褲當》等小說都有著故事情節模式的特色。

　　從共時性的角度看，20年代新小說中長篇小說的情節模式比短篇明顯；從歷時性的角度看，從五四時期到二十年代中後期，故事情節模式在弱化後又急劇得到強化。雅俗小說在情節模式與情調模式方面保持著互滲互動的張力。這種張力推動各自小說家向更多的可能性方面發展。通俗小說家在情節模式中滲入情調模式的一些因素，擴大了通俗小說表現的內蘊，使小說的敘述更細膩更有人情味。結果他們拓展了小說的空間，使小說既有故事線性發展，又有人物的內心活動，場景渲染，使小說爲讀者提供了更多可遊可居的空間。其小說的吸引力就更大了。新小說家在情調模式中滲入情節模式，或者運用情節模式表現新穎而深刻的主題。要達到此目的，他們必須截取最富表現力的事件，以有意識設置的敘事策略來打破原生故事的流程，這就使得新小說中敘事技巧的運用更爲嫻熟。可見，情節模式與情調模式的互動爲雅俗小說創作的成熟均有不可磨滅的價值意義。

　　總之，20年代雅俗小說在敘事模式方面存在較爲明顯的互動現象。這種

〔註24〕老舍：《我怎麼寫〈二馬〉》，1935年10月16日《宇宙風》第三期。

在對峙下的互動的意義是巨大的。它不僅促使了通俗小說向現代型的新小說的轉化，還促使了傳統通俗小說向現代通俗小說的轉化。無疑，它爲新時代的通俗小說的敘事方式提供了有益的參照。另一方面，這種互動也使新小說家開始找到自身的支點，鉗制他們過激的追求，促使他們關注民族審美文化與大眾趣味，從而帶來了 30 年代中國現代小說的繁榮。

第二節　新生代小說的先鋒實驗

在當代，海峽兩岸因各自的政治、經濟、文化以及相同國際文化不同時地滲入，使得兩岸的文化呈現出複雜交織的態勢。而作爲臺灣八十年代和大陸九十年代的「新生代」〔註 25〕小說更是離合並存。通過兩岸新生代小說的比較考察，希望能從一個側面透視其漢語書寫的現代性特徵及發展動向。

一、比較的可能

首先讓我們對兩岸新生代作一個界定。所謂臺灣的新生代，是指出生於五十年代，可回溯到 1945 年，同時可延續到 60 年代（彈性可回溯到 70 年代末期）〔註 26〕。根據臺灣希代版《新世代小說大系》編者前言所說，它是以 1949 年之後的作家爲主軸，在臺灣文化環境中長期浸濡甚至引領風騷的作家。而這些作家在 80 年代顯示出卓越的創作才華，因此臺灣新生代小說主要是 50 年代出生 80 年代崛起的小說家之作品，代表作家有黃凡、吳錦華、平路、陳韻林、張大春、李昂、王幼華等。大陸新生代所指更是眾說紛紜，莫衷一是。但從時域看，它基本上是指 60 年代出生 90 年代登上文壇的青年小說家群體，如韓東、何頓、邱華棟、朱文、陳染、衛慧、棉棉等。儘管兩者小說之肇始與引領風騷不同時，它們卻有較類似的文化語境甚至極相仿的小說創作背景。

臺灣新生代小說家大多出生於 50 年代，這時的臺灣已從日據殖民化皇化的樊籬中掙脫出來，但又深受國民黨的反共策略、反共文藝的束縛。60 年代的臺灣開始在經濟方面吸收西方先進經驗與管理模式，大大地打破了傳統落後的農村經濟的曲宥，逐步邁向資本主義。又經過 20 多年的開放和日益鼎沸

〔註 25〕大陸「新生代」有「晚生代作家」、「60 年代出生作家」等說法，臺灣「新生代」有「新世代」、「青年作家」等稱呼，其內涵與外延大致相同。

〔註 26〕汪景壽、楊正犁：《論「新生代」》，《海峽》1991。

的民主政治運動，80 年代的臺灣更加工業化，現代化，商業化：城市畸形發展，文化垃圾俯拾即是，高消費的中產階級白領工人蜂擁聚起，臺灣「全面都市化，文化進入多元化階段」〔註 27〕。特別是「解禁」之後，臺灣逐步進入後工業時代。可見，臺灣新生代的成長背景和日據時期及有大陸經驗的前輩作家截然不同，是在社會急劇轉型的文化背景中，在現代信息的多元化網絡中開花結果的。大陸新生代也經歷這樣一條不斷開放、西化、商業化的道路。他們大多在文化封閉的 60 年代呱呱墜地，過完文革洗刷的童年少年開始其精神探尋時，大陸已走進改革開放的新時期。尤其是 92 年以後，改革全面深化，市場經濟機制開始運行，商業化、都市化、信息網絡化更加彰明。西方文化也隨之侵入，並較爲輕易地佔據了年青人的精神領域。恰如衛慧在《夢無痕》中說：「我承認我從骨子裏崇尚著西方文化的某些生活方式。」所以，經濟剛剛抬頭，文化接受早在其先了。不難理解，海峽兩岸新生代小說家均生活在信息化的網絡中，具有相同的文化背景。在這開放多元化，魚目混珠的文化背景中，來研究它們的小說創作較之於研究兩岸 80 年代的小說更爲有價值，更有內在的意義與可比性。

　　況且，兩岸新生代小說擁有相仿的小說創作背景。臺灣小說在 50 年代被反共文藝控制，與大陸文革期間一樣幾乎是一片空白。60 年代伴隨著資本主義的入侵，西方現代主義也接踵而來，並形成以白先勇、歐陽子等現代派小說獨佔鰲頭的局面，70 年代又受到高揚現實主義的鄉土文學的嚴峻挑戰，以致導致了數次蜚聲臺灣的「鄉土文學論戰」。大陸則相反，隨著改革的步履，小說首先注重思想的啓蒙性，對歷史現實給予無情地控訴，深刻地反思。接著，又陸續接受西方現代主義的浸染，並在 85 年造成巨大聲勢。無疑，臺灣小說經歷的是現代主義——現實主義，而大陸歷經的是現實主義——現代主義。但是，從當代宏觀角度來看，兩岸新生代具有相似的小說創作背景。因此，90 年代的大陸新生代小說和 80 年代臺灣新生代小說一樣，不再是現實、現代主義所能涵蓋的，而是一種超越，走向兼收並蓄、開放化、商業化的文本創作。葉石濤清楚地看到：「八十年代以後的作家超越了鄉土文學觀點，較能迎合信息媒體，漸趨於世界性、巨視性的觀點」〔註 28〕。大陸新生代小說家聲言：「在一個開

〔註 27〕《新世代小說大系》「鄉野」卷首語，希代書版公司 1989 年版。
〔註 28〕葉石濤：《談王幼華的小說》轉引自陳思和：《論台灣新世代在文學史上的意義》，當代作家評論，1991 年第 1 期，第 113 頁。

放的多極化的信息世界裏，只能在歷史傳統、外來文學和現實生存的全方位開放的狀態下努力去挖掘和發揮母語的文學表現力」。〔註29〕同時，在後現代主義文化洗滌下的後現代小說也被兩岸新生代小說家進行了不同程度的實驗。因此，不論從宏觀的文化背景還是從較具體的小說創作歷程來看，兩岸新生代小說都值得我們深入地比較研究。

二、退居欲望之所

　　在都市化、商業化、工業化的文化系統中高度發達的商品經濟，瞬息多變的生活節奏，燈紅酒綠的街市無時無刻不撲入人們的視野。投身於這樣的時代，人的潛意識的物欲、情慾、權欲、名欲被激活並輕易地佔據著主宰著年輕人的軀殼，甚至凝結為「情結」(complexity)。新生代小說家一踏進小說，社會已經像神話裏的巫婆一樣，「剎那間變出無窮欲望塞滿了各個角落，足以讓他們驚訝得目瞪口呆，他們本能的將主流文化視為陌路，即不認同也不相關，他們自覺的把自己定位在遠離政治生活中心的文化邊緣地帶，表現著他們自私自戀的生活方式和心理欲望」〔註30〕。在新生代小說中，又以金錢為核心的物欲和以無愛的情慾最為典型。

　　在物欲橫流的當代社會，人們摒棄了傳統知識分子的神聖的精神探尋。90年代的新生代小說把以金錢為核心的物欲作為一種目的，一種認同的價值觀念，遠離海德格爾批判的物化人格，他們把金錢的追求視為合目的實踐。這樣一來，金錢不僅僅是一種工具，更是心靈快適本身，一種「有意味」的符號，從而成為小說的一種特殊的敘述力。「金錢現在實際上已經成為情節構成的基本要素之一，或者說，成為九十年代小說話語的一個重要符號。」「它參與到故事進程中來，參與到人物命運中來，參與到存在的幸福和苦惱、充實和匱乏中來。」金錢「不單單是它的內容，實質上已意味著情節母題以及相關的一套敘事遊戲規則」〔註31〕。大陸何頓的《生活無罪》，朱文的《我愛美元》等，臺灣黃凡的《曼娜舞蹈室》，吳錦華的《祠堂》等是其典型代表。《生活無罪》敘述「我」因見朋友發跡而利欲心癢離開美術教師的職位，跟朋友賣力掙錢、繼而倒買倒賣電影票，甚至通過替朋友曲剛拉包裝潢的工程

〔註29〕《文學：迎接新狀態》，《鍾山》，1994年第4期。
〔註30〕陳思和：《逼近世紀末的小說》，王曉明主編《二十世紀中國文學史論》第三卷，東方出版社1997版，第452頁。
〔註31〕李潔非：《新生代小說》，《當代作家評論》，1997年第1期。

師而不顧一切地向他索要 2 萬，字裏行間浸染著「我」對金錢的強烈欲望。這種欲望勝過朋友，勝過純真的藝術。藝術在金錢面前淪為垃圾，流露出酸溜溜的尷尬的姿態。在金錢的誘惑下，一切都成為交易，蘭妹在與丈夫性交之前必要五元錢，在她看來，這沒有羞澀，也沒有傳統倫理觀念的羈絆，唯有不忘的就是錢。相應地，小說在追尋錢的故事中演進，錢成為該小說的敘述動力。在《祠堂》中老人韓興伯在夢中聆聽到已故之妻求他維修祠堂，可現實中，兒子個個對風雨飄搖的祠堂視而不見，棄置不顧。一旦這祠堂聞名全臺帶來經濟利益時，兒子們都想據為己有，甚至他的孫子在夜闌人靜時去偷拔祠堂的交址陶，因為一隻就值三萬塊。最後韓興伯從房上摔死，無言地預示了金錢欲的勝利。《我愛美元》更赤裸裸地展露了金錢的本體性價值。金錢已成為眾多價值標準之上的霸權標準，成為當下的「權利話語」。它不僅成為生成故事的句法和語彙，而且「金錢在這篇小說中講述金錢的故事」，金錢在小說中「成為一個真實的敘述者」〔註 32〕。更值得注意的是，新生代小說不再對金錢進行尖銳地批判，而是趨於認同甚至沉溺於其中，這就更強化了金錢的敘述功能。

　　無愛的情慾是新生代小說的另一種敘述動力。這種欲望來自無意識的原始萌動，拋棄了對愛的神聖精神的關注以及夢幻中的靈與肉的澆鑄，而是淪為更純粹的官能衝動與享樂。人物讓那團積蓄的如蘑菇雲般的性陰影在縱情中頓時瓦解，獲得一種本能欲望的樂趣。在小說中，性欲成為目的，成為敘事邏輯的中心。大陸的《夢無痕》（衛慧）敘述學中文的女孩「我」與倫、明的三角關係，文本不注重神秘愛情之靈的體驗，而是退居欲望之所，重視「我」的感官刺激和欲望的滿足。「我」生活在自己被調弄和調弄別人的文化大體系之中，令「我」欣喜的就是偶然的豔遇。即使明知道明有妻子，還是抵擋不住明的誘惑和自身的欲望：尤其是，明知道明不是真愛她，兩者不存在愛的可能，而且一接觸明就直覺到一種悲劇氣息的來臨，「我」還是以積極的介入姿態投入他的懷抱，到外度假，飽嘗生命本能的宣洩之樂，「以從未有過的新奇和亢奮，放縱我們洶湧的欲望」。《我愛美元》更是把性衝動合理化理論化。小說敘寫「我」給來探望的父親從理論上上了一堂玩女人的課，令持正統觀念的父親深為不滿，然後「我」帶父親歷經理髮店、餐廳、包廂電影院、金港夜總會，又令父親撲朔迷離。難以理喻的是，父親最後欣然地帶上了一個

<hr>

〔註32〕李潔非：《新生代小說》，《當代作家評論》，1997 第 1 期。

婊子回家。「我」陷得愈深，上大學「過上較爲穩定的性生活」，畢業後落入「飽一頓餓一頓，吃了上頓沒下頓的狀態」，以至意念成結，「變得雙眼通紅，碰見一個女人就立刻動手把她往床上搬」。因此有人稱該小說爲「不知廉恥的妓女文學」〔註33〕。如果說20年代面世的《沉淪》令一些封建道學家目瞪口呆，那麼90年代的新生代小說對情慾本能的書寫更顯得理所當然，自容自如。恰如葛紅兵評論到：「性不再是對抗的對象而是它本身。這是一種更符合理想的方式：在一個眞正自由開放的社會，壓抑者不會將性當成反抗的工具，『性』就是『天性』」〔註34〕。這蘊著強大原動力的「天性」的滿足無疑成了合理的目的，也構成了小說一種合理的敘述動力。

臺灣新生代小說亦有情慾宣洩的因素。吳錦發的《指揮者》、《春秋茶室》、《燕鳴的街道》，陳韻林的《兩把鑰匙》等小說可以佐證。《兩把鑰匙》寫一個剛從臺大畢業的女孩柯美霞受老闆鄭勇男的青睞發展爲她的情婦。隨之而來的挑弄使她無法抑制原欲的衝動，無法掙脫肉欲的牽引。即使她十分厭惡他，有時達到疾惡如仇的地步，然而在本能衝動的瞬間忘記了擁有眞愛的昌平卻走向了無愛的鄭勇男。性本能的滿足不僅成爲小說的調劑品，更是故事演進的「母題」。《燕鳴的街道》中的幼瑪數次與人同居，遇到「我」更是恣意爛漫，令「我」懵懵懂懂。《春秋茶室》中的「我」雖爲少年，也抵擋不住性萌動的驅使，「我不知怎地就突然變得全裸了，而且竟和那少女擁吻摟抱，在地上打滾起來。」「那少女的唇是燙燙地像蛭一般深深吮住我的唇，那是一種說不上的舒暢或麻癢的感覺。」正是這種本能的誘惑「我」半夜去偷看那陌生女孩陳美麗並與其赤裸親吻。《指揮者》中也不乏此例。主人翁阿根把性欲的發洩視爲心理治療的方式，心情鬱悶不暢快的時候，他下意識地就到酒店包房去。不難看出，兩岸新生代小說都注重情慾的目的性和敘述功能。不可忽略的是，這裡面還包藏著商業化的煽動因素，通過一種替代性的滿足來招攬更多的讀者。

相對而言，大陸新生代小說在欲望之中更覺得理所當然，臺灣新生代小說在宣洩欲望之後，還有一些東西在苦苦冥思。柯美霞痛定思痛之後，與昌平在溪頭相約，挖掘出兩把鑰匙。這鑰匙就是就是眞愛的象徵。《指揮者》還尖銳地批判了當代醜惡的新聞出版業以及隨處受人指揮的生存狀態。《曼娜舞

〔註33〕楊琴：《不知廉恥的妓女文學》，《作品與爭鳴》，1995第9期。
〔註34〕葛紅兵：《關於〈糖〉之三》，載棉棉《糖》，中國戲劇出版社2000版。

蹈室》最後敘述「我」與唐曼娜「手牽著手，肩並著肩，走出重重夜幕，走進生命中最後一段時光裏」，對未來充滿希望。因此，臺灣新生代小說在抒寫欲望的同時，還有現實的深度與理想的色彩。

三、女性主義小說的離合

　　國際女權主義運動與思潮也滲入到了 80 年代臺灣和 90 年代的大陸並形成熱潮。兩岸新生代小說家都把筆觸伸進了這個前沿領域：或者揭露鞭笞傳統觀念、社會現實對女性的壓抑，或者高歌女性獨立自主解放自強的新女性，或者探尋女性獨立的深沉原欲。而女性作家與女性小說的融合——更強化了女權意識。這些小說在兩岸文壇佔據著不容忽視的地位。如臺灣的《殺夫》（李昂）、《這三個女人》《貞節牌坊》（呂透蓮）、《老闆》（平路）等，大陸的《潛性逸事》（陳染）、《隨風閃爍》（林白）、《上海寶貝》（衛慧）、《如夢如煙》（徐坤）等。

　　但是，在具體創作中，兩者的表現方式是不同的。大陸的小說採用一種直覺式的身體式的「個人化」或「私人化」的寫作模式，帶著一種思辯哲學的抒情色彩，以敘述者與人物合一的近距離聚焦來透視寫作人物與寫作主體的獨立解放意識。陳染的「孤獨的旅程」「小鎮神話載體」「女性之軀」等小說文本都時隱時現地張揚女性特有的寫作意識，活現著一個個如戴二小姐、消蒙、「我」、雨子等寫作女性。「寫作將使她掙脫超自我結構」〔註35〕，從而經歷情感、價值及寫作本身體驗，不但解放了外在性特徵和女性現實的約束，更解除了其深層的集體意識的約束力，為她營造一種「綠屋頂」，回到原始的「本眞狀態」。通過寫作這種「個人化」的敘事，「不僅伸展個性解放的自由之翼，而且被潛在地指認為對倫理化的主流話語的顛覆」〔註36〕。因此，寫作成為解構男權中心系統的一把銳器，「把陳染帶向女權的高度」〔註37〕。林白的《隨風閃爍》通過「我」的思辯性的心理歷程的講述，來展示紅環這一女性形象，並時時不忘對寫作女性自我的觀照。棉棉亦是如此。她在《糖》中寫道：「無論我怎麼努力，我都不可能變成尋把酸性的吉它：無論我怎麼更正錯誤，天空都不會還給我那把我帶上天空的噪音，我失敗了，所以我只有

〔註35〕張京媛主編《當代女性主義文學批評》，北京大學出版社 1992 年版。
〔註36〕戴錦華：《陳染：個人和女性的書寫》，《當代作家評論》，1996 第 3 期。
〔註37〕方鈴：《陳染小說：女性文本實驗》，《當代作家評論》，1995 第 1 期。

寫作。」可見，女性主體寫作和女性人物寫作不僅成為女性深層次解放的工具，而且成為當女性安頓焦躁靈魂的理想法門。

臺灣新生代女性主義小說則與之不同，它注重外在女權運動、外在行為的敘述，在女性和男性複雜的現實關係中，以女性的獨立自強竭力抗爭，來顛覆消解男權主義在現實的中心地位。《殺夫》中的林阿市面對禽獸般對她進行性虐待的丈夫忍無可忍，最終抄起丈夫的殺豬刀猶如剖豬一樣把丈夫擺平，這種行為不僅是林阿市追求自我生存而且是打破男權主義樊籬的有力證詞。雖然作者李昂認同林阿市的壯舉，但她採用的是遠距離的視角來展示故事，以情節，對話人物的行為等外在因素來揭示女性卑辱地位及爆發式的抗爭，使得該小說的「女性形象不再是生活的悲劇角色，而是敢於向大男子主義挑戰的強者」〔註38〕。這種敘述較之大陸個人化的寫作模式具有更多的現實主義成分和普遍性，但缺少大陸小說詩化的抒情性。《老閣》是一篇不足千字的微型小說，卻深刻的批判了現實中的男權主義，並指出它像丈夫面對官僚體制、系統運作、權力結構一樣籠罩著家庭婦女。這同樣主要是以丈夫對妻子的訓話的外在展示表現出來的。《這三個女人》被認為是最徹底的「闡揚新女性主義思想」的小說，作者敘述了三個女性的不同經歷，較為現實地展示了女性要獨立自主，認真追求自我價值觀念的人格，她塑造的許玉芝、高秀加、汪雲新女性主義形象，概括了現代女性的面貌，具有典型性。此外，廖輝英的《盲點》、《今夜有微雨》，朱秀蓮的《女強人》等都從不同的角度閃耀著女性主義思想的光輝。總之，臺灣新生代女性主義小說更注重社會普遍的女性獨立意識，竭力提高女性在社會人際關係中的地位和權利，「重建現代合理的價值觀念，以再造女子獨立自主的人格，並促進男女真正平等社會的現實」〔註39〕。大陸新生代女性主義小說蘊含更多「私人化」成分，更傾向於沉思，似乎走得太遠太狹隘，缺乏臺灣小說那種強烈的社會責任感使命感。

存在這種現象的原因主要有兩方面。一是兩者的社會政治情勢有異。隨著改革開放的全面推進，新生代作家對文藝從屬於政治的論調持有莫名的敵意，這樣，他們淡化了政治，遠離中心文化圈，退居政治文化的邊緣地帶，甚至一些作家淪為「多餘人」的可悲處境，他們多關注的是自身，自身的自由、煩惱、解放；臺灣自70年代來民主政治接連不斷，女權運動也造成極大

〔註38〕黃重添：《臺灣女性主義小說發展景觀》，《臺灣文學選刊》，1987第4期。
〔註39〕呂透蓮：《這三個女人・再版的話》，自立晚報社1987年第5版。

聲勢,崛起的新生代作家又為之吶喊助威,甚至居這些運動的核心地位,諸如呂透蓮、李昂等,因而她們的小說就是這種政治意識、責任感的明證。二是作為小說創作的主體,兩者有不同的文學背景。大陸新生代女性主義小說更多地接受了西方現代哲學思潮的薰染,在文本中注重哲學的思辨色彩,尤其是對人之生存的反覆驗證。愛思索、愛理論成為作家與人物的共同特點。《潛性逸事》中的李眉能把叔本華的名言爛熟於心,付之於行。主人公雨子透過《紅色娘子軍》,看到的是「空虛的現代人永遠追溯不回的一種精神的毀滅與失落的荒原」。當她悟出法國結構主義者所說的「如果說生活還有什麼意義的話,那就是它毫無意義可言」時,竟是熱淚盈眶,感懷萬端。她面對「現代人的精神家園的永遠喪失」痛感冥思。並且,中國大陸有著重抒情的詩騷傳統,加上像陳染等作家在大學一直寫詩,這樣,抒情色彩得以在小說中更加彰顯。其實,思與詩在本質上是鄰居,它們「使我們沒受保護的存在轉向敞開」,「允許人的居住進入其非常的本性,其現身的存在」,從而獲得深層次的解放,因為它們無疑是「居住本源性的承諾」〔註40〕。而臺灣新生代面臨著當代臺灣文學的發展的嚴峻形勢,她們竭力通過小說創作來高揚臺灣文學自身的聲音,企盼扮演其自身的文學角色。這樣她們主動地關注臺灣的當下現實與人們的生存狀況,一種較強烈的社會責任感使命感便在小說中流露了出來。

四、多種表現手法的嘗試

前面已經談到,80年代的臺灣和90年代的大陸新生代是處於現實主義、現代主義小說創作興盛後的文學背景中,它們兼收取捨,不再局限於某種單一的表現手法,以達到對前輩的自由超越。臺灣新生代小說對現代主義手法的運用更為嫻熟,更為妥當。他們以很具表現力的現代派技巧抒寫臺灣當下現實,不失尖銳的批判力。如吳錦發的《指揮者》把阿根上酒店玩女人的外在歷時性敘述和他內心的斷續共時性展開結合起來,從而批判了臺灣新聞報導的齷齪現象,並透視出人在生活中無處不處於被人「指揮」的非自由狀態,現實主義中又有著現代主義的味道。新生代小說家王幼華的創作也一樣,其小說被認為「是二度萌發的臺灣現代主義文學,它已經不是荒謬、蒼白、感

〔註40〕 德·M·海德格爾:《詩·語言·思》,彭富春譯,文化藝術出版社1991年版,第128、198頁。

傷的傳抄，而是眞確實空下稚嫩的批判能力的起步了」〔註41〕大陸新生代小說家在運用現代主義手法的同時對現實採取的更多是順應的姿態，少有臺灣小說對諸如新聞、公害等社會現實給予揭露；強調寫作主體的主觀性，少見臺灣小說比較顯著地注重社會的普遍情結。

　　兩岸新生代還十分熱衷於對後現代主義小說創作的嘗試。臺灣的《如何測量水溝的寬度》《小說實驗》（黃凡）《五印封緘》《人工智慧紀事》（平路）《消失的男性》（吳錦發）等，大陸的《嘴唇裏的陽光》（陳染）《母狗》（韓東）《夢無痕》（衛慧）《糖》（棉棉）《生活無罪》（何頓）等均有後現代意識或形式的體現。60年代以來，隨著接受美學、後結構主義、新解釋學的崛起，西方文化邁入後現代主義階段，並迅速向世界蔓延。它理所當然地要求衝擊處於全方位開放的80年代的臺灣和90年代的大陸文壇。後現代主義所倡導的瓦解中心、顛覆「堂皇敘事」、注重交流與對話、崇尚平面化破碎性、迷戀文字遊戲等等金科玉律都爲兩岸新生代小說家所體驗以至實踐。由於後現代主義屬於一個複雜的系統，要對兩岸新生代的後現代小說作一個較完整的研究非本人所力及，我就其體現的後現代意識和「元小說」特色作一甄別。

　　兩岸新生代後現代小說均有後現代意識的表現。一方面，小說中的人物生活方式「過程化」，缺少一種主宰生存的穩定內在的「本質」。人物在當代原子化的符號社會裏成了無根的雲到處飄落，不斷地告別，不斷地奔跑，難以找到棲身之所，更無玄機駐足守望。所以，葛紅兵評論大陸新生代小說：「『無處』與『告別』構成了新生代的兩個狀態，他們尚不能找到自己的精神定居之所，因而，他們在一處的『到場』看起來就似乎是爲了和這個地方『告別』。他們在這個世界『尚未定居』，他們將永遠處在『奔跑』之中」〔註42〕。如果這是較爲感傷的「過程化」，那麼放逐精神的守望，時刻不忘對物欲和情慾的渴求與享受，就成爲大眾所能喜於接受的「過程化」生活方式。正如《生活無罪》中的狗子所言：「我現在只認呷，只認玩。」在玩的縱情中讓時間無意識地消逝。同樣，「我」也處在追求金錢的忙亂過程中。臺灣小說也寫有這種生活方式。《消失的男性》中的知識分子欲奔從一個天才詩人逃避詩壇去研究鳥，但又被誤認爲間諜，以至變成一隻鳥而消失。他在社會中不斷的變幻角色，還是無處容身，即使當他變成一隻鳥時，還是受到狂風暴雨的凌虐，唯

〔註41〕彭瑞金：《原罪的探索——王幼華與〈狂徒〉》自立晚報1983年1月。
〔註42〕葛紅兵：《新生代小說論綱》，《文藝爭鳴》，1999第5期。

一解救的道路就是消遁。這是一種無根的生存。《人工智慧紀事》敘述科學家
H 與「認知一號」機器人「我」從陌生到相互配合到感情依念以至於被「我」
拋棄的故事。「我」清楚地意識到「人生中不可跨越的鴻溝，無法滿足的情愛，
以及注定擦肩而過的緣分」。匆匆相識，又匆匆地告別，作者從情愛的角度展
示了匆忙「奔跑」的生存方式。從上面分析可以看到，臺灣新生代後現代小
說除後現代意識之外，還有一種較明顯的社會批判性，這是與大陸新生代小
說的不同之處。

　　另一方面，與「過程化」相關的就是平面化的生存。後現代主義消解了
以往的邏各斯中心論，張揚人的本能欲望和直感體驗。受它影響的新生代的
小說「感性大於理性，感性真實大於邏輯真實」，這樣，「世界的因果聯繫被
抽空了」〔註43〕。所以，它砸碎了數千年積澱下來的沉重的歷史感、宇宙感、
人生感，唯存後現代主義的一隻「空碗」。《夢無痕》中的「我」追求本能欲
望的宣洩，展現一種生物層面的生存狀態，讓昔日崇高的理想，人生的終極
任意放逐。「我」對曾經總在問的「你一生要做什麼」「你想要什麼樣的生活」
的回答只有簡單的三個字「不知道」，因為「我」不習慣於做夢。對一些有著
確定目標孜孜不倦地盤算的人，「我」總是憑著直覺就不喜歡，再也不用去推
斷深思為何之故。衛慧的小說消解了「生活之重」。她解釋說：「因為我所居
住的這個城市隨著雜色人等的雜居，日益陷入後殖民主義泡沫裏，陷入『輕』
的生活哲學裏」〔註44〕。臺灣的《大家說謊》瞎編胡扯，以誘騙讀者的閱讀
欲望。創作與解讀只是一種偶然性的暫時的相互哄騙與娛樂，「想從小說的寫
讀去追求並建立某種嚴肅的人生意義和價值是注定徹底失敗了，小說不再是
具有闡釋真理的義務和權利」〔註45〕。《如何測量水溝的寬度》堪稱臺灣後設
小說濫觴之作，講述五個人在 1960 年 5 月 30 日去測量城市下水溝的寬度，
最後是「坐在大溝上，搖頭晃腦，直到天黑，一點辦法也想不出來」。然而測
量水溝究竟是怎麼回事？「這個問題恐怕連『黃凡』也無從交代」，「這場遊
戲只是借著白報紙上印出的黑字來證實它能夠勾勒出一個『世界』」〔註46〕。
儘管這個「世界」提供了多種解讀的可能性，它也是漂浮的，缺乏深刻意義

〔註43〕 葛紅兵：《新生代小說論綱》，《文藝爭鳴》，1999 第 5 期。
〔註44〕 衛慧：《公共的玫瑰》，載《衛慧全集》，灘江出版社 2000 版年。
〔註45〕 呂興昌：《新地文學》，1991 第 4 期。
〔註46〕 蔡源煌：《欣見後設小說》，《作品與爭鳴》，1995 第期。

的啓示。從比較中可以看出，兩岸新生代的後現代小說「終於去掉了幾千年人類心靈夢魘般沉甸甸的深度，獲得了根本的淺薄」〔註47〕。

第三節　網絡媒介與文學轉型

一、文學網站的產業化與中國網絡文學的發展

　　自 1994 年跨入互聯網起，中國網絡文學已歷經了 10 餘年的發展。在文學邊緣與死亡的文化大氛圍中，在擁護和質疑的二難困境下，中國網絡文學卻成爲一個大眾的事實擺在人們面前，尤其成爲當代青年的文學表達與情感傳播的主要形式之一。即便 2004 年作家陳村發出「網絡文學最好的時期已過去」的感慨，但不能忽視的是，中國網絡文學至今仍備受矚目。網絡原創小說《鬼吹燈》《星辰變》等作品近年來波及全國，掀起一股股網絡文學旋風。我們試圖從文學網站的產業化角度來探究中國網絡文學的發展，從文學制度方面分析產業化爲中國網絡文學發展提供的重要機遇以及引發的問題與缺失，進而反思如何建構產業化與網絡文學發展的良性機制。

（一）

　　影響文學發展的因素儘管複雜，但是文學制度無疑是重要因素之一。而技術的發展又影響著文學制度的嬗變。西方現代文學之所以成爲重要的文化形式，離不開自谷登堡推進印刷術的出版產業的發展。出版產業至今是文學發展的制度因素。網絡作爲新技術改變了文學發展的軌跡，甚至促進了文學的死亡，「技術變革以及隨之而來的新媒體的發展，正使現代意義上的文學逐漸死亡。我們都知道這些新媒體是什麼：廣播、電影、電視、錄像、以及互聯網，很快還要有普遍的無線錄像。」〔註 48〕米勒在此所論及的是讀圖時代文學的變異與危機，但是我們不能無視這一事實：互聯網取代出版業改寫了文學發展的制度因素，正在催生一種新的文學制度。文學網站的產業化就是通過重新確立互聯網的價值特性與運營模式成爲文學發展的制度性因素，從而影響到當代文學的發展。中國網絡文學已經逐步進入文學網站的產業化之

〔註47〕王岳川：《後現代主義文化研究》，北京大學出版社 1992 年版，第 238 頁。
〔註48〕（美）希利斯．米勒：《文學死了嗎》，秦立彥譯，廣西師範大學出版社 2007 年版，第 16 頁。

中，從而面臨新型文學制度的機遇與挑戰。

所謂產業化，就是注重工業生產與管理機制運作，集中市場經營，追求價值利益的最大化，「產業化的共同特徵一是利益指向，二是淡化行政級別和事業性質，追求相對獨立的經營實體地位」。〔註49〕阿多諾在重新思考文化產業的文章中認爲，文化產品之所以成爲可能在於「當代技術含量和經濟管理集中化」。〔註50〕文化產業化就是利用科學技術打造現代文化的市場制度，形成獨立的規模化的生產經濟實體。中國傳媒在近20年的發展中已經逐步形成較爲成熟的具有競爭力的產業化模式，互聯網也隨之迅速走向產業化前沿，文學網站的產業化也因之作爲特殊的新型領域受到關注。在網絡文學的發展中，存在著非產業化文學網站和產業化文學網站兩種主要形式。非產業化的文學網站持以較爲純粹的文學理想，也出現了一些較優秀的網絡文學作品，引起網民的普遍關注。但其讀者群往往較少，而且發展頗爲艱難。香港中華網絡作家協會網站的《宗旨》第一條就提出，該協會「實爲一所非牟利機構，爲全球華人提供一個自由寫作的免費空間，推廣各類文學活動，發揚中華文化的精神。」〔註51〕但是該網站首頁刊載的作品閱讀人氣就比較低。產業化的文學網站則拋棄了自發的文學抒寫和網際傳播，試圖把網絡文學創作納入產業化的鏈條機制中，通過現代企業運營管理模式充分考慮和挖掘網絡寫手的寫與社會網民的文學需要以及與市場經濟的切合點，實現文學與經濟的最佳結合。中國網絡文學發展已經開始凸現這一重要趨勢。從1999年起，臺灣網絡文學就嘗試產業化，取得了初步成功。據臺灣學者須文蔚所研究，「有商業機構或政府支持與讚助的文學社群，往往比較能夠吸引更多讀者的注意力。」英業達集團在1999～2004年間提供了許多空前的、顛覆的文學傳播模式，如成立專業寫作公司。臺灣《鮮網》以網站上聚集了三十萬名網友的虛擬社會爲基礎進行產業化運作，通過編輯叢書的方式橫跨網絡和平面出版兩個市場。〔註52〕中國大陸文學網站的產業化推進步伐也是迅速的，尤其體現在原創文學網站的產業化建設方面。1997年底朱維廉創

〔註49〕黃昇民、丁俊傑主編：《媒介經營與產業化研究》，北京廣播學院出版社1997年版，第5頁。

〔註50〕Theodor W. Adorno. "Culture Industry Reconsidered", trans. Ansom G. Rabinbach, *New German Critique*, No.6 (Autum, 1975), pp.12～19.

〔註51〕《宗旨》，http://www.sinowriters.org/html/modules/cjaycontent/index.php?id=4。2008年6月6日查詢。

〔註52〕須文蔚：《臺灣數位文學社群五年來的變遷》，http://blog.chinatimes.com/winway/archive/2005/07/19/1303.html。2008年6月18日查詢。

辦中國原創網絡文學網站「榕樹下」，投資 100 萬元，該網站 1999 年以前一直爲個人主頁，1999 年 8 月，上海榕樹下計算機有限公司成立，產業化正式運作，2006 年中國民營娛樂傳媒集團「歡樂傳媒」與之聯姻，推進文學資本化，打造「文學影像化」的核心盈利模式。另外，2004 年上海盛大鉅資收購玄幻文學門戶網起點中文網，TOM 則以千萬元代價控股幻劍書盟，杭州的博客中國以及人氣旺盛的天涯社區，都獲得了 1000 萬美元的風險投資。〔註 53〕

可以說，在中國過去幾年裏，中文原創文學網站紛紛受到資本市場的青睞，成爲網絡增值的商業模式之一，有意識地迅速地推進產業化進程，成爲影響中國網絡文學發展的重要因素。

（二）

文學網站的產業化**趨勢**已經成爲一個不容忽視的事實，那麼其是否帶來了價值意義，是否有利於中國原創網絡文學的發展與繁榮呢？回答是肯定的。在全球化背景和中國市場化進程中，文化產業化以及隨之而起的文學網站的產業化會極大地促進中國網絡文學活動，重組中國網絡文學之格局，這主要表現在三個方面。

一是文學網站的產業化建設提供了原創網絡文學活動的優質化的技術平臺。原創網絡文學是借助於計算機與網絡而進行傳播的文學形態，它不像紙質創作，主要通過筆、稿紙、印刷等實在物體存在，技術性要求不是特別高，相反則需要計算機技術與網絡技術的不斷更新，需要高質量的硬件支持與軟件開發。如果不進入資本鏈的產業化運作，文學網站也無法在讀圖時代受到網民關注，這需要資金的注入以及高效的技術更新與開發，所以產業化無疑會打開原創網絡文學的媒體質量與網絡文學本身的技術含量，技術在作爲網絡傳媒載體的同時融入文學的內在肌理之中，從而有助於網絡文學的開放性和多元發展，同時技術開放也促進了網絡文學互動平臺的多樣化與優質化。通過比較，我們不難發現，產業化的文學網站在技術平臺上遠遠超過非產業化的技術平臺，不僅是頁面效果、閱讀空間效果，還是網絡文學活動本身的質量上都形成了較爲明顯的差異。

二是文學網站的產業化提供了原創網絡文學活動更多的自由空間。一些網絡文學寫手高呼網絡文學寫作的自由化，這些人如 18 世紀末期的浪漫主義

〔註 53〕胡勁華：《資本市場青睞文學網站　百萬點擊值 10 萬元錢》，http://www.sina. com.cn，2006 年 04 月 22 日 09：51《財經時報》。2008 年 6 月 18 日查詢。

者一樣，充滿對自由的文學表達的憧憬與激情式的看護。這種對文學自由的堅守是任何一位眞正進入文學領域的人所認同的，但是排斥其他因素介入文學只是一種夢想。事實上，網絡文學自由恰恰需要文學網站的產業化來呵護。這根本上就涉及到市場機制與網絡文學自由的問題。馬克思在批判資本主義市場機制的同時認識到市場提供的自由創造性空間。拉德洛蒂（Sándor Radnóti）也認識到：「文化工業的自由的工資勞動爲藝術打開了不同類型的自由，打開了不參與這種生產的自由。」〔註 54〕文學網站的產業化凝聚了充分的資本數量，通過投資、廣告、網絡與出版聯姻、閱讀收費制度（VIP 閱讀模式）等方式建立起獨立性的經濟實體地位，參與競爭獲得資本收入，這爲網絡文學創作提供充足的自由空間。如果起初的網絡寫手主要在於解決生存的無聊與欲望的缺失，那麼隨之越來越多的網民加入網絡文學活動之中來，活動的主體就不斷趨於複雜化與多元化，其中網絡寫作職業化成爲一種矚目的現象，這是網絡文學發展與繁榮的重要表現。網絡職業寫手專注網絡文學創作，提升了網絡書寫的質量與數量，這種職業化恰恰是文學網站的產業化所提供的機遇與平臺。近幾年來中國影響較大的原創文學網站都實行了產業化運營，都挖掘出一批頗有潛力的網絡寫手，通過簽訂協議的方式使網絡作家職業化，從經濟上和法律上保證網絡寫手專門從事網絡文學創作，從而促進了中國原創網絡文學的迅猛發展，在數量上和質量上得到新的突破，這又相應地促進了網絡文學接受，在瀏覽人次或者人氣方面一浪高過一浪，形成了網絡文學創作和接受彼此激勵、彼此滲透甚至轉化的動態機制，使得中國網絡文學活動成爲世界網絡文學中的突出現象。中文起點原創網 2002 年才成立，在短短幾年時間裏就通過產業化運營成爲世界排名前 100 強的網站，瀏覽人次突破 1 億，2007 年稿酬總收入最高的作者獲得 100 萬元以上。〔註 55〕產業化給網絡文學寫作提供了更多的職業化實驗的空間，文學在敵視經濟利益的同時又從經濟利益中獲得了自由的生存天地。

三是文學網站的產業化挖掘出文學創作的潛力，實現語言文學的多方面試驗的可能性，從而推動逐漸興盛的創意產業發展，爲文化創意提供源源不斷的元素。創意產業是當今西方極爲重視的新型產業，強調挖掘文化潛力與

〔註 54〕 Sándor Rádnóti. "Mass Culture", trans.Ferenc Feher and John Fekete, in Eds. Agnes Heller and F. Feher *Reconstructing Aesthetics*, Oxford: Basil Blackwell, 1986. P. 80.
〔註 55〕 黃堅：《〈鬼吹燈〉旋風勁吹　盛大開闢網絡文學新『起點』》，《解放日報》2008 年 6 月 10 日。

意義的產業化，以將人類創造力融入到社會生活之中。這項產業的發展無疑會極大地提升當代人的生存質量，使人們生活與制度管理包含更多人類的創造性和新的生命價值意義，這事實上是使社會與管理制度更富有人文意蘊。在中國創意產業卻剛剛起步，值得各界共同呵護與推進。中國原創文學網站的產業化的目的是多方面的，但是其中非常重要的一個目標是借助網絡原創文學的實驗推動中國創意產業的發展，實現中國文化產業的新的突破。文學網站以文學創作為起點，推動文化產業的規模式發展，它既以文字寫作的實驗作為影視創意的素材，推動文學影像化，同時成為網絡遊戲的創意資源，因而網絡文學試驗成為中國創意產業、文化產業重要的支柱之一。因為網絡文學寫作主要是 18～35 歲的人群，學歷層次絕大多數是專科生、本科生、研究生，這是一個富有創意的青年群體。文學網站的產業化正是開發了這個群體的文學創意與文化創意的能力，使這個群體成為當今文化生活的重要的設想者與試驗者。網絡文學與網絡遊戲的接受者也是主要是這個年齡群體，這進一步形成了創意與分享創意的群體，促進網絡文學的產業化的內在機制的形成與良性互動發展。

網絡文學的產業化形成了新型的文學制度，為網絡文學活動提供了高質量的存在空間，也有利於充分挖掘網絡文學創作的諸種潛能，促進中國原創網絡文學的發展與繁榮。

（三）

不過，也要反思文學網站的產業化給中國網絡文學發展帶來的負面性，尤其要思考網絡文學作為一種事實存在和價值存在的關係。

首先，中國原創文學網站的產業化在創造新的文學制度的同時又在挪用傳統的文學制度。原創網絡文學的寫作、接受、傳播都試圖挑戰傳統文學制度及其文學意識形態，但是產業化運作通過各種途徑與模式試圖重新把網絡文學大眾化、社會化、程序化、市場化。這是中國網絡文學發展中的一個悖論現象。20 世紀西方的先鋒派和青年亞文化群體已經面臨這種悖論。雷蒙·威廉斯（Raymond Williams）認為：「現代主義很快喪失了它的反對資產階級的姿態，達到了與新的國際資本主義輕鬆自在的結合。」〔註56〕馬丁（Bernice Martin）認為，20 世紀 60 年代反結構的青年先鋒文化卻以再結構化而告終，「文

〔註56〕　（英）雷蒙德·威廉斯《現代主義的政治——反對新國教派》，閻嘉譯，商務印書館 2002 年版，第 53 頁。

化又將反文化運動所推崇的許多東西制度化了。」〔註 57〕網絡文學的產業化使得網絡文學成爲制度化的文學樣式，中國網絡文學和傳統文學一樣，仍然被網絡文學批評家群體、人文價值觀念、社會制度進行福柯式的權力與意識形態的規範，網絡文學發展最終進入制度性掌控之中。網絡寫手宣稱充滿自由與激情式的抒寫，最終淪爲滿足網民窺視他人隱私欲望的一次替代性滿足，成爲職業化鏈條的螺絲釘；不斷地文字狂歡，夜以繼日地滴滴答答，最終淪爲互聯網寫作制度與協議的一名文字雇員，在某種意義上這與中國現代文學家爲稿費寫作而生存的情形沒有根本的區別。

第二，文學網站的產業化離不開商業的目標。文學網站爲了滿足商業利潤而忽視網絡文學的本身價值，爲了產生市場效應而放棄網絡文學潛力的開發與挖掘，它通過注重文學的外在影響因素的開發獲得影響效力而忽視網絡文學的文學性因素。近幾年，產業化的文學網站充分利用現代企業經營的豐富成熟的經驗加強策劃，紛紛推出網絡文學徵文大賽，推出富有吸引力的廣告，甚至通過組織文學研究權威人士參與評委，邀請著名作家參與文學網站會議等，也就是挪用傳統文學制度的因素與當代產業化經營模式來打造品牌文學網站，提升文學網站的人氣與影響力，又通過提高的影響力與世界排名進行宣稱廣告、傳播，以形成所謂的較爲良好的文學網站的品牌形象與核心競爭力，從而獲得高額的商業利潤與市場潛力。這些產業化與文學外在制度因素在中國網絡文學發展中佔據著主要角色，倘若如此不但不會促進網絡文學的發展，而且會產生嚴重的負面效果，最終在掀起耀眼的泡沫之後剩下一個空洞的網絡文學骨架，中國網絡文學也因產業化而斷送自己的命運。如此的產業化還不如非產業化的網絡文學寫作。隨意瀏覽西方的網絡文學網站或者網頁，很多是非產業化的，但是網絡文學作品實驗性很強，形式豐富多樣。這些網頁和網站沒有任何形式的廣告與商業經營，雖然瀏覽人次不多，沒有中國網絡文學的轟動效應，但是仍然體現了網絡文學的不斷探索，有可能在某個時刻偉大的網絡文學作品就誕生了。

第三、文學網站的產業化通過建立創作與接受的互動機制促進了網絡文學發展，但是也有可能爲了追求點擊率與商業利潤，迎合網民的趣味，成爲欲望生產的制度機器，而忽視網絡文學的創新品格與先鋒實驗特徵。中國原

〔註57〕　（英）伯尼斯·馬丁《當代社會與文化藝術》，李中澤譯，四川人民出版社 2000年版，第 22 頁。

創網絡文學給幾乎忘卻的文學界帶來了新氣象，帶來了新的機遇。尤其是網絡文學的欲望抒寫與表露成爲網民所閱讀的興趣點。近幾年影響較大的網絡文學作品幾乎都涉及到欲望的表達，這是當代消費文化語境中的主體性特徵與文化特徵，也是具有世界性特徵的。中國原創網絡文學的欲望抒寫具有先鋒性意義，在文學表達中有創新之處與文學制度內爆的意義。但是文學網站產業化之後的網絡文學的欲望表達就更可能被充分挖掘與利用，實現網絡欲望抒寫與商業意識形態的親密接觸，如此網絡原創抒寫更與當代消費意識形態形成聯姻，阻礙文學的文學性與意義張揚，失去網絡文學原創空間的自由性和多元性。甚至，文學網站爲了追求非文學意圖甚至挖掘網民的欲望需求或者激發虛假的需求，或者迎合網民的趣味，以達到轟動效應，但喪失了網絡文學發展和繁榮的豐富潛力。

中國具有影響力的原創文學網站幾乎都走向了產業化的道路，通過整合傳統文學制度因素創造新的文學制度模式。鑒於網絡文學載體與寫作的特殊性和高技術要求，產業化會打造出中國原創網絡文學的新局面，尤其是在網絡文學的軟件技術的創新開發、網絡文學的多元創造、優秀超文本寫作等方面帶來新的機遇。中國網絡文學仍然處於發展之中，優秀而高質量的作品還有待創造與開發，還缺乏像喬伊斯（M.Jorce）的超文本作品《下午》、莫爾斯洛普（S.Mouthrop）的《維克托花園》、《黃金時代》等具有世界性影響的優秀作品。在中國這需要職業化、高水平的創造團隊和高技術的軟件平臺，而產業化形成的規模運作和集團化優勢可以爲此創造良好的條件。同時，也應該注意產業化可能給中國網絡文學發展帶來的陷阱，有可能使之失去文學發展的內在自律性，從而錯過網絡文學的實驗性機遇。因此，如果要建立中國網絡文學發展的良好機制，眞正關注網絡文學或者參與網絡文學的業界人士，就應該充分通過產業化的經營，打造網絡文學創造的品牌與影響力，在經濟大潮中實現網絡文學的繁榮，通過推出的眞正優秀的網絡文學作品凝聚經濟實力，建立中國網絡文學發展的他律與自律機制，因爲「健全『他律』與『自律』並存的約束機制，也許是庇祐新媒介文學健康前行的必要手段。」〔註58〕中國網絡文學活動已經成爲世界矚目的文學現象，而文學網站的產業化更使這種現象格外耀眼。如何通過產業化打造網絡文學精品，促進中國網絡文學發展，不僅使中國網絡文學在價值層面眞正進入世界網絡文學體系，而且跨

〔註58〕歐陽友權：《網絡文學的學理形態》，中央文獻出版社2007年版，第28頁。

入世界創意產業領域，這仍然是值得深入反思的問題。

二、網絡文學的付費閱讀現象

作爲漢語抒寫的中國網絡文學迸發出耀眼的光芒，在 2000 年沉寂之後隨著新型文學制度的形成尤其是新型文學產業模式的建構再次成爲中國當代文學經驗的重要維度，在當代世界文學格局中也是獨樹一幟的。近年來在產業化的複雜鏈條上逐步完善的網絡文學付費閱讀機製作爲網絡文學發展的新聚焦顯得格外矚目，網絡寫手和傳統作家自覺不自覺地被捲入這個日益升溫的文學消費的市場機制之中，如何從學理上理解和評價這種複雜現象已不容迴避。

從根本上說，網絡文學的付費閱讀是中國網絡文學產業化進一步推進和完善的必然。中國網絡文學的產業化進程雖然僅有 10 餘年，但是它伴隨中國市場體制的突飛猛進旋即走向成熟。付費閱讀也從 2002 年開始在短短幾年中波及起點中文網、天下書盟、幻劍書盟、天鷹、17K 小說等重要原創文學網站，這些網站雖仍然把文學作品的一部分免費提供給讀者閱讀，但是只有付費之後才能繼續閱讀或者得到某些完整的文學作品。文學網站從如何註冊付費、如何充值、如何折扣等不同層面形成了法定有序的便捷路徑，讀者通過網上銀行、手機、固定電話等方式支付一定數額的費用就成爲文學網站的 VIP 成員，自由地暢遊網絡文學世界。這無疑是網絡文學紙本化的出版產業模式和廣告贏利模式的延伸，是對網絡文學影視化模式的突破，是網絡文學自身的贏利模式的開發。從這個意義上說，這是網絡文學最基本的市場機制的構建。付費閱讀不是網絡文學借其他產業模式將自己產業化，而是網絡文學自身產業化的呈現，是網絡文學自身開掘出來的一條血路。

網絡文學的付費閱讀機制的形成具有革命性的意義，可以卓有成效地推動中國原創網絡文學的良性機制的打造，爲良莠不齊的漢語網絡文學建立合理性規則，營造富有活力的網絡文學生態，爲網絡文學的健康發展創造潛在的契機。第一、付費閱讀能夠促進網絡文學價值的規範性建構。網絡文學是純粹私人情感的宣洩，是以我手寫我心的絕對自由，還是一種新型的公共性和意義的分享，一種新的交往領域，這可以通過付費閱讀加以檢視。以往在價值評價上過多地突顯前者的意義，而付費閱讀中介機制把作者和讀者的共同紐帶的聯袂放在了核心地位，也就是說文學的意義應該是作者和讀者的共同的規範性訴求，而不是單方面的孤芳自賞和私人欲望之發洩，這對網絡文

學的發展無疑是極爲必要的，有可能催生新型的意義生產機制和共享領域。
這是對現代性的人文價值的重構，把網絡文學重新融入現代性的規範性框架
之中。隨著互聯網各種制度的逐步規範，網絡文學制度也因之得以萌生，開
始走向成熟。第二、付費閱讀有望推動網絡文學原創，提升網絡文學的質量。
漢語網絡文學一直作爲重要的文學現象或者大眾文化現象被學界關注，特別
從其價值之優劣方面得到深入討論，而事實上優秀的網絡文學作品仍然是相
當缺乏的。漢語網絡寫作在突破媒介限制和舊有制度約束的條件下顯得無限
自由，成爲每個人皆能爲之的隨意抒寫，這在帶來抒寫震驚之同時必然導致
網絡文學的庸俗氾濫。這一方面是因爲網絡寫手層次不一，另一方面是因爲
沒有一個合理的機制來保證網絡寫作的質量。而付費閱讀通過利益之鏈條與
作者建立契約，只有優秀的網絡文學作品才值得付費，願意被讀者增值閱讀。
因此，付費閱讀帶來的利益以及隨之而來的網絡寫手的職業化與市場化使寫
手得以全身心地傾注於網絡文學抒寫，既使作者自由地展示自己的文學才華
和網絡文學創意，也使之必須發揮極致，向讀者提供最優秀的文學作品。2008
年 7 月成立的盛大中文網整合晉江原創網、起點網、紅袖添香網三個網站，
實行付費閱讀，作品前半部分免費，後半部分按千字 2～3 分錢收費，寫手與
網站五五分成。結果，盛大中文網 2009 年的收入比 2008 年翻了好幾番，2008
年的銷售額近億元左右。在盛大中文網上，目前年收入過百萬元的作者超過
10 名，收入十萬元以上的作者超過 100 名。〔註 59〕作者的自由和獨立以及職
業化成爲推動網絡文學創作的重要因素，如果作者創作不出優秀作品，就不
可能獲得付費閱讀的機遇，即使偶然獲得也不能形成良好而穩定的贏利模
式，而優秀的作品通過付費閱讀形成持續的價值鏈，市場贏利反過來促進網
絡文學質量的提升，可以從紛繁複雜的網絡文字中淘出優秀作品，形成經典
網絡文學的價值標準。付費閱讀既是作家職業化形成的重要條件之一，也是
對網絡文學作家的知識產權的肯定和保護，這對網絡文學的健康發展和網絡
優質寫作的激勵無疑是有裨益的。第三、網絡文學的付費閱讀也給讀者帶來
了新的意義。由於付費閱讀，讀者形成了區別性意識和主體性觀念。付費閱
讀和免費閱讀的根本區別在於，前者通過貨幣建立了讀者的主體性地位，認
可了讀者的價值分享和評價的權利。通過建立市場交換雙方的主體性，交流

〔註 59〕見《網絡閱讀三分錢看一千字超級寫手賺了上百萬》，《都市快報》2010 年 1
月 28 日。

和對話就可能在更高的層次上，更多元化的精神需求上展開，而不是像免費閱讀那樣讀者潛在地充當被授予被給予的角色，內含臣屬的被動性，作者也在這種免費閱讀中處於主體抒寫身份難以確認的狀態之中，這就是為何大多網絡寫手隱含自己的真實姓名而代之以臨時符號的主要緣由。此外，付費閱讀由於經費的保障可以為讀者營造溫馨的閱讀環境和氣氛，尤其可能避開各種廣告的干擾帶來文學審美經驗的中斷以及閱讀興致的泯滅。因此，網絡文學的付費閱讀機制能夠促進網絡文學寫作和閱讀的良性互動，是漢語網絡文學發展走向成熟道路之上的必然趨勢，它意味著讀者對網絡文學的認可度的提升，標誌著網絡文學已經融入到整個文化產業結構之制度性框架中。

　　但是付費閱讀存在著悖論。付費閱讀對漢語網絡文學發展的積極意義不容厚非，不過付費閱讀本身也蘊含著天使的幸福和災難兩副面孔，具有付費和閱讀的二重性，面臨功利性和非功利性的悖論。首先，權威可信的網絡文學價值評價機制仍然缺失。雖然網絡文學通過付費閱讀可以自發形成評價機制，優秀的作品閱讀的人數多，獲得的收益也多，評價機制通過收益建立了起來。在全球市場化的今天，市場決定商品價值乃至調控人文價值逐步成為可能，一分錢一分貨，不僅就普通商品而言而且就網絡文學而言均有效。但是這種評價機制仍然有其限度，不能形成優秀的網絡文學作品的權威標準。網絡文學的文學價值標準不能僅僅依賴於點擊數量的累計，還要取決於閱讀的文學共識，甚至取決於網絡文學自身的獨特性，乃至取決於少數人的慧眼。何況，由於網絡文學付費閱讀成為網絡文學產業化的重要環節，文學網絡運營商為獲得更多利益必然利用各種手段進行炒作提升人氣，甚至利用網絡技術手段進行虛假統計，誘使讀者付費閱讀，這不僅不會促進漢語網絡文學的發展，反而導致網絡文學的災難。第二、付費閱讀帶來的商業功利性影響了網絡文學的深度閱讀。文學閱讀是人類對語言的審美經驗的品鑒，古代的詩詞賞鑒、現代文學雜誌和書籍的私人化閱讀，均使讀者處於沉醉狀態，通過閱讀建立起文學的價值意義。現代文學閱讀儘管面臨文學性和市場貨幣的悖論，但在閱讀實踐中文學性的獨立仍然是可能的，文學作品在市場上進行交易，讀者一旦購買作品後就脫離市場，輕易地忘卻功利性而進入文學世界。但是網絡文學的付費閱讀直接處於交易狀態，文學閱讀總是被商業性的功利所糾纏，純粹的文學審美經驗也就難以尋覓，文學閱讀缺乏深度，文學閱讀更多的是被動的消費而不是意義的尋覓和人生價值的體悟。有人認為：「網絡

文學不是讓我們用靜態的方式去慢慢地琢磨。你完全可以一目十行地去讀。網絡文學是欣賞思維，欣賞這種想像力是怎麼樣迸發的。」〔註60〕倘若如此，付費閱讀就更強化了泛化閱讀、消遣閱讀，文學閱讀也就淪為文化快餐。第三、就現狀而言，網絡文學的付費閱讀仍然面臨諸多困境，網絡文學處於運營商支配下的作者寫作和讀者閱讀，作者和讀者沒有到達與運營商平等共享的高度。由於對運營商的依附，作者淪為不斷生產文字的工人，為利益再生產文字，為填補讀者大眾的欲望而瘋狂抒寫，所抒寫的多是模式化的玄幻文學、情慾文學，敘事手段和語言表達幾乎脫離不了傳統通俗文學的窠臼。網絡上堆積的是數量眾多、每本字數動則上百萬的長篇小說，利益的增加幾乎完全憑藉文字數量的擴充。捫心自問，有多少人讀完了這些長篇小說，有多少人能夠讀完這些文字，有多少人願意讀完這些作品？付費閱讀憑藉欲望的刺激和難以確信的點擊率贏得讀者的付費，不付費讀者的閱讀就被迫中止，而付費之後發現只是軀殼一個，欲望不但沒有滿足反而萌生新的欲望，欲望的辯證法在網絡文學的付費閱讀中昭然可見。這是當下漢語網絡文學的付費閱讀的心理機制，但是這種機制不可能推動網絡文學的繁榮，反而使網絡文學更加大眾化、欲望化、機械化，成為消費文化的重要部分，而難以進入純文學的視閾，如此看來「十年網絡寫作越寫越水」之說不是沒有道理的。更可悲的是，不僅某些運營商費盡心機挖掘利益之源，一些網絡寫手亦精心挑逗讀者，如何刺激讀者如何利用讀者如何抓住讀者如何迎合讀者似乎熟稔於心，完全以他律之眼光定位文學寫作，幾乎失去文學創作的自律品格和尊嚴。這種以利益鏈形成的運營商和作者的聯盟對讀者造成了極大的傷害，這也是對文學的傷害，是文學的墮落。漢語網絡文學剛起步就走向了產業化的道路，沒有誕生多少優秀作品就開始推行付費閱讀，深化炒作與商業策劃，違背了文學藝術的根本價值，有可能喪失文學和技術的嫁接而催生的文學實驗的新機遇，過早地使網絡文學陷入文學和商業糾纏的危險漩渦。

　　網絡文學的付費閱讀是漢語網絡文學發展的必然趨勢，但是這不必然推動網絡文學精品的湧現。讀者的需求是多樣的，既需要大眾作品，也渴求實驗性的精品。網絡文學發展需要精英作品作為主導，網絡文學的付費閱讀也需要網絡精品作為支柱，而不應僅僅依賴純粹欲望性的模式化寫作，否則網絡文學的付費閱讀難以得到讀者的普通認可，必然以失敗告終。因此，人們

〔註60〕見《付費閱讀下的網絡小說創作倍受質疑》，《解放日報》2009 年 7 月 7 日。

應該正確地評價網絡文學的付費閱讀現象，以有效的運營機制和規範性的網絡文學評價體系，切實建立付費閱讀的市場公信力，避免付費閱讀的消極影響，挖掘其蘊藏的無限生機，推動網絡文學產業化進程，形成良好的網絡文學生態，以促進漢語網絡文學的大繁榮。

第六章　後現代欲望與審美

第一節　後現代消費文化中的時裝表演

流行文化已成爲後現代語境中一個引人注目的關鍵詞，它是資本主義生產發展到一定階段的必然現象，是城市化、後工業化、商業化的產物和必然的需求，並與以金融資本爲主要運作方式的當代抽象化的社會息息相關。因此，它的產生與發展決定了它必然與商業構成同盟，通過商業運作來傳播其文化。這是文化的經濟化。另一面，商業又仰賴文化，尤其是大眾文化來刺激消費，這是經濟的文化化、大眾化，也是經濟的日常生活化。時裝表演〔註1〕就是這樣一種出於商業的動機而推出的典型的流行文化。並且，作爲一種綜合藝術形式，它透視出複雜的、多層面的文化意義，對不同的接受棱鏡折射出不同的光芒。因此，對它展開深入地探尋是當今文化研究不容忽視的課題。我們從欲望、身體、消費等維度來解讀時裝表演，探尋它從文化到經濟的運作模式，即試圖揭示，時裝表演通過欲望、身體打造武斷的流行神話〔註2〕在於有效地散播消費意識形態。

〔註1〕 時裝表演有側重藝術與商業目的，但是，即使前者也不能忽視商業的動機，因爲在時裝表演中，純粹的藝術追求是難成功的，也是難以流行的，本文分析側重商業目的時裝表演。

〔註2〕 羅蘭・巴特對流行符號的武斷性作了探討，認爲在流行服飾體系中，符號是「（相對）武斷的」，在結構上也是如此，並且「流行符號的習慣制度是一種專制行爲」。請參見羅蘭・巴特《流行體系——符號學與服飾符碼》第十五章第II節「符號的武斷性」，敖軍譯，上海人民出版社2000年7月版，第242～243頁。

一、時裝與欲望

欲望是後現代美學的一個重要範疇，是當代失去深度感的大眾文化的必然結果。時裝表演就是實踐欲望美學的典型的載體。

時裝表演對欲望的重視與它自身的特徵是不可分的。時裝表演是一種不斷的「此刻」，永遠的現在時，它遵循後現代的時間邏輯。它也具有波德萊爾所說的「過渡的、難以捕捉的、偶然的」〔註3〕審美現代性的特徵。這樣，時裝表演的成功就在瞬間的現在，在於瞬間地刺激觀眾，捕獲觀眾。在某種程度上說，其對觀眾的依賴程度勝過其他藝術門類對觀眾的依賴。它不會像其他物態化的藝術品，即使沒有被人們發掘或欣賞到深層的底蘊，還有重逢知音的天日。所以，一旦觀眾對之反感，其價值就立刻宣告終結，它的誕生也就成了它的死期。相反，如果它在瞬間喚起了觀眾的欲望，就馬上有可能成為製造流行的標誌。所以它失敗也快，成功也快。

時裝表演的主體是模特，因此喚起觀眾的欲望也在於模特。模特必須抓住觀眾，刺激觀眾的欲望。但是，在時裝表演中，模特沒有豐厚的情感內蘊與精粹的形式，她僅僅擁有自身的眼神、姿態、造型等。這無疑很快令觀眾乏味。不過，模特採用了兩種主要策略彌補這種缺陷，以便不斷地刺激觀眾的欲望。一是模特把自身依附於觀眾，在觀眾那裏尋求支持，尋求依賴，似乎通過造成一種相互交流的親和的幻象使自身與觀眾象徵性地保持一種零距離。觀眾也因之萌生一種欲望並得到一種象徵性的滿足與佔有。二是模特超越觀眾的視線。她以一種頗帶自律性的表演，凌空於舞臺之上，對臺下的或電視前的觀眾不屑一顧。以一種超然的姿態，她有條不紊地或冷漠無情地或頗帶傲慢地姍姍而來，直逼舞臺最前沿。這種距離化、陌生化的方式在某種程度上說比第一種方式更能刺激觀眾的欲望，它是一種變相的挑逗。不過，對觀眾而言，這兩種辦法都表現出欲望與失望的辯證法。它們使接受心態波動不已，模特每向觀眾接近一步欲望就得到一次強化，最後碾碎觀眾的欲望而退場。觀眾也因欲望對象的缺失產生痛苦、焦慮，心理平衡就被打破，只好通過期待下一個模特的出場來補償，結果又經歷同樣的心態，只留得一個欲望萌動與渴求征服焦慮的軀殼。就此而言，時裝表演和武俠小說、流行音樂等大眾文化對觀眾的影響是類似的。一旦時裝表演的觀眾墜入欲望的圓盤，正如步入巴赫音樂的怪圈，在興

〔註 3〕轉引自 Matei Calinescu. *Faces of Modernity* (Bloomington and London: Indiana University press, 1977) P.48.

奮與焦慮中無數次地重複循環。要平衡這種心態，就只有求助於一次又一次的同類型或同模式的文化形式，這就萌發了對封面女郎、流行廣告、電視電影明星的迷戀，並不知不覺地將其神秘化。但是，時裝表演與其他大眾文化相比有更突出的模式化特徵，因而設計者必須不斷地求新求變。爲了強化欲望，設計者必須加快節奏，尤其是電視時裝表演，攝影師不得不汲取精華，擷取最能夠感動觀眾的片段，截掉尾聲與次要的部分。所以，我們目睹到的處處是高潮，處處是懸念。並且，通過攝影鏡頭對特殊的性感部位的閃擊，通過鏡頭焦距的變化，觀眾可以自由地多角度地接近模特，甚至達到一伸手就可以觸摸的程度，雖然這永遠只是一種幻想，但欲望是強烈的。

刺激觀眾的欲望的效果是複雜的。它把時裝表演紮根於觀眾的內心，使觀眾無意識地接受它，因而它是製造流行的關鍵的一環。人被欲望的權力支配，比用法律、暴力等強制性的支配，比用純粹金錢的誘惑更爲得力、有效，更爲快捷，也更爲鞏固。但是，因爲觀眾被墜入自己無法主宰的欲望漩渦之中而迷失了自身，並產生對欲望對象的神化，所以欲望成爲陷阱。從這方面看來，時裝表演正如巴特所描述的大眾文化，是一種新的神話。〔註4〕但是，時裝表演不是純粹刺激觀眾欲望的，它還需要更自然化即審美化的形式，以更豐富的感性來誘惑觀眾，更深入更持久地影響觀眾。

二、身體美學

作爲一種舞臺文化，時裝表演是一種綜合藝術。它以模特身體爲核心，整合了時裝、音樂、燈光，因此它是突現身體美學的一個狀本。

身體是有關感性的，在後現代，它屬於美學的核心範疇之一。伊格爾頓就認爲：「美學是作爲有關身體的話語而誕生的。」〔註5〕他賦予了身體豐富複雜的文化內涵，解構了傳統意義上的單一的身體概念，把它演化爲一個比意識更豐富，更清晰，更實在的現象，作爲「我們所有那些有著更精巧的思維的生命的潛在性副本」〔註6〕。時裝表演中的身體美當然不能完全從伊格爾

〔註4〕對此現象，霍克海默、阿多諾等進行了批判，但是後現代的時裝表演充分地運用接受心理學、消費心理學、美學、現代科技等研究成果，顯示出複雜性，所以我們不能完全遵循他們的闡釋。

〔註5〕特里·伊格爾頓：《美學意識形態》，王杰等譯，廣西師範大學出版社1997年6月版，第1頁。譯文略改動。

〔註6〕特里·伊格爾頓：《美學意識形態》，王杰等譯，廣西師範大學出版社1997年

頓的身體美學理論中演繹出來，它不具有後者那種深度模式與歷史的意識形態的沉重負荷，但它成了一個重要的純形式的審美文本。在一定意義上說，它就是展示模特身體的藝術，其在舞臺上的出場，就是模特身體的凸現，將身體特徵化與個體化，這既是審美表現又是審美創造。在表演場，模特把身體自身作爲能指符碼，作爲純形式而顯身出場，懸置了日常身體的出生、倫理、信仰等。什克洛夫斯基認爲：「藝術的目的是爲了把事物提供爲一種可觀可見之物，而不是可知之物。」〔註7〕這種藝術的觀念也適合時裝表演，模特一出場，身體就成爲純粹關注的對象，如使石頭成爲石頭一樣，這裡使身體成爲身體。也就是說，身體成了藝術品。

具體地說，時裝表演的身體美或者說它之所以產生美感在於模特身體獨特的形式和與形式不可分的神韻。前者體現在身體的體形、姿態等方面，後者表現在神態、魅力、風度等方面。就體形而言，時裝模特都是千里挑一的，身體修長、勻稱，各部分配置和諧、比例適度，大多符合或接近黃金分割律。由於模特身體是一個活的有機體，因此它集中地體現了形式美中多樣化的統一這一最高原則。就姿態而言，模特的身體美主要體現在造型方面。如果說模特的體形是天生的，無可選擇的，難以改變的，那麼模特的姿態卻是其與設計師精心創造的，可以不斷創新；如果說體形更多地接近自然美，那麼這方面更多地表現出社會美、創造性的藝術美。也因爲如此，姿態在時裝表演中被充分地運用。它幫助模特克服自身的體形的缺陷或不足，讓其最美之處如腰部、臀部、腿部等得到藝術性地強化，並讓靜態的體形美活動起來，創造出更多樣更具變化的動態美的身體。正是通過姿態，模特的身體的美與潛在的創造美融爲一體，從而超越模特的日常身體美，通過其動態的韻律美與曲線美而昇華到一種有「意味」的形式。當然這種有「意味」的形式還在於模特的神態、魅力、風度等內在的神韻。只有體形、姿態、神韻渾然一體，方可是最佳的身體美。

事實上，在時裝表演中，身體美愈來愈突出。身體以一種視覺的刺激，輔以撲朔迷離的光暈，加以輕盈或鏗鏘的音響節律來延遲觀眾感知的長度並使觀眾產生審美的快感。同時，身體也就具有了多重文化意義，它既有對人

---

6 月版，第 227 頁。

〔註7〕（蘇）維·什克洛夫斯基：《散文理論》，劉宗次譯，百花洲文藝出版社 1994年 10 月版，第 10 頁。

的感性快感的強調，又在確證人的身體，不同於動物軀體的唯一性與審美價值，既是人的自我確證，也是人體藝術的自我確證。不過，時裝表演的身體與古代、現代的身體有根本的區別。柏拉圖在《理想國》中已經透視了古希臘人對身體美的重視，這個身體是精神與肉體和諧發展的身體，可以用福柯的「生存的美學「來概括。現代人也重視身體，但是身體是一個被理性殖民的對象。如在康德看來，人的形體是道德的外在表現，「那心靈的溫良，或純潔或者堅強或者靜穆等等在身體的表現（作為內部的影響）中使它表現出來。」〔註8〕後現代的時裝表演的身體不一樣，它是對強調純粹形式觀照的康德美學的解構，它把康德歧視的、與審美相對的刺激、感動、欲望等感性因素視為一種具有本體論的價值範疇。可以說，時裝表演的身體是輕盈的，漂浮的，沒有前兩種身體的沉重的道德性與倫理規範，從某種程度上說這是一種真正的感性身體，但又冒著淪為缺乏深度的或者被掏空的軀殼的危險。

在時裝表演中，與身體美不可分的另一種美是時裝美。時裝表演作為一種大眾文化，畢竟不同於純粹的模特身體的展示，也不同於脫衣舞表演。因為脫衣舞純粹符合欲望的刺激與失望的辯證法，恰如巴特所認為的：「脫衣舞至少巴黎的脫衣舞——是奠基於一種衝突與矛盾之上：女人在脫到全身裸體時，就失去了性感。因此可以說，在某種意義上，我們面對的是一種恐懼的景象，或者是恐懼的偽裝。彷彿在那裏，色情只不過是一種美味的恐懼，進行它的儀式象徵，只是為了同時喚起性的概念和它的魔咒。」〔註9〕儘管脫衣舞被巴特貫之以藝術的名義，但它主要是一種色情文化，一種純粹利用人的性欲本能來獲取吸引力的活動，其服飾僅僅是技術性的工具與手段。相比之下，時裝表演就豐厚得多，服飾本身被作為前景凸顯出來。服飾的款式、格調、季節性、場所感、佩飾、顏色、長短、藏露等都得到極大地甚至誇張地強化。舞臺上的服飾不同於現實生活中的服裝，後者總與具體的環境與現實的功利考慮相參雜，其獨特性總被「他者」所遮蔽，而前者在這獨特的地方、獨特的時段似乎掙脫了人之主體的控制，在舞臺上自我展示、自我表演，一切都納入服飾的神秘魔力之中。一扭身突出臀部款式，一側身流露衣服的曲線，一挺胸彰顯其精神神韻。不難領會，此時的服飾成了純粹被觀照的對象，

〔註8〕康德：《判斷力批判》上，宗白華譯，商務印書館2000年版，第74頁。

〔註9〕 （法）羅蘭・巴特：《神話——大眾文化詮釋》，許薔薔、許綺玲譯，上海人民出版社1999年3月版，第15頁，第128頁。

這實際上透視出服飾的符號能指的審美價值。時裝表演正是一系列能指鏈的舞臺遊戲。對單獨的一個時裝而言，從其出場開始，在徐徐與觀眾拉近距離的過程中讓一個能指轉向下一個能指，一環緊扣一環，從而把服飾自身的一個個特徵的獨特魅力展示出來，最後引出下一個新奇的能指符號。這些能指缺乏豐厚的經典意義，其所指也就是其能指。如果時裝的一個能指在臺上逗留太久，就會令觀眾感到乏味，因爲時裝就是憑一個個能指符碼來吸引觀眾的注意力。觀眾也是在一個又一個能指的期待中讓時間默默地流逝，很少或來不及對其反思。由於一反思就意味著對舞臺表演的忽視，而作爲突出的大眾文化的時裝表演恰好要征服觀眾對它的反思，其以應接不暇的富有刺激性的視覺化的能指迫使觀眾跟著服裝走，直到結束。所以，在時裝表演中，服飾能指獲得了極大的權力與魅力，扮演著拉康所說的能指的角色，即「一個能指，就是爲另一個能指代表主體的東西。這個能指就是其他能指爲它代表主體的能指：這也就是說，如果沒有這個能指，所有其他能指都不代表什麼」。〔註10〕可見，在時裝表演中，服飾成爲黑格爾所說的「走動的建築」，一種獨特的審美的文本。

因此，在時裝表演中，身體與時裝都審美化了。不過，身體美與服飾美是和諧配置的，它們既要自然化又要合身。服飾的動態最終要依賴於模特身體的運動，而且服飾特色的充分展示也得靠合宜的身體。設計者密勒（Nicole Miller）非常重視演員模特，重視女性感性的身體，她說：「這些女演員是性感的、可愛的姑娘，她們給衣服增添了一種整體的維度。」〔註11〕同樣，身體要展示自身的審美特性，又得依賴於時新、時髦的服飾，通過服飾的鬆緊、藏露、風格、色彩等來呈現身體的自主性審美價值，因爲服飾可以把「身體的姿態充分地正確地突現出來」〔註12〕。例如1999年度最流行的模特吉賽利（Gisele）就是在世界著名服裝設計師麥克昆（Alexander McQueen）設計的時裝表演中一舉成名的。同時，她展示的服裝也流行起來。因此，服飾仰賴模特身體而獲得權威的地位，宣佈今年流行該服飾；而模特身體也憑藉服飾而獲得亮麗的形象，宣稱該身體是今年流行的身段。兩者既充當能指的身份，又是對方的所指。因此，

〔註10〕（法）拉康：《拉康選集》，諸孝泉譯，上海三聯書店2001年1月版，第630～631頁。

〔註11〕Allison Lynn. "Role reversal", *People Weekly*, vol.44 (Nov.13, 1995).

〔註12〕（德）黑格爾：《美學》第三卷上，朱光潛譯，商務印書館1997年2月版，第160頁。

身體與時裝美學並非處於一塊自律的飛地，而是形成共謀，一起製造流行神話，從而爲商業提供了充分的機會。

三、消費意識形態

　　時裝表演使觀眾墜入欲望的漩渦並飽償身體與時裝的美，這無疑給觀眾留下了一種難以抹去的幻象，從而奠定觀眾對之青睞的心理基礎，即無意識受控與情感認同。無疑，這成了引發流行的機制。時裝表演掩蓋了赤裸裸的商業的動機，在觀眾心中塑造了一個成功的假象，即觀眾自己的理想身份的建構。模特與時裝都是唯一的，是設計師精心準備甚至是藝術靈感的結晶。但對觀眾看來，這種獨特的美能轉移到自己身上，即只要自己穿上那種服飾就可以變得美麗，走向成功。這就是審美文化轉化爲經濟的內在機制，也是時裝表演製造流行、使其日常生活化的機制。事實表明，作爲消費社會的一種獨特的文本的時裝表演體現出或激勵一種常爲人們難以意識到但又無意識支配觀眾意向與行爲的消費意識形態，正如有人說：「時裝表演是推動女內衣製造者的市場的一部分。」〔註 13〕

　　這種意識形態常被前兩者（欲望與身體）遮蔽，或通過這兩者以變形或象徵的形式或無意識地紮根於觀眾的心靈深處。刺激欲望就是要增加票房總額，提高電視收視率，模特給觀眾製造缺失感就是要誘使他們在觀看之後去購買流行時裝雜誌，再來觀看時裝表演，尤其是到商店去購買由服裝公司推出的一大批相似的服裝。我們不妨涉及一些具體的例子。1983 年在美國紐約大都會藝術博物館舉行的盛裝晚會，票價高達 500 美元仍十分搶手。VH1 電視頻道由於推行流行時尚，每年多次舉辦著名的時裝表演，從而聞名於世，收視率年年看好。在巴黎成名的美國設計師凱里曾與時裝表演隊到商店進行三小時的表演，在一個週末就銷售兩萬美元的時裝。我們回顧一下時裝表演史就知道，時裝表演在它誕生的第一天就是爲了服裝的促銷。1846 年，高級服裝的創始人英國的查爾斯·弗雷德里克·沃思讓自己店裏的一位漂亮迷人的小姐披上他要賣的一種披肩，結果銷售十分令人滿意。據說這是世界上第一個用人作模特的時裝表演。〔註 14〕在後現代，這種表演愈來愈成功，同時也愈來愈精緻、複雜化，在藝術與經濟的光譜中不時地滑向藝術一端，但是

〔註 13〕Alice Z.Cuneo. "THE FASHION SHOW", *Advertising Age*, vol. 70, no.48 (Nov. 22 1999).
〔註 14〕劉峰：《世界上第一個模特誕生記》，《時裝》1988 年第 3 期。

它從不忘記其內在的利益動機。日本服裝評論家大內順子認為：「時裝是藝術與商業相結合的文化。」〔註15〕這也適合時裝表演。可以說，時裝表演是一種成功的消費心理學的藝術化。

同樣，欲望在審美化的同時經濟化了。這是後現代商業經濟的一個突出特徵。傑姆遜對之進行了切中肯綮地分析，他說：「策劃者是真正的弗洛伊德式的馬克思主義者，他們懂得性本能投入的必要性，懂得必使這種投入伴隨著商品使它吸引人。」〔註16〕雖然時裝表演喚起的欲望是複雜的，但性的因素還是起著舉足輕重的地位。從其對模特的選擇來看，大多要女性，一定要年輕，〔註17〕且充滿生命的活力，這無疑是生殖力的隱喻。維多利亞秘訣（Victoria's Secret）不斷通過回答「欲望是什麼」的問題訓練和塑造模特的人格，其銷售副總裁柏羅德（Jill Beraud）說：「我認為我們一直只會是性感的東西。」〔註18〕並且，時裝表演使觀眾一旦墜入欲望的圓盤，就不僅僅被吸引，更要反覆地屈服於它，這給商業帶來了充分施展空間的餘地。女性模特是美的，其身段符合美的規律，能激發觀眾的審美的快感，所以赫勒認為：「美的個人的原型是一個女人。」〔註19〕因此，在時裝表演的特定情景下，通過塑造女性尤其是其身體的審美化、神秘化，商品即服裝也獲得了形象，也審美化了，但是商品依然是商品，它要急迫地等待交換。從這方面看來，時裝表演是促進商品銷售的，它實質上是一種較為隱蔽的商業廣告。

時裝表演與消費意識形態的聯繫是必然的。因為要舉辦一場表演，必須有場地設施、工作人員、高檔模特，有高級設計師、縫製人員、優質的面料等，而這些都須金錢的運作。時裝表演的場地費極為昂貴，根據克諾爾（Kroll）委託的經濟影響研究，更新的 ENK International's Pier 94 公司出租場地為城市與國家創造 11.5 億美元稅收。〔註20〕世界時裝大師文斯·塞特·拉爾瑞特準備時

〔註15〕 （日本）竹端直樹：《Fashion 時裝屬於誰》，李曉牧譯，《時裝》1996 年第 4 期。

〔註16〕 （美）弗雷德里克·詹姆遜：《論全球化的影響》，王逢振譯，《馬克思主義與現實》2001 年第 1 期。

〔註17〕 如 1980 年開始的「世界超級模特大賽」的冠軍獲得者在 14 至 25 歲女性中產生，她們大多在 20 歲以下，如莫妮卡在 14 歲，阿努什卡·穆茲克在 18 歲，蘇妮·邁爾伯在 16 歲，安妮麗斯·索伯特在 18 歲獲得冠軍。

〔註18〕 Alice Z. Cuneo. "THE FASHION SHOW", *Advertising Age*, v. 70, no.48 (Nov. 22 1999).

〔註19〕 Agnes Heller. *An Ethics of Personality* (Cambridge: Basil Blackwell, 1996) P.270.

〔註20〕 Catherine Curan. "Fashion trade show deal with the city hanging fire", *Crain's New York Business*, vol. 18, no.17 (Apr. 29～May 5 2002).

裝表演時，一件看上去頗爲簡單的黑色羊毛衫樣品要花費 150 小時，其成本價達 65000 法郎。超級寶林賽事（The Super Bowl event）1998 年的現場的花費高達 1500 萬美元，10 億多人得以知曉。結果銷售額提高了 13％，高達 29 億美元。所以，時裝表演的核心主體決不是模特，也不是服飾，而是擁有權威和明確目的的時裝集團。時裝表演爲真正的主體提供了一種賺錢的潛在機會。服裝集團花費大量的資金，其最終的目的就是要使製造的服飾流行起來，以流行的威力來美化時裝集團與產品的形象，以形象來收回更多的利潤。

　　因此，時裝表演不是純粹刺激觀眾的欲望，並非是超然的自律性的審美表現，其一顰一笑，藏藏露露，都蘊涵著商業利欲的動機，都經過了時裝集團嚴格的控制，怎樣才能展示該新服飾的獨特魅力，如何打動觀眾，把觀眾的服飾需求與有關服飾的價值取向引導到對新服飾透視的審美觀念上來以激發大眾的消費意識，都是經過服裝集團的消費觀念的過濾，否則模特根本沒有機會上臺展示。不難看出，在時裝表演中，有一種魔力始終彌漫著，這就是貨幣。時裝表演只是一個重要的中介，一個製造流行的中介。這個中介通過亮麗的模特來打造服飾的典型，使貨幣審美化或自然化。一旦走入流行的潮流，服飾與模特就不會再那麼近乎卑躬屈膝地依附於觀眾，而是成爲主宰觀眾的父親形象，觀眾從而有意識或無意識地自願甚至高高興興地掏出鈔票，哪怕這是自己的血汗錢。對消費者來說，這時不再有審慎的考慮，不再嚴格恪守自己的道德倫理、審美情趣，似乎沒有原因，而只有行動。大眾這樣，我也應這樣。自己也就成爲一個能指符碼，它既可以決定其他能指，又被其他能指決定。這實質上成爲了時尚模仿，赫勒對這種現象進行了深刻地揭示，她認爲：「模仿意味著假裝，『看起來一樣』、『舉止一樣』、『出現彷彿一樣』。」〔註21〕這不要求本真性與人們的自我的選擇。人們選擇的只是成爲類似的。這就是「隨俗之人」（other-directed man）或者單向度人，所以赫勒認爲這些人「遵守其他人遵守的並且做同樣的事情，沒有反思、思考，沒有詢問事物本身是正確或是錯誤。單向度人的遵守在類型上是實用主義的：他遵守是爲了模仿被遵守的行爲，這種行爲已經是他者行爲的模仿：影子的影子。」〔註22〕既然時尚的模仿放棄了道德考慮，良心萎縮了，主體性變成了

〔註21〕 Agnes Heller. *A Philosophy of History in Fragments* (Oxford and Cambridge, MA: Blackwell, 1993) P.157.
〔註22〕 Agnes Heller. *An Ethics of Personality* (Cambridge, MA: Blackwell, 1996) P.273.

多餘，日益淺薄。既然情感的豐富取決於捲入的多樣性，取決於伴隨這些捲入的反思與自我反思的連續性，那麼一個隨俗之人喪失了他的深度，也就成爲了單向度人。如果在亞里士多德、盧卡奇等人看來，模仿是人的本能的、必然的能力與活動，那麼時裝表演引發的流行的模仿是一種抽象的模仿，這與後現代抽象化的現實息息相關。

而對時裝集團來說，這就是商業成功的標誌，也是商品成功地轉化爲文化的標誌，是讓觀眾在消費文化中不知不覺地購買產品、消費商品的標誌。如果說流行本身就是一種消費意識形態，那麼時裝表演恰是催生流行的一架機器，這架機器不斷地促使經濟審美化，日常生活化。

時裝表演作爲一種顯著的大眾文化現象讓人們神魂顛倒、流連忘返，其內涵是複雜的、多層面的。但從根本上說，它是審美化的商品廣告，一種獨特的微笑服務，它以流行的名義釀造一種消費意識形態統治著後現代那些看似激情百倍實則身心脆弱的男男女女。只有對其進行不斷地反思與批判，我們方能揭開其神秘的面紗。

第二節 《魔女嘉莉》的日常生活恐怖書寫

在當代英美文學界，恐怖小說從邊緣湧入中心，掀起一股股流行文學巨浪，鋪陳一場場血與火的恐怖之盛宴，催生一道道炫目的文化景觀。美國作家斯蒂芬·金（Stephen King，又譯爲史蒂芬·金）作爲當代最著名的恐怖小說大師，無疑是這一文化景觀中最耀眼之星，其恐怖小說書寫及其全球傳播與接受形成了所謂的「斯蒂芬·金現象」，引起文學研究者和文化研究者持久關注。遺憾的是，他 1974 年出版的第一部成名作《魔女嘉莉》（Carrie）卻被文學批評界所忽視，其文學價值也被帕爾馬（Brian De Palma）導演的同名電影所掩蓋。艾利遜（Harlan Ellison）則認爲：「我最喜歡的是《魔女嘉莉》，這並非說，他後來沒有寫出更好的作品，因爲我認爲《閃靈》是更好的書。但是，《魔女嘉莉》是純粹的斯蒂芬·金作品。它是在任何自我意識之前、在受到任何關注之前的斯蒂芬·金作品。它是斯蒂芬·金爲自己寫的作品。」〔註23〕斯蒂芬·金發表《魔女嘉莉》後便「迅速成爲當代恐怖派的代表作家」

〔註23〕 C.F. George W. Beahm. *Stephen King from A to Z*, Missouri: Andrew McMeel Publishing 1998. P. 29.

〔註24〕，他自己也承認這部恐怖小說和《撒冷鎮》、《閃靈》「足夠成功地使他成為專職作家」，是成就他走向當代恐怖小說「商標作家」之旅途的起點。〔註25〕因此，《魔女嘉莉》的深入分析能夠清晰地彰顯作者對恐怖小說當代轉型所做出的獨特的審美創造，尤其可以揭橥其在恐怖元素嬗變、多角度故事講述、跨文類書寫、文學視覺化實踐等方面所透視出來的後現代日常生活的恐怖魅力。

一、恐怖元素的嬗變

　　斯蒂芬・金以受美國作家德萊塞（Theodore Dreiser）的《嘉莉妹妹》（*Sister Carrie*）影響而命名的長篇小說《魔女嘉莉》作為其正式的寫作生涯之始，並以之一舉成名，迅即成為當代恐怖小說潮流中的領軍作家。這部小說揭示後現代日常生活的恐怖元素，確證恐怖無處不在的存在主義觀念，推動著恐怖小說的當代轉型。

　　《魔女嘉莉》講述一位美國歐文高中少女嘉莉（Carrie White）因遭受同學和母親折磨而爆發邪惡意念引發學校火災爆炸、搗毀張伯倫鎮、殺害母親而最後毀滅的故事。小說的恐怖元素是多元而複雜的，呈現出日常生活的矛盾糾結。自十八世紀興起的哥特小說是恐怖小說的源頭，其恐怖元素一般是神秘的、浪漫的，狼人、吸血鬼、鬼魂等超自然超日常生活的形象與力量成為恐怖的主要元素。而斯蒂芬・金的《魔女嘉莉》代表了以當代小孩普遍生活的恐怖為書寫對象的嘗試。小說的恐怖元素主要來自嘉莉的母親、同學以及她自己的惡魔般的力量。嘉莉的母親懷特夫人（Margaret White）虔誠於宗教狂熱活動，她把基督教的女性原罪意識強制性地灌輸到幼小的嘉莉心裏，致使天真活潑的女兒淪為毫無生氣的「問題孩子」，「生命本身像石頭一樣降臨在她頭上」。〔註26〕懷特夫人扭曲的行為與自我折磨的猙獰之笑和垂涎之笑對鄰居和嘉莉均構成了令人噁心的恐怖。嘉莉在三歲時就浸染了「好孩子不長乳房」，「壞孩子才長乳房」的原罪思想之毒汁；十三年之後，母親將因第一次來月經而深感恐怖以及遭受同學嘲弄的女兒進一步推向極端，強迫她到

〔註24〕黃祿善、劉培驤主編：《英美通俗小說概述》，上海：上海交通大學出版社，1997 年版，第 314 頁。Huang Lushan, Liu Peixiang,eds. *Overview of British and American Popular Novels*, Shanghai: Shanghai Transport University Press, 1997. P.314.

〔註25〕Stephen King. *Secret Windows: Essays and Fiction on the Craft of Writing*, New York: Book-of-the-Month Club, 2000. P.23.

〔註26〕Stephen King. *Carrie*. New York: A Division of Random House, Inc., 2011. P.36.

供奉耶穌的陰暗的祈禱室中懺悔女人月經的罪過；當嘉莉在最隆重的班級舞會上被同學惡意潑灑豬血蒙羞而歸的時候，母親不是安慰而是以宗教的名義陰險地置她於死亡的邊緣。母親的宗教狂熱不僅扭曲了女兒的心靈和行為，而且給毫無宗教性的純潔的女兒帶來無盡的恐怖。當然，母親也關愛女兒，女兒也頗順從母親，但是母親極端的宗教行為對嘉莉來說充滿非人性的恐怖。嘉莉同學的行為也是恐怖的，女同學們面對嘉莉第一次來月經不但不關心反而嘲弄，集體向無知的她扔衛生巾。在班級舞會上，以蘇珊‧斯涅勒（Suan Snell）為核心的幾位同學精心策劃陰謀，致使被選中為「國王與王后」的嘉莉和湯米（Tommy）在登臺亮相的最幸福時刻，突然遭受兩桶豬血潑灑的公然羞辱，嘉莉在人生最自信之時恐怖不期而至，她頓時超越一切理性與文化價值理念，以至於她感到「願意咬毒蘋果，願意被電車撞死，願意被老虎吃掉」。〔註27〕可以說，慈愛的母親和志同道合的同學在特殊的情境中的行為給嘉莉帶來了難以抹平的傷害。如果說母親的恐怖元素來自於嚴酷的非人性的宗教狂熱，那麼同學的恐怖元素則來自於社會群體的敵視、排斥與羞辱，兩者均是後現代美國日常生活中的社會、文化恐怖因素的彰顯。

小說中最恐怖的元素來自於嘉莉。作為聰慧、天真而勤勞的漂亮少女，嘉莉無不是善良的弱者形象。只要外在的恐怖力量沒有達到一定的限度，她既沒有恐怖性，也不願意施展力量去威脅他人，她保持著人性的道德法律意識。雖然嘉莉擁有以心靈的力量強迫物體運動的能力，但是這種能力猶如高科技一樣本身並沒有邪惡甚至會帶來快樂，而且這往往產生於危機時代或者緊張情境中。正是由於直面母親和同學的恐怖，嘉莉的力量才借助於心靈遙控的能力一次次被迫呈現出來並逐步惡化，她也因此走向非理性的困窘之地而不能回到自己日常生活的身份意識。嘉莉在三歲時母親對她的辱罵和身體摧殘激發了本已潛在的心靈遙控的特異功能，在自家房屋上空下起了令人恐怖的石頭雨；她在班級舞會之夜蒙受羞辱後面對母親的豬血與無情的刺殺，突然誘發讓母親心臟停止跳動的心靈意願。尤其是在班級舞會上，嘉莉被潑灑豬血後的恐怖緊張瞬間激發了災難性力量，蓄積已久的壓抑的釋放施展得淋漓盡致，她從人群中爬出來把所有的門都死死關閉，打開所有的消防栓噴水，引發電源短路起火，引爆汽油罐和加氣站，致使參加班級舞會的老師和同學葬身火海，整個學校和張伯倫鎮淪為一片廢墟。小說中恐怖的惡魔嘉莉

〔註27〕Stephen King. *Carrie*. New York: A Division of Random House, Inc., 2011. P.217.

既是女性受害者，又是一個敢於在困境中崛起的鬥士參孫，成爲克洛弗爾
（Clover）所謂的「女性受害者—英雄」（female victim-hero）或者女性化的男
性〔註28〕，這正是後現代日常生活中多元人格面具生存的眞實寫照。

可見，《魔女嘉莉》超越傳統意義的基於經典哥特小說模式的恐怖元素，
走向當代日常生活善惡交織的、複雜的深層心理的開掘，這恰是當代社會中
人的存在性焦慮的恐怖性彰顯，「進入最深層的文化恐怖」。〔註 29〕或許依賴
美國夢想而形成的英雄人格可以成功地挫敗超自然的鬼怪，但是難以戰勝日
常生活中普通人內心的邪惡元素，無法根除家庭父母、人際關係以及自身無
意識的邪惡力量。日常性的邪惡力量並非經常性爆發而是逐步積澱著、壓抑
著，在毫無預料的特殊情境中從理性的裂縫中奔湧而出，頓然使所有的應急
體系和心理機制土崩瓦解。此小說體現出斯蒂芬·金對當代美國人的恐怖性
存在的深刻揭示，實現了恐怖小說的恐怖元素的轉型，其主人公嘉莉也是英
美文學經典悲劇女性形象苔絲姑娘、嘉莉妹妹的延續與更新。〔註 30〕

二、多角度的故事講述

斯蒂芬·金頗爲重視故事講述，認爲「故事價值遠遠勝過作家的其他技
巧」。〔註 31〕《魔女嘉莉》以日常生活的恐怖元素爲題材實現了恐怖小說的當
代轉型，這種轉型還意味著它對傳統恐怖小說敘述模式的突破，努力探索具
有顯著的後現代主義特徵的多視角故事講述，充分呈現具有娛樂性和恐怖性
的「故事價值」。

小說主要對嘉莉的兩次恐怖事件進行多角度講述。就懷特夫人房屋上空
突然下石頭雨的故事，小說開篇以新聞敘事進行，引述了來自 1966 年 8 月 9
日題目爲《石頭雨報導》，新聞故事報導的可靠性、眞實性、客觀性和新奇性
增強了故事本身的恐怖性，雖然在現實生活和新聞條目中沒有《石頭雨報導》
的具體細節，報導純粹是一種虛構，但是它披著眞實性的外衣，表明恐怖就

〔註 28〕 Carol J. Clover. *Men, Women and Chains*, New Jersey: Princeton University Press, 1992. P.4.
〔註 29〕 Tony Magistrale. *Landscape of Fear: Stephen King's American Gothic*, Ohio: Bowling Green State University Popular Press, 1988. P.32.
〔註 30〕 Stephen King. *Secret Windows: Essays and Fiction on the Craft of Writing*, New York: Book-of-the-Month Club, 2000. P.356.
〔註 31〕 Stephen King. *Secret Windows: Essays and Fiction on the Craft of Writing*, New York: Book-of-the-Month Club, 2000. pp.34～35.

發生在當下。石頭雨敘事的第二個視角來自於蓋威爾（Gaver）寫作的雜誌文章《嘉莉：心靈遙控的黑色黎明》的詳細轉述，講述者以第一人稱「我」的身份拜訪懷特夫人的鄰居霍蘭（Horan），霍蘭驚恐地告訴了嘉莉三歲時的天真可愛而又扭曲的言行以及面對宗教狂熱的母親的責罵與痛苦的尖叫，重點講述自己跟母親一起目睹石頭雨的恐怖場面。小說還從嘉莉視角敘述石頭雨的過程，即她面臨母親的屠刀威逼而爆發的反抗性的邪惡力量的過程，這個視角深入到主體的內心。外在敘述和內在敘述不僅通過故事焦點「石頭雨」而發生鏈接，還揭示了恐怖的根源。尤為注目的是，《魔女嘉莉》對嘉莉激發的最恐怖的災難故事進行多角度講述。一是關於嘉莉引發的災難事件的研究分析，主要來自康格瑞斯（Congress）《爆炸的陰影：嘉莉·懷特個案的記錄事實與確切結論》，該書把張伯倫鎮的災難事件視為二十世紀最令人心悸的兩件大事之一，該書是故事發生之後的研究和講述，是學術界對恐怖事件的反應。二是來自於《我叫蘇珊·斯涅勒》中的講述，從十七歲青少年的角度講述斯涅勒和湯米的愛情以及針對嘉莉的陰謀和隨後的悔恨。三是來自於瓦臣（Watson）發表在《讀者文摘》上的文章《我們從黑色的班級舞會中活了出來》，側重於從旁觀者「我」的角度講述嘉莉的驚愕蒙羞的行動變化以及爬出人群關掉大門的過程，詳細敘述舞會現場逃生的驚悚場面。四是來自於美國緬因州新英格聯合通訊社的幾份報導，記錄歐文高中班級舞會上發生的火災事件及其喪亡人數、加氣站爆炸及其搶救，乃至整個張伯倫鎮毀滅的火災形勢。五是來自於《黑色班級舞會：懷特委員會報告》中的四位當事人的講述，張伯倫鎮的市民奎蘭（Quillan）先生講述在自己家裏觀看到的學校火災及嘉莉的報復行為；國家調查董事會成員謝里夫（Sheriff）警官講述自己在交通事故調查過程中接到火災通知，趕往張伯倫鎮，目睹一片火海；在火災中失去女兒的學生家長西馬爾德（Simard）夫人講述自己看見好友喬治夫人被活活燒死以及自己逃離災難而昏闕跌倒；斯涅勒作為班級舞會參與者講述對嘉莉的發現和自己抵制官方調查的情緒。雖然四位當事人都講述嘉莉事件，但是視角不同，產生的效果也有差異，前兩者體現為旁觀的外在講述，後兩者為內在的親歷現場的講述。六是小說敘述者採用三個人物視角展開的講述，首先通過斯涅勒視角敘述她駕著小車去學校途中所目睹的火焰衝天的爆炸，然後以逃離火災的舞會主持人維克（Vic）視角向謝里夫簡要講述災難爆發的經過，最後從嘉莉的視角細緻地敘述她面臨豬血潑灑時眾人一浪高過一浪的嘲笑和

自己無法忍受而爆發的報復行爲的過程。這些不同的視角的故事講述或敘述都指向嘉莉引發的恐怖事件，形成了豐富多彩的故事點和不同角度的恐怖氛圍。但是這些視角的講述不是統一的，而是充滿著矛盾，正如斯涅勒所寫的：「沒有人理解發生在張伯倫鎮的年級舞會之夜的事件。新聞社不理解，杜克大學的科學家不理解，大衛・康格瑞斯沒有理解──儘管他的《爆炸的陰影》可能是關於這個主題唯一有點正式的圖書──毫無疑問，懷特委員會使用我作爲替罪羊，也沒有理解這件事。」〔註32〕

可以看到，斯蒂芬・金對恐怖小說的故事講述是有深入研究和自我創新的。他緊緊抓住嘉莉的恐怖元素引發的悲劇事件，以多種視角講述的故事聯綴成一部長篇小說，這使得小說本身就是由一系列的碎片式的短小故事拼貼而成的。這些短小故事都具有恐怖性效果，彼此交織於一體，充分展現了恐怖元素的「故事價值」。斯蒂芬・金在1986年出版的《故事販賣機》的《序》中詩意地表達了對短篇故事的獨特喜愛，強調了短篇故事的愉悅性，認爲閱讀長篇小說需要很長時間才能把握住整個故事，而「短篇故事猶如黑暗中來自陌生人的飛吻。當然，那並非如同一個社交事件或婚姻，但吻可以是甜蜜的，它的簡潔形成了其自身的吸引力。」〔註33〕雖然《魔女嘉莉》屬於長篇小說，但是其原型框架肇始於短篇故事。據作者所言，他在1972年夏季之前就「已經開始寫作名爲《魔女嘉莉》的短篇故事……一個直接的點到點的故事，一個具有心靈遙控能力『野性天賦』的醜小鴨式的女孩，最終使用她的天賦把體育課上折磨她的壞女生毀滅掉。」〔註34〕可以說，這部小說創造了一系列短而精的短小故事，構成對嘉莉災難事件的狂歡式的多角度講述，鑲嵌成後現代主義的馬賽克，既具流行文學的娛樂性又不失精英文學的先鋒性。不過，從總體上看，它對嘉莉的受辱和恐怖式復仇以及毀滅的講述，仍然沒有擺脫威斯科（Gina Wisker）所論及的恐怖小說類型的秩序破壞與重建的二元敘述結構之窠臼：「從秩序情境中開始，在無序的時間裏發展，這種無序是由可怕的或惡魔般的力量爆發所引起的。最後達到封閉和完成點，破壞性的惡魔元素被控制或者被搗毀，原初的秩序得到重建。」〔註35〕

〔註32〕 Stephen King. *Carrie.* New York: A Division of Random House, Inc., 2011. P.94.

〔註33〕 Stephen King. *Skeleton Crew,* New York: A Signet Book, 1986. P.21.

〔註34〕 Stephen King. *Secret Windows: Essays and Fiction on the Craft of Writing,* New York: Book-of-the-Month Club, 2000. P.45.

〔註35〕 C.F. Gina Wisker. *Horror Fiction: An Introduction,* New York: The Continuun

三、流行文學的跨文類書寫

《魔女嘉莉》既突破傳統流行小說寫作模式，又顛覆基於文本統一風格之上的文學現代性框架，它的跨文類書寫可以說是一次後現代主義話語書寫的實驗。

跨文類書寫在傳統文學創作中不乏其例，《紅樓夢》、《三國演義》等經典小說常用小說文類與詩詞文類，體現出中國古典小說特殊的文本特徵。但是，後現代主義的跨文類書寫在理論和創造方面皆是有意識的、激進的。《魔女嘉莉》大膽地進行著流行文學的跨文類書寫，可以被視為當代跨文類書寫的標誌性文本之一。在這部小說中，五種主要的書寫類型複雜交織於一起。最重要的文類是小說，屬於文學性的虛構話語，敘述嘉莉在學校浴室洗澡出現第一次月經的恐怖及同學的嘲弄，回家受到母親折磨而懺悔，與男朋友湯米約會而屢遭母親痛斥，參加班級舞會迎面同學準備的豬血而無情報復，絕望歸家而深遭母親毒害，殺死母親而毀滅。小說虛構話語講述了一個較為清晰完整的恐怖故事，具有文本世界的自足性，意義豐富。在這種虛構話語的實踐推進過程中，在充滿懸念、恐怖、緊張的小說書寫中，在娛樂性和審美性的言語表達中插入了大量其他文類書寫。小說開篇以新聞類型呈現出來，語言客觀，強調「可靠性報導」，著力寫出時間、地點、人物、事件的真實性和準確性，避免主觀性介入。班級舞會火災爆炸之後，作品中又黏貼四則新聞報導，對災難和搶救進行詳細的、如實的報導，精準到事件發生的某時某刻，甚至新聞報導整篇以英文大寫字母突出，帶來特殊的文本閱讀效果。學術書寫也是重要部分，其書寫文本在作品中被插入十七處，篇幅約占全書的七分之一。學術文類指向客觀事實的普遍規律，體現出科學性和知識性，是分析性的非虛構的理性話語，主要是《爆炸的陰影》的書寫。它具體分析導致嘉莉事件的月經生理、成長經歷、家庭文化背景、學校教育等方面的因素，既有關於心靈遙控能力的科學解釋，又有對嘉莉個案的分析，還有學術界的論爭，最後得出確切結論並提出以心理測試來預防類似恐怖事件發生的建議。這種書寫持有嚴肅的學術態度，是一種嚴謹的學術話語表達，論證性話語邏輯、陳述判斷語句、準確性科學詞彙構成了其主要的話語體系，表達的意圖是忠於事實，屬於塞爾（Searle）提出的再現性（representatives）言語行為。

International Publishing Group, Inc., 2005. P.9.

〔註 36〕《魔女嘉莉》中類似於這種書寫文類的還有《歐基爾維（Ogilvie）的心理現象詞典》對心靈遙控能力的準確界定以及《科學年鑑》對嘉莉的特異功能的研究分析。作品中還穿插了七次斯涅勒的回憶錄書寫類型《我叫蘇珊·斯涅勒》，類似於盧梭的《懺悔錄》，屬於自傳性文類，作者和書名、內容一致，以第一人稱「我」展示出對整個事件的主觀感受，強調十七歲青少年的獨特心理，文本主要是感性的，充滿寫作的內疚，尤其是對嘉莉的懺悔，其言語行為接近於表現（expressives）類型，言語的意圖迥異於小說文類、新聞文類、學術文類，正如《我叫蘇珊·斯涅勒》的結尾所言：「這本小書現在寫完了。我希望它賣得很好，因此我能夠去沒有人知道我的地方。」〔註 37〕《魔女嘉莉》中還有一種主要的文類書寫，來自於懷特委員會具有法律文本特徵的書寫，是美國官方就嘉莉事件進行調查筆錄的、嚴肅的、發過誓的證詞文類，屬於承諾（Commissive）言語行為，主要引述《黑色的班級舞會》，小說插入四位當事人的筆錄證詞，其文學形式為訪談類結構，提問和回答交替進行，既有對話性特徵，又有法律表達的嚴肅性和可靠性，最終確定肇事者是嘉莉，其書寫意圖在於找出誰是真正的罪犯。此外，作品中還直接引述嘉莉母親的書信體文類、嘉莉筆記本上的隨想錄、班級舞會節目單、醫院出據的嘉莉死亡報告單等。

小說作品中涉及的《爆炸的陰影》《我叫蘇珊·斯涅勒》《黑色的班級舞會》等不同類型書寫文本標有準確出版時間，引述部分亦附有確切的頁碼，似乎符合學術的規範和道德，似乎不屬於斯蒂芬·金的親筆書寫，似乎可以被視為後現代主義文學創作中的「引述」（quotation）手法。但是，除開篇新聞類型外，所有「引述」具有時間的悖論，《魔女嘉莉》第一次出版時間為 1974 年，而「引述」的出版時間為 1974 年之後的「1980 年」、「1981 年」、「1986 年」等，顯然悖論紛呈。這種悖論實質上表明，所有的「引述」皆是「偽引述」，均是斯蒂芬·金的想像性的跨文類書寫的結果。《魔女嘉莉》的跨文類書寫打破傳統小說的統一性文類特徵，超越理性話語與虛構話語的界限，消解文學和非文學的藩籬，使小說中的文本區域形成不同的話語形態、表達意圖和敘述風格，這可以說是後現代主義「雜糅」書寫。

〔註 36〕 John R. Searle. "A Classification of Illocutionary Acts", in *Language in Society*, Vol. 5, No.1 (Apr., 1976). pp.1～23.
〔註 37〕 Stephen King. *Carrie*. New York: A Division of Random House, Inc., 2011. P.289.

四、文學視覺化實踐

　　斯蒂芬·金認爲：「書寫是一種特別緊張的視覺化的行爲。」〔註38〕這種源自視覺文化時代的文學觀念在《魔女嘉莉》中得到較爲成功的實踐。

　　文學視覺化命題是十分古老而經典的，所謂「詩畫同源」意味著文學與視覺藝術的共同起點。蘇東坡提出的「味摩詰之詩，詩中有畫」則爲中國傳統文學視覺化的重要表述；雖然萊辛的《拉奧孔》爲詩和畫劃定界限，但是仍然揭示了彼此相通的可能性；文學的形象性在某種意義上可以說是文學視覺化的頗好的注解。不過，只有在後現代的讀圖時代，文學視覺化方具有劃時代的意義，才在滾滾的圖像潮流的逼壓下得到有效的實踐。《魔女嘉莉》作爲當代流行文學特別是恐怖小說的視覺化的作品，其小說文本的語言媒介屬性在藝術性處理中相對淡化，作品的圖像性、可視性得到強化，正如現象學文學思想所透視的，在文學閱讀過程中作品的物性被隱退，呈現出一個可觀的世界。儘管影視文學或者影視劇本具有較強的視覺化特徵，但是往往是影視拍攝的附庸。《魔女嘉莉》不是爲電影拍攝的劇本，而是作爲小說本身而呈現出視覺化的特徵，是充分利用影視技法實現新的文學的可能性的實踐，或者可以說是小說內化影視藝術的嘗試。

　　《魔女嘉莉》主要以電影場景式敘述和獨特的語言表達體現出文學視覺化的特徵。首先，小說對嘉莉恐怖故事講述的視覺性極爲鮮明，以最恐怖性的場景創造不同視角下的空間場景。這些以斯特勞博（Peter Straub）所言的「抹煞敘述者和讀者的距離」〔註39〕與人物視角的方式進行講述的恐怖場景，猶如電影鏡頭變化而形成的不同角度、不同距離的恐怖畫面。石頭雨敘述分化爲旁觀者感動之畫面和嘉莉施展出的影像，兩種不同的角度展示同一恐怖事件的不同的視角效果。班級舞會之夜更是應接不暇，警官所見的場景是陷入火海中的張伯倫鎮，斯涅勒目睹的則爲遠處夜空中的爆炸景觀，市民奎蘭所見的是自家窗戶外的火災場面，學生家長歷經的又是穿越火災爆炸的空間，這些不同視角講述有遠景、近景，又有空中之景，還有水平視角的景，既形成了場景的變換，又促進了場景的具體化。《魔女嘉莉》的場景敘述的恐怖性、空間性、具象性昭然可見。這些不同的場景沒有連貫性和持續性，而是時隱

〔註38〕C.F.Stephen J. Sgignesi. *The Essential Stephen King: A Ranking of the Greatest Novels, Short Stories*, NewJersey: The Career Press, Inc., 2003. P.23.

〔註39〕Peter Straub. "Introduction", in Stephen King, *Secret Windows: Essays and Fiction on the Craft of Writing*, New York: Book-of-the-Month Club, 2000. P.x.

時現斷斷續續，構成了整個敘述的空間性，弱化了講述的時間性甚至邏輯性，使場景直接呈現，產生驚呆的視覺效果。恐怖形象往往突破理性限制，甚至令人感覺不到語言媒介的存在，類似噩夢的視覺效果，雖然夢醒時分但是夢中形象還在啃噬著心扉，因為這種恐怖事件的視覺性進入非理性的本能的身體層面，無意識地在身體上銘刻印跡。《魔女嘉莉》以一個又一個精彩的場景點營造現場感，甚至這種現場感比文本意義更為重要。而且，這種故事講述的場景化是緊張的、加快的敘述，如作者所說讓「故事飛翔起來」。〔註40〕如果場景的緊張現場感是恐怖電影的魅力之一，那麼這也是這部恐怖小說得以流行的重要因素。

　　視覺化場景敘述最終依賴於文本語言表達的視覺化的創造。雖然小說作品中的跨文類書寫存在著不少理性化的抽象語言表達，缺乏視覺性，但是嘉莉恐怖故事本身的語言表達具有可視性，避免了具有歧義的、含混的語詞和一些冗長的複雜句子。作者在詞語選擇上善於使用動詞、名詞和形容詞以及隱喻修辭直呈恐怖形象。譬如，勾勒母親的恐怖性形象反覆強調「猙獰的笑」，其可視性超過了「大笑」、「嘲笑」等詞語；敘寫觀眾令人折磨的日益膨脹的嘲笑「像碰撞在一起的石塊」。小說注重以視覺性的詞語和感覺性很強的觸覺詞語、聽覺詞語、味覺詞語、嗅覺詞語等來增強身臨其境的效果。如描述斯涅勒所見的空中爆炸場景：「一團火焰劃破夜空，緊接著飛舞起鋼製房屋頂板、木頭、紙屑所形成的光圈。」「火焰」「夜空」「光圈」等名詞和「劃破」「飛舞」等動詞形成了鮮明的視覺效果，還以「濃烈的汽油味」的味覺詞匯來強化現場感。又如失去女兒的學生家長西馬爾德夫人描述的詞句，她看到喬治夫人觸電「變成黑色」，「當燒焦時我能夠聞到她的味道」，「氣味是甜的，像豬肉」，「看見六具屍體」，「它們像一堆堆破舊布」，「我能夠聽見過時了的搖搖晃晃的木瓦像玉米一樣砰地一聲爆裂」，「我跨過兩根電線，繞過一個屍體」，這些詞語所呈現的印象就同西馬爾德小時候玩過的電腦遊戲一樣歷歷在目。為了強化恐怖事件的視覺化的緊張場景，作者還頻繁地縮短句子，使故事速度和敘述速度同步推進，弱化文字媒介的物性，如寫嘉莉面臨眾人的嘲笑時的語句：「她能夠看見他們所有人的臉。他們的嘴，他們的牙齒，他們的眼睛」。名詞直接成句，猶如「枯藤老樹昏鴉，小橋流水人家」，明白如畫，

〔註40〕Stephen King. *Secret Windows: Essays and Fiction on the Craft of Writing*, New York: Book-of-the-Month Club, 2000. P.17.

又蘊含恐怖的緊張度。

《魔女嘉莉》的文學視覺化是作者文學觀念的具體化，也是作者體悟現當代流行影視文化的結果，特別受到恐怖電影的激發。斯蒂芬・金在 1980 年的文章《論成爲一個商標》中談到：「我在 1950 年代長大，那時的口號是『讀書，看電影』；現在似乎是『看電影，讀電影小說化的東西』」。〔註41〕批評家白德雷（Linda Badley）認爲，斯蒂芬・金等當代恐怖小說家是從日益蔓延的視覺文化和電子文化中成長起來的，「視覺和電子媒介最直接地促進了當代恐怖現象。金的小說是 1930 年代和 1950 年代的恐怖經典電影的產物，它把電影視角帶入到自然主義小說之中。」〔註42〕研究斯蒂芬・金的權威學者瑪吉斯特瑞勒（Tony Magistrale）更深刻地指出其恐怖小說的電影元素，認爲「他寫出了極有視覺性的集中於行爲的敘述，頗爲肯定的是，電影本身已經影響了金的作者視覺和敘述風格；他的小說通常暗示出恐怖電影的明確題目；他經常激起特有的恐怖元素，這些元素具有進一步展開的電影質性。」〔註43〕正是《魔女嘉莉》的文學視覺化成功實踐使得該小說面世兩年就迅速被成功地改編成同名電影，電影媒介化的巨大影響力又反過來推進小說的流行之路。

雖然斯蒂芬・金認爲美國恐怖小說具有保守性，但是《魔女嘉莉》在文化價值和寫作範式方面都充滿著後現代主義的激進特徵，它在傳統哥特小說的模式上探索恐怖小說的新道路，尋覓流行文化產業化的有效途徑，在顛覆美國夢的過程中又凝聚爲美國夢的市場傳播力量，正如瑪吉斯特瑞勒所說，「類似可口可樂找到通往全球的道路」。〔註44〕這不能不引起國內學界的嚴肅思考。

〔註41〕 Stephen King. *Secret Windows: Essays and Fiction on the Craft of Writing*, New York: Book-of-the-Month Club, 2000. P.67.

〔註42〕 Linda Badley. *Writing Horror and the Body*, Connecticut: Greenwood Publishing Group, 1996. P.2.

〔註43〕 Tony Magistrale. *Hollywood's Stephen King*, New York: Palgrave McMillian, 2003. P.xvi.

〔註44〕 Tony Magistrale. *Stephen King: America's Storyteller*, Connecticut: Greenwood Publishing Group, 2010. P.viii.

參考文獻

1. Badley, Linda. *Writing Horror and the Body*, Connecticut: Greenwood Publishing Group, 1996.

2. Battersby, Christine. "Terror, terrorism and the sublime: rethinking the sublime after 1789 and 2001", *Postcolonial Studies, Vol. 6, No. 1, 2003.*

3. Bürger, Peter. *Theory of the Avant-Garde,* trans. Jochen Schulte-Sasse, Minneapolis: University of Minnesota press, 1984.

4. Burk, Edmund. *A Philosophical Enquiry into the Origin of Our Ideas of the Sublime and Beautiful*, Ed. T. Boulton, London: Routledge and Kegan Paul, 1958.

5. Calinescu, Matei. *Faces of Modernity,* Bloomington and London, Indiana University press, 1977.

6. Carol J. Clover. *Men, Women and Chains*, New Jersey: Princeton University Press, 1992.

7. Caudwel, Christopher. *Illusion and Reality*, New York: International Publishers, 1937.

8. Cornell, Drucilla. "The Sublime in Feminist Politics and Ethics", *Peace Review*, 14: 2, (2002).

9. Cuneo, Alice Z.. "THE FASHION SHOW", *Advertising Age,* vol.70, no. 48 (Nov.22, 1999).

10. Curan, Catherine. "Fashion trade show deal with the city hanging fire", *Crain's New York Business*, vol. 18, no.17 (Apr. 29, May 5, 2002).

11. Davies, Stephen. "Definition of Art", in Edward Craig eds. *Routledge Encyclopedia of Philosophy*, Vol. 1, London and New York: Routledge, 1998.

12. Delehanty, Ann T.. "From Judgment to Sentiment: Changing Theories of the Sublime, 1674～1710", *Modern Language Quarterly*, 66: 2 (June 2005).

13. Eagleton, Terry. *Criticism and Ideology*, London: NLB, 1976.

14. Eagleton, Terry. *Literary Theory: An Introduction*, Minnesota: The University of Minnesota Press, 2008.

15. Eagleton, Terry. *The Ideology of the Aesthetic*, Basil Blackwell Ltd, 1991.

16. Evans, Fred. "Lyotard, Bakhtin, and radical Heterogeneity", in Hugh J. Silverman ed., *Lyotard: Philosophy, Politics, and the Sublime*, New York and London: Routledge, 2002.

17. Feagin, Susan L.. "Institution Theory of Art", in Robert Andi eds. *The Cambridge Dictionary of Philosophy*, Cambridge: Cambridge University Press, 1995.

18. Fehér, Ferenc. "What is Beyond Art? On the Theories of Post-Modernity", in Agnes Heller and Ferenc Fehér eds. *Reconstructing Aesthetics,* Oxford: Basil Blackwell, 1986.

19. Ferguson, Frances. "Legislating the Sublime", in Ralph Cohen ed. *Studies in Eighteen-Century British Art and Aesthetics*, Berkeley: University of California Press, 1995.

20. Fischer, Ernst. *The Necessity of Art——a Marxist Approach*, trans. Anna Bostock, Penguin Books, 1963.

21. George W. Beahm. *Stephen King from A to Z*, Missouri: Andrew McMeel Publishing, 1998.

22. Gibbons, Luke. *Edmund Burke and Ireland: Aesthetics, Politics, and the Colonial Sublime*, Cambridge: Cambridge University Press, 2003.

23. Habermas, Jürgen. "Modernity versus postmodernity", in Cluvre Cazeaux ed. *The Continental Aesthetics Reader,* London and New York: Routledge, 2000.

24. Habermas, Jürgen. "Questions and Counterquestions", in Richard J. Bernstein ed. *Habermas and Modernity*, Cambridge: The MIT Press, 1985.

25. Habermas, Jürgen. *Communication and the Evolution of Society*, trans. Thomas McCarthy, Boston: Beacon Press, 1979.

26. Habermas, Jürgen. *The Philosophical Discourse of Modernity,* trans. Frederick Lawrence, Cambridge: Polity Press, 1987.

27. Habermas, Jürgen. *Truthandjustification*, ed. and trans. Barbara Fultner, Cambridge, Mass: MIT Press, 2003.

28. Heller, Agnes. *A Philosophy of History in Fragments,* Oxford and Cambridge, MA: Blackwell, 1993.

29. Heller, Agnes. *A Theory of modernity*, London: Blackwell Publishers, 1999.

30. Heller, Agnes. *An Ethics of Personality*, Cambridge: Basil Blackwell, 1996.

31. Heller, Agnes. Can Modernity Survive? Cambridge, Berkeley, Los Angeles: Polity Press and University of California Press, 1990.

32. Heller, Agnes. Dictator over need, Oxford: Basil Blackwell, 1983.

33. Heller, Agnes. *General Ethics*, Oxford: Basil Blackwell, 1989.

34. Heller, Agnes. *The Power of Shame: A Rationalist Perspective*. London: Routledge and Kegan Paul, 1985.

35. Holub, Robert. "Luhmann's Progeny: Systems Theory and Literary Studies in the Post-Wall Era", *New German Critique*, No.61, Special Issue on Niklas Luhmann (Winter, 1994).

36. Howard, W. "Heller, Agnes, Modernity's pendulum, *Thesis Eleven*, 1992, 31, 1～13", in *Sociological Abstracts*, Vol. 40, no.5 (1992).

37. Hugh J. Silverman ed., *Lyotard: Philosophy, Politics, and the Sublime*, New York and London: Routledge, 2002.

38. Huhn, Thomas. "The Kantian Sublime and the Nostalgia for Violence", *The Journal of Aesthetics and Art Criticism*, 53: 3, Summer 1995.

39. Jameson, Fredric. "Ideology and Symbolic Action", *Critical Inquiry*, Vol. 5, No.2 (Win, 1978).

40. Jean-Luc Nancy. "The Sublime Offering" in *Of the Sublime: Presence in Question*, trans. Jeffrey S. Librett. Albany, NY: State University of New York Press, 1993.

41. John R. Betz. "Beyond the Sublime: the aesthetics of the Analogy of Being (Part One), *Modern Theology* 21: 3 July 2005.

42. John R. Searle. "A Classification of Illocutionary Acts", in *Language in Society*, Vol. 5, No.1 (Apr., 1976).

43. John R. Searle. "Literary Theory and Its Discontent", *New Literary History*, Vol. 25, no.3 (1994).

44. John R. Searle. "The Logic Status of Fiction Discourse", in Peter Lamarque, Stein Haugom Olsen eds.*Aesthetics and the Philosophy of Art: The Analytic Tradition: An Anthology*, Blackwell Publishing, 2003.

45. John R. Searle. *Expression and Meaning*, Cambridge: Cambridge University Press, 1979.

46. Kathleen M. Wheeler. "Classicism, Romanticism, and Pragmatism: The Sublime Irony of Oppositions", parallax, 1998, vol. 4, no. 4.

47. King, Stephen. *Carrie*. New York: A Division of Random House, Inc., 2011.

48. King, Stephen. *Secret Windows: Essays and Fiction on the Craft of Writing*, New York: Book-of-the-Month Club, 2000.

49. King, Stephen. Skeleton Crew, New York: A Signet Book, 1986.

50. *Lash, Scott. Sociology of Postmodernism*, Routledge, 1990.

51. Lefebvre, Henri. "Foreword", in *Critique of Everyday Life*, Volume one, trans. John Moore, (London, New York: Verso, 1991).

52. Lefebvre, Henri. *Everyday Life in the Modern World*, trans. Sacha Kabinovitch, New Brunswick, U.S.A and London: Transaction Publishers, 1984.

53. Luhmann, Niklas. "A Redescription of 'Romantic Art', *MLN*, Vol. 111, No.3,

German Issue (Apr., 1996).

54. Luhmann, Niklas. "The Autopoiesis of Social System", Felix Geyer and Jahannes eds. *Sociocybernetic paradoxes*, Sage Publication Ltd, 1986.

55. Luhmann, Niklas. *Art as s social system*, trans. Eva Knodt, Stanford University Press, 2000.

56. Luhmann, Niklas. *Essays on self-reference*, New York: Columbia University Press, 1990.

57. Luhmann, Niklas. *Love as Passion: the codification of intimacy*, Cambridge: Polity Press, 1986.

58. Luhmann, Niklas. *Social System*, Trans. John Bednarz, Stanford University Press, 1995.

59. Luhmann, Niknas. *Observations on modernity*, trans. William Whobrcy, Stanford University Press, 1998.

60. Luhmann, Niknas. *The Reality of the Mass Media: Cultural memory in the present*, Trans. Kathleen Cross, Stanford University Press, 1998.

61. Lukács, Georg. *Soul and Form,* trans. Anna Bostock, Cambridge, Massachusetts: The MIT Press, 1974.

62. Lynn, Allison. "Role reversal", *People Weekly,* vol.44 (Nov.13, 1995).

63. Lyotard, Jean-François. "psychological, aesthetics and the politics of difference", in Michael Drolet ed. *The postmodern reader*, London and New York: Routledge, 2004.

64. Lyotard, Jean-François. *The Postmodern Condition: A Report on Knowledge*, trans. Geoff Bennington and Brian Massumi. Minneapolis, MN: University of Minnesota Press, 1993.

65. Magistrale, Tony. *Hollywood's Stephen King*, New York: Palgrave McMillian, 2003.

66. Magistrale, Tony. *Landscape of Fear: Stephen King's American Gothic,* Ohio: Bowling Green State University Popular Press, 1988.

67. Magistrale, Tony. *Stephen King: America's Storyteller*, Connecticut: Greenwood Publishing Group, 2010.

68. Malpas, Simon. "Sublime Ascesis: Lyotard, Art and Event", *Journal of the theoretical humanities*, vol.7, num.1, Apr, 2002.

69. McCarthy, Thomas. "Reflections on Rationalization in *The Theory of Communicative Action*", in Richard J. Bernstein ed. *Habermas and Modernity*, Cambridge: The MIT Press, 1985.

70. Neocleous, Mark. "John Michael Roberts: The aesthetics of free speech: rethinking the public sphere", *Capital & Class*, Spring, 2006.

71. Nick Crossley, John Michael Roberts eds. *After Habermas: New Perspectives on the Public Sphere*, MA: Blackwell Publishing, 2004.

72. Poster, Mark. "Jean Baodrillard (1929～)", *Routledge Encyclopedia of*

Philosophy, Vol. 1.

73. Rádnóti, Sándor. "Mass Culture", trans.Ferenc Feher and John Fekete, in Eds. Agnes Heller and F. Feher *Reconstructing Aesthetics*, Oxford: Basil Blackwell, 1986.

74. Readings, Bill. "Sublime Politics: the End of the Party Line".

75. Robert M. Harnish. "Speech acts and intentionality", in Armin Burkhardt ed.*Speech Acts, Meaning, and Intentions: critical approaches to philosophy of John. R. Searle*, New York: de Gruyter, 1990.

79. Roberts, David, "Between Home and World: Agnes Heller's the Concept of the Beautiful", in *Thesis Eleven, no.* 59 (1999).

77. Roberts, David. *Art and Enlightenment: Aesthetic theory after Adorno,* Lincoln and London: University of Nebraska press, 1991.

78. Rorty, Richard. "Habermas and Lyotard on Postmodernity", in Richard J. Bernstein ed. *Habermas and Modernity*, Cambridge: The MIT Press, 1985.

79. Sgignesi, Stephen J.. *The Essential Stephen King: A Ranking of the Greatest Novels, Short Stories*, New Jersey: The Career Press, Inc., 2003.

80. Sherwood, Steven. "*Art as a Social System* by Niklas Luhmann", *The American Journal of Sociology*, Vol. 108, No.1 (Jul., 2002).

81. Straub, Peter. "Introduction", in Stephen King, *Secret Windows: Essays and Fiction on the Craft of Writing,* New York: Book-of-the-Month Club, 2000.

82. Susan Buck-Morss. *The Origin of Negative Dialectics: Theodor W. Adorno, Walter Benjamin, and the Frankfurt Institute,* New York: The Free Press, 1977.

83. Theodor W. Adorno. "Culture Industry Reconsidered", trans. Ansom G. Rabinbach, *New German Critique*, No.6 (Autum, 1975).

84. Theodor W. Adorno. *Aesthetic Theory*, Trans. C. Lenhardt. London: Routledge & Kegan Paul, 1984.

85. Trottein, Serge. "Lyotard: before and after the Sublime", in Hugh J. Silverman ed., *Lyotard: Philosophy, Politics, and the Sublime*, New York and London: Routledge, 2002.

86. Wander, Philip. "Introduction to the Transaction Edition", in *Everyday Life in the Modern World,* trans. Sacha Kabinovitch, New Brunswick, U.S.A and London: Transaction Publishers, 1984.

87. William P. Murphy. "The Sublime Dance of Mende Politics: an African Aesthetic of Charismatic Power", *American Ethnologist*, Vol. 25, Num. 4, 1998.

88. Wisker, Gina. *Horror Fiction: An Introduction*, New York: The Continuun International Publishing Group, Inc., 2005.

89. 北京師範大學文藝學研究中心編：《文學審美意識形態論》，中國社會科學出版社 2008 年版。

90. 陳平原：《中國小説敘事模式的轉變》，上海人民出版社 1988 年版。

91. 陳山：《中國武俠史》，上海三聯出版社 1992 年版。

92. 陳思和：《論台灣新世代在文學史上的意義》，當代作家評論 1991 年第 1 期。

93. 曹衛東：《交往理性與詩性話語》，天津社會科學出版社 2001 年版。

94. 陳永國、馬海良編：《本雅明文選》，中國社會科學出版社 1999 年版。

95. 冬碩之：《金鏞梁羽生合論》，載《梁羽生及其武俠小説》，偉青書店 1980 年版。

96. （德）彼得·比格爾：《文學體制與現代化》，周憲譯，《國外社會科學》1998 第 4 期。

97. （德）彼得·比格爾：《先鋒派理論》，高建平譯，商務印書館 2002 年版。

98. （德）恩斯特·斐迪南德·克萊因：《論思想自由和出版自由：致君主、大臣和作者》，載詹姆斯.施密特編《啓蒙運動與現代性》，徐向東等譯，上海人民出版社 2005 年版。

99. （德）哈貝馬斯：《公共領域的結構轉型》，曹衛東等譯，學林出版社 1999 年版。

100. （德）哈貝馬斯：《交往行動理論》第一卷，洪佩郁、藺青譯，重慶出版社 1994 年版。

101. （德）哈貝馬斯：《交往行動理論》第二卷，洪佩郁、藺青譯，重慶出版社 1994 年版。

102. （德）哈貝馬斯：《在事實與規範之間》，童世駿譯，生活·讀書·新知三聯書店 2003 年版。

103. 江怡、涂記亮主編：《維特根斯坦全集》第 4 卷，程志民譯，河北教育出版社 2003 年版。

104. （德）哈貝馬斯：《論現代性》，載王岳川、尚水編《後現代主義文化與美學》，北京大學出版社 1992 年版。

105. （德）黑格爾：《美學》第三卷上，朱光潛譯，商務印書館 1997 年版。

106. （德）漢娜·阿倫特：《公共領域和私人領域》，載汪暉、陳燕谷主編《文化與公共性》，生活·讀書·新知三聯書店 2005 年版。

107. （德）康德：《論優美感和崇高感》，何兆武譯，商務印書館 2003 年版。

108. （德）康德：《判斷力批判》上卷，宗白華譯，商務印書館 2000 年版。

109. （德）卡爾·曼海姆：《意識形態與烏托邦》，姚仁權譯，九州出版社 2007 年版。

110. （德）卡西爾：《人論》，甘陽譯，上海：上海譯文出版社，1986 年版。

111. （德）尼可拉斯·魯曼：《社會中的藝術》，張錦惠譯，臺北：五南圖書

出版股份有限公司 2009 年版。

112. （俄）托爾斯泰：《托爾斯泰文集》，北京：人民文學出版社，1992 年版。

113. （法）阿爾都塞：《保衛馬克思》，載陳學明主編《西方馬克思主義卷》，復旦大學出版社 1999 年版。

114. （法）波德萊爾《現代生活的畫家》，載《1846 年的沙龍：波德萊爾美學論文選》，郭宏安譯，廣西師範大學出版社，2002 年。

115. （法）德里達：《書寫與差異》，張寧譯，生活・讀書・新知三聯書店 2001 年版。

116. （法）利奧塔：《非人》，羅國祥譯，商務印書館 2001 年版。

117. （法）讓・弗朗索瓦・利奧塔爾：《後現代狀況》，車槿山譯，生活・讀書・新知三聯書店 1997 年版。

118. （法）羅蘭・巴特：《符號學原理》，王東亮等譯，生活・讀書・新知三聯書店 1999 年版。

119. （法）羅蘭・巴特：《流行體系——符號學與服飾符碼》，敖軍譯，上海人民出版社 2000 年版。

120. （法）羅蘭・巴特：《神話——大眾文化詮釋》，許薔薔、許綺玲譯，上海人民出版社 1999 年版。

121. （法）拉康：《拉康選集》，褚孝泉譯，上海三聯書店 2001 年版。

122. （法）路易・阿爾都塞、艾蒂安・巴里巴爾：《讀〈資本論〉》，李其慶、馮文光譯，中央編譯出版社 2001 年版。

123. （法）路易・讓・卡爾韋：《結構與符號——羅蘭・巴爾特傳》，車槿山譯，北京大學出版社 1997 年版。

124. （法）米歇爾・福柯：《文學的功能》，載楊雁斌、薛曉源編選《重寫現代性——當代西方學術話語》，社會科學文獻出版社 2001 年版。

125. （法）皮埃爾・布迪厄：《藝術的法則：文學場的生成和結構》，劉暉譯，中央編譯出版社 2001 年版。

126. （法）讓・博德里亞爾：《完美的罪行》，王爲民譯，商務印書館 2000 年版。

127. （法）讓・波德里亞：《消費社會》，劉成富、全志鋼譯，南京大學出版社 2001 年版。

128. 《付費閱讀下的網絡小說創作倍受質疑》，《解放日報》2009 年 7 月 7 日。

129. 傅庚生：《杜詩散繹》，陝西人民出版社 1979 年版。

130. 馮憲光：《「西方馬克思主義」美學研究》，重慶出版社 1997 年版。

131. 馮憲光：《意識形態與審美意識形態》，北京師範大學文藝學研究中心編：《文學審美意識形態論》，中國社會科學出版社 2008 年版。

132. （古羅馬）郎加納斯：《論崇高》，錢學熙譯，《文藝理論譯叢》第 2 期，人民文學出版社 1958 年版。

133. 龔鵬程：《大俠》，臺灣錦冠出版社 1987 年版。

134. 郭紹虞校釋：《滄浪詩話》，人民文學出版社 1961 年版。

135. 黃佳能、陳振華：《故事的張力與 20 世紀中國文學》，《文學評論》2000 年第 5 期。

136. 黃堅：《〈鬼吹燈〉旋風勁吹　盛大開闢網絡文學新『起點』》，《解放日報》2008 年 6 月 10 日。

137. 黃祿善、劉培驤主編：《英美通俗小說概述》，上海：上海交通大學出版社，1997 年版。〔Huang Lushan, Liu Peixiang, eds. *Overview of British and American Popular Novels*, Shanghai: Shanghai Transport University Press, 1997.〕

138. 黃昇民、丁俊傑主編：《媒介經營與產業化研究》，北京廣播學院出版社 1997 年版。

139. （漢）許慎：《說文解字》，天津古籍出版社 1991 年版。

140. 何新：《俠與武俠小說源流研究》，《文藝爭鳴》，1988，第 1 期。

141. 江怡、涂記亮主編：《維特根斯坦全集》第 11 卷，涂記亮等譯，河北教育出版社 2003 年版。

142. 曠新年：《文學存在的權力與制度》，《湖北大學學報》2003 年第 6 期。

143. 劉峰：《世界上第一個模特誕生記》，《時裝》1988 年第 3 期。

144. 老舍：《我怎麼寫〈二馬〉》，1935 年 10 月 16 日《宇宙風》第三期。

145. 老舍：《我怎樣寫〈老張的哲學〉》，1935 年 9 月 16 日《宇宙風》創刊號。

146. 魯迅（唐俟）：《渡河與引路》，載 1918 年 11 月《新青年》第 5 卷第 5 號「通訊欄」。

147. 魯迅：《南腔北調集·〈自選集〉自序》，人民文學出版社 1973 年版。

148. 魯迅：《中國新文學大系·小說二集》導言，《且介亭雜文二集》，人民文學出版社 1973 年版。

149. 李澤厚：《美學四講》，《李澤厚十年集·美的歷程》，合肥：安徽文藝出版社，1994 年版。

150. （美）阿瑟·C·丹托：《藝術的終結之後》，王春辰譯，江蘇人民出版社 2007 年版。

151. （美）弗雷德里克·詹姆遜：《論全球化的影響》，王逢振譯，《馬克思主義與現實》2001 年第 1 期。

152. （美）弗雷德里克·詹姆遜：《馬克思主義與形式——20 世紀文學辯證理論》，李自修譯，百花文藝出版社 1997 年版。

153. （美）弗雷德里克·詹姆遜：《文化轉向》，胡亞敏等譯，中國社會科學出版社 2000 年版。

154. （美）弗雷德里克·詹姆遜：《語言的牢籠》，錢佼汝譯，百花文藝出版社 1997 年版。

155. （美）弗雷德里克·詹姆遜：《政治無意識》，王逢振、陳永國譯，中國社會科學出版社 1999 年版。

156. （美）華萊士·馬丁：《當代敘事學》，伍曉明譯，北京大學出版社 1990 年版。

157. （美）柯里格：《美國文學理論的建制化》，單德興譯，《中外文學》1992 年第 21 卷，第 1 期。

158. （美）梅·所羅門編：《馬克思主義與藝術》，杜章智、王以鑄等譯，文化藝術出版社 1989 年版。

159. （美）蘇珊·朗格：《藝術問題》，滕守堯、朱疆源譯，北京：中國社會科學出版社，1983 年版。

160. （美）希利斯·米勒：《文學死了嗎》，秦立彥譯，廣西師範大學出版社 2007 年版。

161. （美）詹明信：《文本的意識形態》，張旭東編《晚期資本主義的文化邏輯》，陳清僑等譯，生活·讀書·新知三聯書店 1997 年版。

162. （明）王嗣奭：《杜臆》，上海古籍出版社 1983 年版。

163. 莫勵鋒：《重論杜甫卒於大曆五年冬》，《杜甫研究學刊》1998 年第 2 期。

164. 歐陽友權：《網絡文學的學理形態》，中央文獻出版社 2007 年版。

165. 彭瑞金：《原罪的探索——王幼華與〈狂徒〉》自立晚報 1983 年 1 月。

166. （清）仇兆鰲：《杜詩詳注》第一冊，中華書局 1979 年版。

167. （清）仇兆鰲：《杜詩詳注》第三冊，中華書局 1979 年版。

168. （清）仇兆鰲：《杜詩詳注》第五冊，中華書局 1979 年版。

169. （清）楊倫：《杜詩鏡詮》上，上海古籍出版社 1962 年版。

170. （清）葉燮：《原詩·內篇下》，見郭紹虞主編《中國歷代文論選》一卷本，上海古籍出版社 1979 年版。

171. 錢中文：《文學是審美意識形態》，《文藝研究》1987 年第 6 期。

172. 錢志熙：《「百年歌自苦」——論杜甫詩歌創作中「歌」的意識》，《中國文化研究》2004 年春之卷。

173. （日本）藤井省三：《魯迅〈故鄉〉閱讀史：近代中國的文學空間》，新世界出版社，2002 年版。

174. （日本）竹端直樹：《Fashion 時裝屬於誰》，李曉牧譯，《時裝》1996 年第 4 期。

175. 沈雁冰：《人物的研究》，載 1925 年 3 月《小說月報》第 16 卷第 3 號。

176. （宋）洪邁：《容齋隨筆》卷八，中國世界語出版社 1995 年報。

177. （斯洛文尼亞）斯拉沃熱‧齊澤克：《意識形態的崇高客體》，季廣茂譯，中央編譯出版社 2002 年版。

178. （蘇）維‧什克洛夫斯基：《散文理論》，劉宗次譯，百花洲文藝出版社 1994 年 10 月版。

179. （唐）沈彬：《結客少年場行》，《全唐詩：增訂本》第七四三卷，中華書局 1999 年版。

180. 童慶炳：《審美意識形態論作爲文藝學的第一原理》，《學術研究》2000 年第 1 期。

181. 童慶炳：《怎樣理解文學是「審美意識形態」？》，北京師範大學文藝學研究中心編：《文學審美意識形態論》，中國社會科學出版社 2008 年版。

182. 童世駿：《批判與實踐——論哈貝馬斯的批判理論》，生活‧讀書‧新知三聯書店 2007 年版。

183. 湯增璧：《崇俠篇》，張丹、王忍之編《辛亥革命前十年間時討論集》第 3 卷，三聯書店 1960 年版。

184. 王本朝：《文學制度：現代文學的一種闡釋方式》，《文藝研究》2003 年第 4 期。

185. 王本朝：《文學制度與文學的現代性》，《湖北大學學報》2003 年第 6 期。

186. 王本朝：《中國現代文學的生產體制問題》，《文學評論》2004 年第 2 期。

187. 王本朝：《中國現代文學制度研究》，西南師範大學出版社 2002 年版。

188. 王富仁：《中國反封建思想革命的一面鏡子——〈呐喊〉〈傍徨〉綜論》，北京師範大學出版社 1986 年版。

189. 《網絡閱讀三分錢看一千字　超級寫手賺了上百萬》，《都市快報》2010 年 1 月 28 日。

190. 吳小如：《古典小說漫稿》，上海古籍出版社 1982 年版。

191. 王一川：《通向本文之路》，四川人民出版社 1997 年版。

192. 王元驤：《文學意識形態性質的再認識》，北京師範大學文藝學研究中心編：《文學審美意識形態論》，中國社會科學出版社 2008 年版。

193. 徐調浮、周振甫注：《人間詞話》，人民文學出版社 1960 年版。

194. 《新世代小說大總》，希代書版公司 1989 年版。

195. 徐卓呆：《小說無題錄》，載《小說世界》1923 年第 7 期。

196. 夏志清：《中國古典小說導論》，胡益民、石曉林、單坤琴譯，安徽文藝出版社 1988 年版。

197. （匈）阿格妮絲‧赫勒：《日常生活》，衣俊卿譯，重慶出版社 1990 年版。

198. （匈）盧卡奇：《盧卡奇早期文選》，張亮、吳勇立譯，南京：南京大學
出版社，2004 年版。

199. （匈）盧卡奇：《審美特性》第一卷，徐恒醇譯，中國社會科學出版社
1986 年版。

200. 余虹：《文學知識學》，北京大學出版社 2009 年版。

201. 袁珂：《神話論文集》，上海古籍出版社 1982 年版。

202. （英）柏克：《關於崇高與美的觀念的根源的哲學探討》，孟紀青、汝信
譯，載《古典文藝理論譯叢》第 5 冊，人民文學出版社 1963 年版。

203. （英）伯尼斯‧馬丁《當代社會與文化藝術》，李中澤譯，四川人民出版
社 2000 年版。

204. （英）雷蒙德‧威廉斯《現代主義的政治──反對新國教派》，閻嘉譯，
商務印書館 2002 年版。

205. （英）特里‧伊格爾頓：《當代西方文學理論》，王逢振譯，中國社會科
學出版社 1988 年版。

206. （英）特里‧伊格爾頓：《歷史中的政治、哲學、愛欲》，馬海良譯，中
國社會科學出版社 1999 年版。

207. （英）特里‧伊格爾頓：《馬克思主義文學理論》，載《歷史中的政治、
哲學、愛欲》，馬海良譯，中國社會科學出版社 1999 年版。

208. （英）特里‧伊格爾頓：《馬克思主義與文學批評》，文寶譯，人民文學
出版社 1980 年版。

209. （英）特里‧伊格爾頓：《美學意識形態》，王杰等譯，廣西師範大學出
版社 1997 年版。

210. 張安祖：《杜甫「沉鬱頓挫」本義探原》，《文學遺產》2004 年第 3 期。

211. 鄭春元：《俠客史》，上海文藝出版社 1999 年版。

212. 朱光潛：《朱光潛美學文集》第一卷，上海：上海文藝出版社 1982 年版。

213. 張贛生：《民國通俗小說論稿》，重慶出版社 1991 年版。

214. 張恨水：《張恨水文集：春明外史（上冊）》前序，華中師範大學出版社
1997 年版。

215. 張恨水：《我的創作和生活》，《文史資料選輯》第 70 輯，中華書局 1980
年版。

216. 張夢陽：《從〈阿 Q 正傳〉看通俗文學的嚴肅性與通俗性》，人大複印資
料《中國現代、當代文學研究》2001 年第 1 期。

217. 章太炎：《檢論儒俠》，《章太炎卷》，河北教育出版社 1996 年版。

218. 趙毅衡：《苦惱的敘述者》，北京十月文藝出版社 1994 年版。

219. 張頤武：《現代性「文學制度」的反思》，《文學自由談》2003 年第 4 期。

220. 胡勁華：《資本市場青睞文學網站　百萬點擊值 10 萬元錢》，http://www.sina.com.cn 2006 年 04 月 22 日 09：51《財經時報》，2008 年 6 月 18 日查詢。

221. 須文蔚：《臺灣數位文學社群五年來的變遷》，http://blog.chinatimes.com/winway/archive/2005/07/19/1303.html。2008 年 6 月 18 日查詢。

222. 《宗旨》，http://www.sinowriters.org/html/modules/cjaycontent/index.php?id=4。2008 年 6 月 6 日查詢。